Claudia Sagmeister
„Willkommen im Leben", sagte der Tod

AF235561

Über die Autorin

Claudia Sagmeister lebt mit ihrer Familie in einem kleinen Dorf in Niederbayern. Ihre Kurzgeschichte „Der Zettel" wurde 2021 beim ersten Deggendorfer Literaturknödl mit dem zweiten Preis ausgezeichnet. „,Willkommen im Leben', sagte der Tod" ist ihr Debütroman als Schriftstellerin.

Claudia Sagmeister

„*Willkommen* im Leben",
sagte der *Tod*

Kiminalroman

Bibliografische Information der Deutschen Nationalbibliothek:
Die Deutsche Nationalbibliothek verzeichnet diese Publikation
in der Deutschen Nationalbibliografie; detaillierte bibliografische Daten sind im Internet über http://dnb.dnb.de abrufbar.

Deutschsprachige Erstausgabe Oktober 2021
© 2021 Claudia Sagmeister
Lektorat: Bianca Weirauch
Titelbild: Seraina Büsser CH und Isabell Sagmeister
Covergestaltung: Bob's Bilder Butze
Satz: Isabell Sagmeister
Herstellung und Verlag: BoD - Books on Demand, Norderstedt
ISBN: 978-3-7557-0192-7

Für Maria

Kapitel 1

Es ist der Geruch von Leichen, der gleichsam wie aufsteigender Nebel über den Kiesstrand wabert. Dieser fauligsüße Duft, der direkt in meine Nase zieht und von dort unaufhaltsam hinab bis zum Magen wandert, um als brennend-stechender Würgereiz wieder hervorzutreten. Ich kenne diesen Geruch nur allzu gut.

Das war es dann wohl mit der Ruhe. Eigentlich wollte ich hier am Donauufer nur einen kurzen Zwischenstopp einlegen, bevor ich mich auf den Weg in mein neues Zuhause mache. Daraus wird nun wohl so schnell nichts werden.

Im Westen färbt die untergehende Sonne den Himmel in leuchtend warme Farben. Bald setzt die Dunkelheit ein, darum ist Eile geboten, wenn ich fündig werden will.

So verlasse ich meinen Platz auf dem alten Baumstamm und suche mit wachsamen Blicken die nähere Umgebung ab.

Natürlich könnte ich meine neuen Kollegen von der PI Schnaipfing informieren, doch wenn es sich bei dem Fund um ein großes Tier handeln sollte und nicht um einen Menschen, wäre das ein peinlicher Einstand als Kriminalkommissarin.

Wenige Meter von meinem Sitzplatz entfernt, versteckt hinter einigem Gestrüpp, werde ich schließlich fündig. Zwischen leeren Flaschen und kalter Holzkohle liegt vor einer Steilwand aus Lehm der leblose Körper, das Gesicht von mir abgewandt.

Ich greife nach meinem Handy und setze den Notruf ab. Das geht ja schon gut los!

„Vom Zustand der Leiche her liegt die mindestens zwei bis drei Tage, wenn nicht länger hier", diagnostiziert der Arzt. Er dreht den Leichnam auf den Rücken.

Kein schöner Anblick. Mir wird leicht übel.

Fliegen tummeln sich bereits auf dem leblosen Körper. Am Kopf klebt eingetrocknetes Blut. Er trägt schmutzige Kleidung und wirkt auch sonst ungepflegt, ein Penner, schließe ich daraus. Während der Arzt eine erste Leichenschau vornimmt, betrachte ich mir die Umgebung etwas näher.

Es sieht wie ein verborgener Lager- oder Grillplatz aus. Einzelne Felsbrocken dienen als Sitzfläche vor einem Rund aus großen Flusskieseln. In der Mitte eine dunkle Mischung aus erkalteter Asche und Resten von Grillkohle.

„Der Schachtner!", vernehme ich einen der anwesenden Feuerwehrmänner. Mittlerweile ist es so dunkel geworden, dass die hiesige Feuerwehr das Ausleuchten des Fundortes übernehmen muss.

„Denen bleibt auch wirklich nix erspart", raunt ein weiterer.

„Todesursache?", erkundigt sich ein Kollege, den ich aufgrund seiner Abzeichen als einen der Ranghöheren erkenne.

„Vermutlich Genickbruch. Könnt mir vorstellen, dass er die Abkürzung über den Hang nehmen wollt und abgestürzt ist, aber genau lässt sich das erst nach der Obduktion sagen." Der Arzt unterschreibt den Totenschein und reicht ihn dann einem der Uniformierten. In gebührendem Abstand warten bereits die ‚schwarzen

Herren' darauf, den Leichnam abtransportieren zu können.

„Gerichtsmedizin!", lautet die knappe Ansage, dann verschwindet der Körper in einer Zinkwanne. Nachdem sich der Arzt verabschiedet hat, kommen die beiden Polizisten auf mich zu.

„Sie haben den Toten aufgefunden? Name, Anschrift?"

„Kriminalkommissarin Maximiliane Meisinger, also eigentlich werd ich Maxi genannt", stelle ich mich vor und strecke dem, der mich angesprochen hat, die Hand entgegen.

Ja, Sie haben recht. Maximiliane ist wirklich ein bescheuerter Name. Aber dafür kann ich nichts, das haben meine Eltern verbrochen. Sie hatten sich einen Sohn gewünscht. Einen Maximilian. Da daraus leider nichts wurde, hängten sie kurzerhand ein „e" an den Namen. Ich mache das Beste daraus und nenne mich Maxi.

Der Gruß bleibt unerwidert. Stattdessen sieht mich mein Gegenüber prüfend an.

„Ich bin Ihre neue Kollegin!", füge ich daher erklärend hinzu, falls er das gerade nicht verstanden haben sollte.

Die dargebotene Hand ignoriert er weiterhin. „Das glaub ich nicht", sagt er stattdessen. „Uns wurde ein Maximilian Meisinger angekündigt."

„Da liegt dann wohl ein Missverständnis vor", bemühe ich mich, immer noch freundlich, den Kollegen über den Irrtum aufzuklären. „Vielleicht haben Sie das ‚e' überlesen, ist ja nicht so schlimm. Jedenfalls freu ich mich drauf, übermorgen bei der PI Schnaipfing meinen Dienst anzutreten."

Zornesröte steigt ihm ins Gesicht. „Das werden wir erst noch sehen. Das wäre ja absolut bodenlos, wenn die uns eine Frau schicken würden. Weiber haben in diesem Beruf nix verloren!"

„Entschuldigung, ich kann Sie hören!", erinnere ich ihn an meine Anwesenheit. Aus der Innentasche meiner Jacke ziehe ich ein Schriftstück hervor. „Wenn Sie einen Beweis dafür brauchen, dass ich hierher versetzt wurde, bitte schön!", sage ich, immer noch bemüht, ruhig zu bleiben, und reiche ihm das Papier.

Kopfschüttelnd liest er es. „Unglaublich! Aber machen wir uns nix vor, viel Arbeit gibt's hier für Sie ohnehin nicht. Auch wenn Sie zum Einstand gleich eine Leiche gefunden haben. Das mit dem Schachtner war ein tragischer Unfall, mehr nicht. Wir sind eine beschauliche Kleinstadt. Mord und Totschlag gibt's hier nicht. Am besten packen Sie Ihre Sachen erst gar nicht aus." Er wendet sich dem Kollegen zu. „Knogl, Sie fahren zur Familie und überbringen die Todesnachricht." Für mich hat er nicht mehr als ein knappes Kopfnicken übrig, dann dreht er sich wortlos um und verschwindet.

Was bitte schön war das gerade? Ich bin so perplex, dass mir fast die Kinnlade nach unten fällt.

„Mach dir nix draus."

Um ein Haar hätte ich vergessen, dass ich nicht allein bin.

„Es scheißt ihn halt einfach gewaltig an, dass wir einen Kriminaler vor die Nase gesetzt bekommen. Und dann ist der auch noch eine Frau!" Er schüttelt grinsend den Kopf. „Der Hafner ist der Meinung, so jemanden brauchen wir nicht. Dass er dann den Namen auch noch falsch gelesen hat, gibt ihm jetzt vermutlich den Rest. Eigentlich ist er ganz umgänglich."

Das war also gerade mein Dienststellenleiter. Na herzlichen Glückwunsch! Das kann ja heiter werden.

Ganz im Gegensatz zu meinem Vorgesetzten drückt mir der Kollege jetzt kräftig die Hand. „Knogl Karl, aber jeder sagt nur Knogl zu mir."

Wenigstens einer, der normal zu sein scheint. Ein Lichtblick!

Er lädt mich auch gleich großzügig ein, gemeinsam mit ihm den Hinterbliebenen die Todesnachricht zu überbringen, was ich jedoch dankend ablehne.

So nach und nach leert sich der Ort. Nachdem der Knogl und die Bestatter weg sind, baut auch die Feuerwehr ihr Equipment ab und verabschiedet sich.

Einen Moment lang bleibe ich allein in der Dunkelheit zurück. Und außer dem leisen Summen der Autobahn, die in kurzer Entfernung über die Donau führt und hier in Schnaipfing endet, ist wieder Ruhe eingekehrt am großen blauen Fluss, in dem sich jetzt das Mondlicht spiegelt, so als wäre nichts gewesen.

Kapitel 2

Rums! Ein lauter Knall weckt mich auf. Erschrocken springe ich hoch und greife reflexartig nach der Dienstwaffe in meiner Hose. Nach den Ereignissen des gestrigen Abends bin ich völlig übermüdet in meinen Klamotten auf der kurzen Couch im Wohnzimmer eingeschlafen. Es dauert einen Moment, bis ich mich zurechtfinde und weiß, wo ich bin. Es ist das Haus meiner verstorbenen Großtante Fanny. Der Knall stammt von der Stehlampe, die ich mit dem Fuß umgestoßen habe.

Während ich die Lampe wieder aufrichte, sehe ich mich in meinem neuen Zuhause um. Kleine Staubteilchen flirren im morgendlichen Sonnenlicht durchs Zimmer. Die Einrichtung ist alt, fast schon wieder antik, was mich jedoch nicht stört. Bis auf den Fernseher. Dieses uralte Röhrengerät werde ich sofort entsorgen, sobald meine eigenen Sachen geliefert werden. Auf dem Motorrad konnte ich nur das Allernötigste mitnehmen. Meinen Flachbildschirm, die Klamotten und einige bepackte Kartons bringt mir Ali in den nächsten Tagen vorbei.

Ali ist ein Türke aus Frankfurt, der Inhaber des besten Dönerstandes der Stadt. Ich war dort Stammkundin. Bei einem meiner letzten Besuche bot er mir an, meinen Umzug nach Niederbayern zu regeln und mir alles zu liefern, was ich selbst nicht transportieren konnte. Also nicht er selbst, sondern ein Schwager der Schwester seiner Frau oder so ähnlich. Egal, laut Alis Aussage jedenfalls alles „absolut korrekt" und, was den Ausschlag gab, „supergünstisch!"

„Gibst du misch zweihundert Euro, ich bringe alles tipptopp zu deine Haus. Gibst du fünfhundert Euro Umzugsfirma, du brauchst alles neu!" Originalton Ali. Überzeugende türkische Argumente, zumindest der Preis. Die einzige Frage war nur, wann? Wann bringt irgendjemand den restlichen Kram? Aber das konnte Ali mir dann leider auch nicht genau sagen. „Kann sein diese Woche, kann sein nächste Woche oder nächste Monat!" Kommt Zeit, kommt Türke!

Das Telefon klingelt. Ein Uraltkasten aus dem letzten Jahrtausend. So was gibt es heute nur mehr in alten Filmen. Es ist grau, mit Stoffüberzug, Schnur und Wählscheibe und steht auf einem kleinen Tischchen neben dem Ohrensessel der Tante. Wenn man, so wie ich gerade, direkt danebensteht, ist das Klingeln ohrenbetäubend laut. Ich hebe ab.

„Grüß dich, Mädi!", tönt es mir aus dem Hörer entgegen. Die Mama!

Ja, Sie lesen richtig, meine Mama nennt mich Mädi! Das ist mir auch total peinlich, besonders dann, wenn es jemand mitbekommt, nur leider kann ich ihr das beim besten Willen nicht abgewöhnen. Sie ignoriert jeden Einwand. Solange ich denken kann, bin und bleibe ich ihr „Mädi". Wahrscheinlich selbst dann noch, wenn ich alt und grau bin und meine Zähne und ich getrennte Schlafzimmer haben. Maximiliane findet sie zu lang! Tja, selber schuld. Ich hätte mir auch einen schöneren Namen gewünscht. „Maxi" ist für sie ein Bubenname, weshalb sie sich weigert, mich so zu nennen. Aber „Mädi" macht es nicht wirklich besser, finden Sie nicht auch?

„Bist du gut in Schnaipfing angekommen?"

„Wäre ich sonst am Telefon?"

Sie lacht. „Da hast' jetzt auch wieder recht."

„Warum habt ihr denn das Telefon nicht abgemeldet? Die Tante ist tot, die kann man nicht mehr anrufen."

„Wegen dir. Außerdem kenn' ich die Nummer auswendig. Eine neue kann ich mir in meinem Alter nicht mehr merken."

„Ich habe ein Handy. Das ist viel praktischer, weil ich damit überall erreichbar bin."

Es folgt ein schier endloser Vortrag über Handydiebstahl, Funklöcher etc. Ich lasse sie reden. Jahrelange Erfahrung hat mich gelehrt, dass Diskussionen mit der Mama ins Leere führen. Sie hat grundsätzlich das letzte Wort, unschlagbare Argumente und letztendlich mache ich doch immer das, was sie will. Wir plaudern ein wenig über dies und das. Dann erzähle ich ihr von meinem gestrigen Erlebnis. Sie ist derart begeistert über meine erste Leiche hier, dass man denken könnte, ich hätte den Mann selbst umgebracht. Schließlich verabschiede ich mich mit einem Gruß an die Tante Rosa.

Die Tante Rosa ist die Schwester meiner Mutter. Sie hat jahrzehntelang den Haushalt eines katholischen Pfarrers geführt. Leider hat der letztes Jahr das Zeitliche gesegnet. Da mein Vater auch nicht mehr lebt und nun beide Damen sozusagen verwitwet sind, haben sie auf ihre alten Tage eine Senioren-WG gegründet. Als Pfarrhaushälterin ist man ja quasi auch so etwas wie die Frau des Pfarrers, nur halt ohne Sex, also, in den meisten Fällen jedenfalls. Sie verstehen, was ich meine. Ich persönlich finde das mit dem gemeinsamen Haushalt eine geniale Idee, denn seit die Tante Rosa bei der Mama eingezogen ist, hat diese keine Langeweile mehr. Daher sind auch ihre Anrufe bei mir bedeutend weniger geworden. Verstehen Sie mich nicht falsch. Ich liebe meine Mama über alles, aber sie kann eben auch extrem anstrengend sein. Besonders dann, wenn sie anfängt, sich in mein Leben einzumischen. Vermutlich haben das alle Mütter so an sich.

Die Fanny ist die Tante meiner Mama und der Tante Rosa gewesen und somit meine Großtante. Im letzten Frühjahr ist sie hochbetagt und kinderlos im Alter von 95 Jahren verstorben. Da die Rosa keine Kinder hat und die Mama eine Eigentumswohnung besitzt, wurde ich mit ihrem Erbe bedacht, was auch der Grund war, weshalb ich mich zurück nach Niederbayern versetzen ließ. „Vergelt`s Gott, liebe Tante."

Strumpfsockig erkunde ich nun den Rest des Hauses. Im Obergeschoss befinden sich zwei Schlafzimmer. Überrascht stelle ich fest, dass sich in all den Jahren nichts verändert hat. Alles ist noch genauso, wie ich es aus Urlaubstagen meiner Kindheit in Erinnerung habe. Hinter der nächsten Tür befindet sich das Badezimmer. Das sollte ich aus mehreren Gründen dringend aufsuchen. Über die Ausstattung kann ich nur den Kopf schütteln. Der Klodeckel ist passend zu den Fliesen mit einem potthässlichen rosaroten Dekostoff überzogen. Er schaut aus wie in einem polnischen Puff. Nicht, dass ich da jemals gewesen wäre, aber eben so stelle ich es mir dort vor. Dieses Teil muss weg, sofort! Mir läuft direkt ein Schauer über den Rücken. Ich hasse es grundsätzlich, fremde Toiletten zu benutzen, und dieser Überzug lässt sie eher noch schmuddeliger erscheinen als sie aufzuhübschen.

In einer Stunde soll ich in der PI vorstellig werden, um einen ersten Einblick in mein neues Arbeitsumfeld zu bekommen. Vorher habe ich aber dringend eine Dusche nötig. Leider gibt es die hier nicht und so drehe ich wohl oder übel den Hahn der Badewanne auf, um mich dort mit der Handdusche abzubrausen. Bevor das Wasser jedoch eine Farbe annimmt, mit der ich mich waschen möchte,

15

muss ich es einige Zeit laufen lassen. Die Handtücher sind kratzig und müffeln und nach Duschgel suche ich vergeblich. Dafür liegt ein eingetrocknetes Stück Seife in der Ablage. Sie hat feine Risse davongetragen und duftet ganz schwach nach Lavendel. Nachdem ich sie einige Zeit eingeweicht habe, schäumt sie sogar ein wenig.

Ich flitze halb nackt nach unten in die Küche, wo ich gestern Abend meine Reisetasche abgestellt habe. Für heute muss es mit dem kleinen Handtuch gehen, das ich eingepackt habe, denn meine Superflausch-Badetücher liegen wohlverpackt in einem der Kartons bei Ali - sehr ärgerlich!

Geduscht und frisch angezogen stehe ich wenig später im Erdgeschoss. Für ein Frühstück ist natürlich nichts im Haus. Mal sehen, ob es den alten Edeka-Laden noch gibt, bei dem ich mit der Fanny früher öfters war. Er müsste direkt auf dem Weg ins Polizeirevier liegen.

Auch heute wirkt der Leiter der Dienststelle nicht unbedingt sympathischer auf mich.

„Wie gesagt, Mord und Totschlag kennen wir hier nicht. Schnaipfing ist eine friedliche Kleinstadt. Darum wollte ich auch einen ganz normalen Polizisten haben, und was bekomme ich?" Er schaut mich fast angewidert von unten bis oben an. Sein Blick bleibt an meinen langen blonden Dreadlocks hängen. „Eine Frau!" Es fällt ihm offensichtlich schwer, es auszusprechen.

„Eine Kriminalkommissarin!", betone ich. Die Frage, ob die nicht normal sind, verkneife ich mir.

„Wenn Sie darauf bestehen, wie eine Respektsperson behandelt zu werden, dann sollten Sie auch mehr Wert auf Ihr Äußeres legen." Er zeigt auf meinen Kopf.

„Bisher hat sich niemand an meiner Frisur gestört", verteidige ich mich. „In erster Linie geht es ja wohl darum, wie ich meine Arbeit mache, oder nicht?"

„Hier stört es! Wie wollen Sie denn mit diesem Vogelnest eine Dienstkappe tragen?"

„Gar nicht, denn als Kommissarin bin ich, wie Sie sehr wohl wissen, zivil unterwegs", erinnere ich ihn. „In Frankfurt war mein Aussehen nie ein Problem. Wenn Sie sich die Mühe machen und die Personalakte studieren, werden Sie feststellen, dass meine Aufklärungsrate überdurchschnittlich hoch ist. Ich denke, das ist alles, was zählt!"

„Ich warne Sie, junge Frau, treiben Sie es nicht zu bunt! Immerhin bin ich Ihr Vorgesetzter. Sobald Sie mir den geringsten Anlass geben, sind Sie schneller wieder weg, als Ihnen lieb ist. Mordfälle werden Sie in Schnaipfing jedenfalls keine zu lösen haben."

„Das wird sich ja dann herausstellen, wenn die Obduktion vom …"

„Schachtner!", springt mir der nette Kollege von gestern hilfreich zur Seite. Ich nicke ihm dankbar zu.

„… vom Schachtner durch ist."

„Zum hundertsten Mal, das war ein Unfall!", explodiert der Hafner.

„Willkommen im Leben, sagte der Tod", sage ich mehr zu mir selbst und schüttle ungläubig den Kopf. Wo bin ich da nur hingeraten.

„Wie war das?", raunzt der Hafner.

Ich wiegle ab: „Tschuldigung, ich habe nur laut gedacht."

Er strafft sich und schlägt dann einen ruhigeren Ton an. „Sie sehen es ja selbst, wir sind eine kleine Dienststelle. Die Diensträume hier sind begrenzt, somit gibt's auch kein separates Büro für Sie, sondern lediglich einen Schreibtisch im Zimmer vom Kollegen Knogl. Wie gesagt, ein Kriminaler wird hier nicht benötigt und erst recht kein weiblicher."

Ich atme tief durch und zähle in Gedanken bis fünf, um mich wieder zu beruhigen. Langsam reicht es mir nämlich. „Das haben Sie mir ja jetzt hinlänglich erklärt."

„Vorsicht!" Der Hafner mustert mich scharf aus zusammengekniffenen Augen, ehe er fortfährt. „Ladendiebstahl, Geschwindigkeitsübertretungen, Verkehrsunfälle, das passiert bei uns, nicht Mord und nicht Totschlag. Die allgemeine Unterstützung der PI ist gefragt. Außerdem legen wir hier Wert auf ein gutes Betriebsklima."

„Da darf er aber gewaltig an sich arbeiten!", denke ich mir.

„Ich hoffe, ich habe mich da klar genug ausgedrückt. Irgendwelche Animositäten sind hier fehl am Platz. Wer diesen Beruf ergreift, darf nicht zimperlich sein, jeder wird gleichbehandelt, ob Männlein, ob Weiblein. Wenn Ihnen daran etwas nicht passt, können Sie sich ja woandershin versetzen lassen."

Ich muss mich jetzt echt am Riemen reißen, um nicht zu explodieren. Hallo? Kann ich etwas dafür, dass der Hafner nicht lesen kann und übersehen hat, Einspruch einzulegen? Er benimmt sich wie ein verzogenes Gör an Weihnachten, dem man das verkehrte Geschenk hingelegt hat. Er wollte weder einen Kriminaler noch eine Frau? Wir sind hier nicht bei Wünsch dir was, sondern bei So ist es! Und die Ansage mit Animositäten, zimperlich sein etc. hätte er sich echt sparen können.

Der Wechsel von Frankfurt hierher war auf freiwilliger Basis und keine Strafversetzung, obwohl es sich gerade so anfühlt. Der Grund dafür war, dass ich mit meinem damaligen Vorgesetzten eine Beziehung hatte, von der keiner der Kollegen wissen durfte. Nachdem ich dann herausgefunden hatte, dass er neben mir noch eine weitere Sache am Laufen hatte, stellte ich ihn kurzerhand zur Rede. Er verteidigte sich damit, dass ich für ihn nicht das typische Bild einer Frau verkörpere. Bloß weil ich eine Jeans dem Minirock vorziehe und lieber Biker-Stiefel trage als High Heels. Fürs Bett hat es aber scheinbar gereicht. So ein Arsch! Eine harmonische Zusammenarbeit war damit ausgeschlossen. Nachdem ich hier das Haus geerbt hatte und zufälligerweise noch eine passende Stelle für einen Kommissar frei wurde, war der Ortswechsel für alle Beteiligten somit die beste Lösung. Außer für den Hafner, wie man sieht. Schnaipfing liegt nahe genug an Michlbach, wo meine Mama mit der Tante Rosa wohnt, und ist doch weit genug entfernt, dass sie nicht täglich bei mir aufkreuzt. Man muss die Sache pragmatisch sehen.

Ich schlucke den Kommentar, der mir auf der Zunge liegt, brav hinunter. Man will ja den ersten Arbeitstag nicht gleich mit Ärger beginnen. Den Kollegen Knogl fand ich am Vortag ganz in Ordnung.

Auch heute nickt er mir freundlich zu. „Servus!"

„Gibt's irgendwas Neues zu dem Leichenfund von gestern?", frage ich nach, nachdem ich meinen Schreibtisch besetzt habe.

„Bisher nicht. Der Tote liegt jetzt erst einmal in der Gerichtsmedizin. Aber da kommt eh nix dabei heraus."

„Wieso denkst du das?"

„Ach der Schachtner!", er macht eine wegwerfende Handbewegung. „Eine total verkommene Existenz. Das war abzuwarten, dass der einmal so draufgeht. Außer fürs Saufen hat der sich für nix mehr interessiert."

Aha, wie vermutet, ein stadtbekannter Penner.

„Ich frag mich einfach, wie es sein kann, dass jemand tagelang unbemerkt tot an der Donau liegt. Den müsste doch schon lange jemand gefunden haben. Spaziergänger mit Hunden, was weiß ich?"

„Da, wo er lag, halten sich gerne mal Obdachlose auf, darum meidet das normale Fußvolk diese Gegend. Ein

Stück weiter flussaufwärts gibt's einen sehr schönen Badestrand mit Imbiss und Liegewiese. Da halten sich die Stadtleute eher auf, wenn sie Erholung wollen."

„Aber hat ihn denn bisher niemand vermisst? Er hat doch anscheinend eine Familie. Zumindest habe ich gehört, wie gestern jemand sagte: ,Denen bleibt nichts erspart.'"

„Es gibt nur noch seine Mutter und einen Sohn. Der ist aber schon erwachsen und geht seine eigenen Wege. Außerdem war es nicht ungewöhnlich, dass der Schachtner hin und wieder mehrere Tage nicht nach Hause kam. Das waren die schon gewöhnt!"

Während der nächsten Stunden weist mich der Knogl in alle Arbeitsabläufe ein, und so vergeht die Zeit dann schneller als erwartet. Außerdem ist für mich bereits am Mittag Schluss. Erst ab morgen habe ich regulär Dienst.

Wieder daheim, bemerke ich, wie sehr das alte Gemäuer müffelt. Das war mir am gestrigen Abend gar nicht aufgefallen, nur der leichte Lavendelgeruch. Ich glaube, dafür war ich schlichtweg zu müde. Kein Wunder, dass es hier mieft. Das Haus ist ja seit Monaten unbewohnt. Ich öffne sämtliche Fenster. Dann inspiziere ich den Garten beziehungsweise den Dschungel, der sich Garten nennt.

Du lieber Herr Gesangsverein, da muss man sich ja mit einer Machete durcharbeiten. Wo früher einmal Rasen war, ist jetzt eine Wiese. Man erkennt weder Wege noch die Einteilung der Gemüsebeete, die die Fanny gewiss hatte, denn in ihrer Speisekammer lagern noch etliche gefüllte Einmachgläser. Direkt am Zaun zum Nachbargrundstück steht ein kleines windschiefes Gartenhäuschen. Die Tür hängt nur mehr an einem Haken.

Bei einigen Brettern kann ich durch die großen Ritzen sehen. Mit erheblicher Anstrengung lässt sich die Tür aufziehen, ohne dass sie mir gleich entgegenfliegt. Ein Spaten, eine Sense sowie diverse andere Geräte hängen an der Wand. Mehr brauche ich fürs Erste nicht.

Ich kann jetzt nicht unbedingt behaupten, dass ich den grünen Daumen habe. Auch nach einer Stunde harter Arbeit ist noch nicht wirklich viel zu sehen. Aber zumindest bekomme ich einen vorsichtigen Überblick über das nicht allzu große Grundstück.

In diesem Moment vermisse ich meine Studentenbude in Frankfurt ungemein. Klein, überschaubar pragmatisch eingerichtet mit allem, was man zum Leben braucht. Kein unnötiger Schnickschnack und vor allem, kein Garten! Für mich bisher das Sinnloseste überhaupt. Weder werde ich Gemüse anbauen noch Blumen, und so ein Rasen muss im Sommer wöchentlich gemäht werden. Wozu? Wenn ich gar nicht vorhabe, mich dort aufzuhalten? Dazu habe ich weder Zeit noch Lust. Durchgängiger Asphalt wäre meiner Ansicht nach die beste Lösung. Bei Kies kommt wieder das Unkraut durch und ich muss wieder zupfen. Doch leider fehlt mir für eine Asphaltierung das Geld. Darum werde ich wohl oder übel doch selbst Hand anlegen müssen, damit der Garten nicht verwildert, falls ich hier jemals Ordnung hineinbekomme.

Mit dem Arm wische ich mir den Schweiß von der Stirn. Ich finde, dass ich mir jetzt ein Pils redlich verdient habe. Vorhin, auf dem Rückweg aus der Stadt, habe ich mich im EDEKA-Laden vom Sedlmaier noch mit dem Nötigsten eingedeckt.

Als ich ums Haus in Richtung Eingang wandere, sehe ich einen kleinen Buben, der sich neugierig vor meiner Einfahrt postiert hat. Er sitzt auf einem blauen klapprigen Fahrrad, hat den Kopf auf seine Arme gestützt und mir, wie es scheint, bereits eine ganze Weile zugeschaut. Ausschauen tut er wie der „Michel aus Lönneberga". Blonde

Haare, blaue Augen, Sommersprossen. „Wohnst du da jetzt?", fragt er Kaugummi kauend.

Weder ein „Grüß Gott!" noch sonst was und per Du sind wir auch.

„Schaut so aus, oder?", entgegne ich im selben Ton.

„Du könntest ja auch eine Einbrecherin sein."

„Würde ich dann im Garten arbeiten?" Schlaumeier!

„Stimmt. Und wo ist deine Familie?"

„Ich bin allein."

„Wieso?"

„Was, wieso?"

„Na ja, du bist ja auch nicht mehr so jung. Warum hast du keinen Mann und keine Kinder?"

„Hallo, das ist doch meine Sache. Ich hab niemanden, weil ...", ich komme kurz ins Zögern, „weil ich niemand brauche."

Er lehnt weiter am Zaun und macht keinerlei Anstalten, seine Position zu verändern. „Schaut aber gerade nicht so aus."Der Kaugummi wandert schmatzend von einer Backe zur anderen.

„Wie bitte?" Ich glaube, ich spinne. Der kleine Hosenscheißer auf dem alten Radl hat ein ganz schön loses Mundwerk. Aber das gefällt mir. „Stehst du da schon länger rum?"

„Könnt' schon sein." Er macht mit dem Kaugummi eine große Blase. „Du musst die Sense vorher dengeln, sonst schneidet sie nicht!", gibt er altklug von sich.

„Aha. Davon hab ich aber keine Ahnung", gebe ich zu.

„Ich schon."

„Warum hilfst du mir dann nicht, wenn du so ein Schlaumeier bist?"

„Ich kenn dich ja nicht. Meine Mama sagt immer, mit fremden Leuten soll ich mich nicht unterhalten."

„Eine kluge Frau, deine Mama. Aber du hast mich angesprochen, nicht ich dich." Eins zu null für mich.

Er wirkt betreten.

„Ich glaube, dieses Problem lässt sich lösen." Ich wische mir die Hände an der Jeans ab und strecke ihm meine rechte entgegen. „Ich bin die Maxi und jaaa ... ich wohne seit gestern hier. So, jetzt kennst du mich. Und wer bist du?"

„Ferdi", er verdreht die Augen, „Ferdinand", sagt er gedehnt und sichtlich genervt.

„Gibt's da ein Problem? Magst du deinen Namen nicht?"

Er prustet. „Den kurzen Teil schon."

Ein Leidensgenosse.

„Ich verrat dir was, eigentlich heiß ich Maximiliane."

Damit habe ich sein vollstes Mitgefühl. „Auch nicht besser!" Wir nicken uns verständnisvoll zu. Er deutet die Straße entlang. „Ich wohne dahinten."

„Ich wollt mir vorhin was zu trinken holen, magst reinkommen?"

Er zögert. „Nein, ich wollt nur ein bisserl rumschauen." Scheinbar traut er mir noch nicht ganz über den Weg. Er wirft einen Blick auf das Motorrad, das etwas verdeckt in der Einfahrt steht. „Wem gehört das? Deinem Freund?"

„Nein, das ist meine Chopper", sag ich stolz. Das schwarze Schmuckstück ist mein absolutes Heiligtum.

Der Bub schaut erst die Maschine, dann mich skeptisch an. Dann sagt er: „Wehe du lügst! Das mag ich nämlich nicht, wenn mich jemand für blöd verkaufen will."

„Damit sind wir schon zu zweit. Ich kann das auch auf den Tod nicht leiden." Zum Beweis greife ich in meine Hosentasche und ziehe den Schlüssel hervor. Dann nehme ich die Abdeckung ab. Der Ferdi bekommt leuchtend große Augen, als ich mich aufs Motorrad setze, den Schlüssel drehe und den Motor so richtig schön aufheulen lasse.

Der Sound ist Musik in meinen Ohren.

Mit einem Mal öffnet sich auf der gegenüberliegenden Straßenseite ein Fenster, aus dem eine aufgebrachte Frauenstimme ertönt: „Ruhe! Das ist eine Unverschämtheit, am helllichten Tag so einen Radau zu machen. Man sollte die Polizei holen."

Ich frage mich zwar, ob ihr der Lärm bei Nacht lieber ist, stelle aber trotzdem den Motor ab.

Das Fenster knallt zu.

„Ach, die alte Friedl wieder", kommentiert der Ferdi gleichgültig. „Die regt sich wegen jeder Kleinigkeit auf, und mit der Polizei droht sie auch ganz gern."

„Dann wird es sie sicher freuen, dass die Polizei jetzt ganz in ihrer Nähe wohnt", sage ich, während das Motorrad wieder unter der Abdeckung verschwindet. Weil der Bub jetzt ziemlich verständnislos dreinschaut, ziehe ich erklärend meinen Dienstausweis aus der Hosentasche. „Ich bin eine von den Guten", sag ich mit einem Grinsen.

„Echt jetzt?" Schwer beeindruckt fügt er hinzu: „Voll cool!"

Ich zucke grinsend die Achseln. Dann marschiere ich ins Haus, um mir endlich das verdiente Bier zu holen.

Der Ferdinand hockt mittlerweile entspannt auf der Treppe, als ich wieder herauskomme.

Ich setze mich dazu. „Du kannst mir gerne im Garten helfen, wenn du magst. Ich könnte Hilfe wirklich gebrauchen."

Er schaut ein wenig skeptisch drein.

Also füge ich hinzu: „Ich zahl dir auch was dafür." Wir einigen uns auf einen Betrag und besiegeln das Geschäft per Handschlag. Bald merke ich, dass der Kleine sein Geld wert ist.

Er stapft erst einmal wie ein Großer über das Gelände, um sich ein Bild zu machen, und legt dann mit Feuereifer los. „Zuerst brauchen wir einen Platz für das Unkraut", kommandiert er fachmännisch.

Da hat er absolut recht. Bisher habe ich einfach alles, was mir im Weg stand, umgemäht und an Ort und Stelle liegen lassen.

Gemeinsam suchen wir einen geeigneten Platz für den Kompost. Die Arbeit geht uns zügig von der Hand, ich mähe, der Ferdi recht das Gras zusammen und bringt es weg. Seit er mir gezeigt hat, wie man die Sense schärft, schneidet sie sogar einigermaßen. Erstaunlich, was der kleine Kerl alles weiß. Ich werde beim Lohn noch nach-bessern, nehme ich mir vor.

„Brauchst du die noch?", tönt es plötzlich völlig unver-mittelt hinter mir.

Ich drehe mich um.

Der Ferdi lässt dicht vor meinen Augen eine Blindschlei-che baumeln.

„Ja spinnst du?!" Erschrocken mache ich einen Satz rückwärts. Mein Herz setzt einen Takt aus. Vor Schlangen und Ratten graust es mir unbändig. „Tu bloß das Viehzeug weg!", fahre ich ihn an.

„Warum? Das ist doch nur eine harmlose Blindschleiche. Gell, Schleichi, du tust keinem was", entgegnet er erstaunt auf meine überschießende Reaktion.

„Für mich ist das eine Schlange! Mit denen stehe ich auf Kriegsfuß. Die kann ich absolut nicht haben. Weder ihr Le-der noch auf dem Teller, wie bei den Chinesen, und schon gar nicht lebendig in meinem Garten. Ist das klar?"

„Die ist so schön. Schau mal, wie die in der Sonne glit-zert." Er streichelt vorsichtig, fast ehrfurchtsvoll über das Tier.

„Das ist mir völlig wurscht, was die in der Sonne macht. Die kann glitzern, so viel sie will, aber nicht in meinem Garten."

„Darf ich sie haben?"

„Gern, nimm sie mit, und wenn du noch welche findest, bedien' dich, ohne zu fragen. Hauptsache, bei mir im Garten ist keine mehr." Ich fühle langsam den Angstschweiß aus meinen Poren fließen.

„Echt? Danke!" Glücklich über meine großzügige Geste lässt er seine Beute kurzerhand in der Hosentasche verschwinden. „Dann bringe ich sie gleich heim." Sagt's, dreht sich um und radelt davon.

„Ich komm dann wieder!", ruft er mir noch zu, bevor er weg ist.

Na hoffentlich freut sich seine Mutter mehr als ich über den tierischen Zuwachs.

Auf diesen Schreck hin könnte ich jetzt einen Schnaps vertragen. Die Gartenarbeit macht mir noch weniger Spaß als zuvor. Überall schaue ich erst vorsichtig nach, ob sich da was im Gras regt. Es könnte ja durchaus noch die Verwandtschaft der Schleichi unterwegs sein.

Eine halbe Stunde später ist der Ferdi noch immer nicht zurück. Sicher hat ihn seine Mutter nicht mehr weggelassen. Kein Wunder. Arbeitet bei einer wildfremden Frau im Garten und kommt verdreckt und mit einer Blindschleiche in der Hosentasche nach Hause. Wäre es mein Sohn, ließe ich den auch nicht mehr aus dem Haus. Die muss mich ja für eine Irre halten.

Lustlos räume ich das Werkzeug auf und gehe hinein. Nach diesen Strapazen gönne ich mir ein heißes Vollbad. Mit Lavendel! Badezusatz aus dem Nachlass der Tante Fanny. Scheint ihr Lieblingsduft gewesen zu sein.

Kapitel 3

Nach ein paar Tagen habe ich mich so einigermaßen eingelebt. Ich schiebe hier in Schnaipfing tatsächlich eine relativ ruhige Kugel. Ganz anders als früher in Frankfurt, aber man gewöhnt sich daran.

Der Hafner ist gar nicht so wild, wie er im ersten Moment rübergekommen ist. Scheinbar hat er sich mit seinem Schicksal abgefunden. Wobei der Knogl ja behauptet, der Hafner habe einen gewaltigen Anpfiff von oben bekommen, als er sich über die Stellenbesetzung beschwert hat. Ich tu so, als wüsste ich davon nichts. Jedenfalls kommen wir mittlerweile so einigermaßen miteinander aus und mit der Zeit wird er es auch akzeptieren, dass ich eine Frau bin. Vielleicht stimmt ihn auch milder, dass er meinen guten Willen sieht und ich Dienst schiebe wie alle anderen auch.

Wenige Tage nach dem Auffinden der Leiche ist der Befund aus der Rechtsmedizin da. Todesursache, wie vermutet, ein Sturz aus großer Höhe auf dem kantigen Stein mit daraus resultierendem Schädelbruch.

„Fremdeinwirkung konnte nicht nachgewiesen werden", liest der Hafner laut aus dem Obduktionsbericht vor und nickt zur Bekräftigung in meine Richtung, so als wolle er damit sagen: „Ich habe es ja gleich gesagt!"

Kurz darauf werden der Knogl und ich zu einem Einsatz am Friedhof gerufen. Nichts Aufregendes, Verkehrsunfall ohne Personenschaden. Trauergäste einer Beerdigung sind beim Ausparken zusammengestoßen. Die Sachlage ist eindeutig, man klärt die Sache unter sich.

Eigentlich sitzen wir schon im Wagen und fahren gerade los Richtung Dienststelle, als eine ältere schwarz gekleidete Frau durch das Friedhofsportal tritt. Sie muss eine der Angehörigen sein, denn der Knogl hält noch mal an und steigt aus, um zu kondolieren. Ich bleibe im Wagen sitzen, schließlich kenne ich sie nicht. Durch die offene Autotür höre ich: „Jetzt müssen wir halt fest zusammenhalten, dann packen wir auch das noch."

„Wer war das?", frage ich, nachdem er wieder bei mir im Wagen sitzt.

„Die Mutter vom Schachtner."

„Dem Schachtner?" Er nickt.

„Hat's nicht leicht, die alte Frau. Erst die Schwiegertochter, jetzt der Sohn. Es ist ein Elend bei denen."

Die Turmuhr schlägt zwölf. Mittagszeit. Eigentlich warte ich darauf, dass er mit seinen Ausführungen fortfährt, was denn mit der Schwiegertochter war. Stattdessen fragt er: „Fahren wir noch zum Standl?"

„Wohin?"

Er schaut mich überrascht an. „Jetzt sag bloß, du kennst das Standl noch nicht?"

Ich zucke ratlos die Schultern. „Ich bin ja erst seit ein paar Tagen in der Stadt!", füge ich erklärend hinzu.

Er schüttelt verständnislos den Kopf. „Das Standl ist der Treffpunkt in Schnaipfing. Da holt man sich sein Mittagessen und am Nachmittag den Kuchen. Da erfährt man, wer mit wem und wann und wo. Da trifft sich praktisch die halbe Stadt."

„Aha. Was gibt's da zum Essen?"

„Immer dasselbe."

„Wie? Immer dasselbe?"

Dem Knogl ist es zu umständlich, mir das zu erklären. Er meldet uns per Funk beim Hafner ab, wendet den Wagen und fährt los. „Weißt du was, schau's dir selber an."

Mitten am Stadtplatz, relativ zentral gelegen, steht eine Holzhütte und davor zwei Stehtische. Was aber das Ganze interessant macht, es stehen da auch jede Menge Menschen.

Der Knogl parkt den Wagen mitten im Halteverbot und wir steigen aus. Neugierig steuere ich auf das Treiben zu. Je näher wir kommen, umso besser riecht es. Ich schließe die Augen und atme den Duft - es duftet wirklich - tief ein. Fleischpflanzerl! Mir läuft das Wasser im Mund zusammen.

„Siehst du, das ist das Standl!", erklärt der Knogl feierlich.

Ohne zu überlegen, reihe ich mich hinter ihm ein. Was so dermaßen herrlich riecht, kann nur gut schmecken. Die lange Warteschlange bekräftigt meinen Verdacht. Überraschend zügig kommen wir voran und eher als erwartet bin ich an der Reihe. Jetzt verstehe ich auch, was der Knogl mit immer dasselbe gemeint hat. Es gibt nur ein Gericht. Heute sind es Fleischpflanzerl. Was aber nicht heißen soll, dass man keine Auswahl hätte. Man kann sie mit Kartoffelsalat haben, oder in der Semmel. Mit Senf oder ohne, zum Mitnehmen oder gleich hier am Stand verspeisen. Ich entscheide mich für eine Portion mit Kartoffelsalat.

Gemeinsam mit dem Knogl begebe ich mich an einen der Stehtische. Süßen und scharfen Senf gibt es in einem Glas mit Dosierspender. Erinnert mich vom Ausschauen her ein bisschen an Handwaschseife, schmeckt aber hoffentlich besser.

Einmal, zweimal, ich drücke den Hebel so oft, bis eine ordentliche Portion Senf auf dem Teller landet. Und dann beiße ich in die besten Fleischpflanzerl meines Lebens. Jedenfalls erinnere ich mich nicht daran, jemals etwas Köstlicheres gegessen zu haben.

Die Mama ist küchentechnisch gesehen eine einzige Katastrophe. Das kann man leider nicht anders bezeichnen. Böse Zungen behaupten sogar, dass mein Vater aufgrund ihrer Kochkunst so früh verstorben ist. Aber Gott sei Dank wohnt jetzt die Tante Rosa bei ihr und hat das Zubereiten der Nahrung übernommen. Sie kann wirklich ganz gut kochen, aber diese Fleischpflanzerl hier sind einfach unschlagbar. Der blanke Wahnsinn.

Saftig, würzig, kein bisschen trocken oder angebrannt. Der Senf ist hundertprozentig selbst gemacht.

„Schmeckt's?", erkundigt sich der Knogl grinsend.

„Spitzenmäßig", bestätige ich zwischen zwei Bissen.

„Macht alles die Hilde selbst."

Ich schaue mir zum wiederholten Male die Warteschlange an. Jetzt versteh ich gut den Andrang, der hier herrscht.

Die Frau im Standl ist mir bislang gar nicht aufgefallen. Bedient hat uns ein Mann. Ich entdecke sie im hinteren Teil der Hütte. Flink bringt sie immer wieder Nachschub in einer flachen Edelstahlschale herbei, um dann wieder zurück zum Herd zu flitzen und die nächste Ladung zu braten. Scheinbar gibt es einen unendlichen Vorrat an Fleischteig. Es geht zack, zack, zack. Ich höre nur: „Mit?" oder „Ohne?", was heißen will, mit Kartoffelsalat oder in der Semmel und wusch, hat der Kunde die Ware schon in der Hand.

Neben dem Standl steht ein langer Biertisch mit Wannen drauf. Eine kleine für das Besteck, eine große für das Geschirr.

Ich putze meinen Teller bis auf den letzten Rest leer. Dann stelle ich ihn, wie alle anderen, in den Sortierbehälter. Das System scheint reibungslos zu funktionieren. Wir warten ab, bis sich der Ansturm gelegt hat.

„Komm mit, ich stell dich vor", beschließt der Knogl und zieht mich zum Standl.

Die Besitzer Hilde und Heinz sind ein sympathisches älteres Ehepaar. Im Gespräch stellen wir überrascht fest, dass sie in der Nachbarschaft nur eine Querstraße weiter von mir wohnen. Bis dato waren wir uns noch nicht begegnet. Beide kannten die Fanny und freuen sich, dass ihr Haus jetzt wieder bewohnt ist. Im Gegenzug lobe ich ihr Essen.

„Ja, kochen kann sie, meine Hilde", meint der Heinz und legt stolz den Arm um seine bessere Hälfte.

Kapitel 4

Der Ali war immer noch nicht da und langsam werde ich echt sauer. Unzuverlässigkeit ist eines der Dinge, die ich absolut nicht leiden kann. Außerdem vermisse ich meinen Fernseher und die Wäsche wird auch langsam knapp. Die Nummer vom Döner kenne ich auswendig.

„Ali, wo bleibt mein Umzug?", blaffe ich schlecht gelaunt ins Telefon, nachdem er abgehoben hat.

„Umzug kommt. Süleyman sagt, diese Woche oder nächste Woche oder nächsten Monat."

„Dein Süleyman hat nicht mehr alle Tassen im Schrank. Ali, ich brauche die Kartons jetzt! Diese Woche, spätestens nächste. Ich hab nichts zum Wechseln dabei, verstehst du? Nichts!" Ich hasse es, wenn Männer meinen, bei Frauen können sie sich alles leisten.

„Ich verstehe schon", entgegnet der Ali. Er hört sich auch ganz verständnisvoll an, „aber Süleyman sagen, er fährt erst, wenn er kriegt Hammel."

„Der Süleyman bekommt zweihundert Euro von mir. Das war so ausgemacht. Von einem Hammel war nie die Rede."

„Braucht Hammel für türkisches Opferfest. Ist schon bestellt."

Ich hole tief Luft. „Hör zu, Ali, sag deinem Süleyman, er bekommt dreihundert Euro von mir, aber dafür brauche ich meinen Umzug bis Mittwoch. Nächste Woche! Ist das klar? Sonst nehme ich mir eine Umzugsfirma und der Süleyman kriegt gar nichts!"

„Ich sprechen Süleyman. Du rufen in eine Stunde noch mal an?"

Eine Stunde später verspricht mir der Ali dann hoch und heilig, oder bei Allah - wie man das sehen mag –, dass ich am Mittwoch meine Sachen bekomme. Vorsichtshalber frage ich noch mal nach, ob er schon den Mittwoch der kommenden Woche meint und auch in diesem Jahr. Man weiß ja nie. Weil er mir jedoch keine konkrete Uhrzeit sagen will, gebe ich ihm sicherheitshalber die Adresse vom Revier. Nicht dass der Süleyman vor mir eintrifft und dann wieder alles mitnimmt, weil niemand da ist.

Den ganzen Mittwoch schüttet es wie aus Kübeln. Bis zum Nachmittag war weit und breit kein Türke zu sehen. Um fünf endet endlich mein Dienst. Ich schaue zu, dass ich nach Hause komme.

Gerade will ich ins Haus gehen, da hält vor dem Gartentor ein Kleintransporter. „Import - Export Süleyman Öztürk" steht in Großbuchstaben auf der Seitenplane. Darunter die Handynummer des Unternehmers.

Man glaubt es nicht. Mir fällt ein Stein vom Herzen. Es sah ganz danach aus, als würde Ali mich wieder versetzen.

Erfreut marschiere ich zum Wagen.

Ein drahtiger kleiner Südländer springt vom Fahrersitz und läuft flink um den Wagen. „Hallo! Bist du Polizei Meise? Ich Süleyman. Schwager von Schwester von Frau von Ali."

„Meisinger!", korrigiere ich ihn.

„Hab isch alles dabei. Alles hundert Prozent sischer, tipptopp. Aber Vorsicht, dass nix springt raus, wenn isch öffne Wagen."

Was soll da bitte schön herausspringen, wenn er alles so tipptopp verstaut hat? Er öffnet die Ladeklappe.

Ein unbeschreiblicher Gestank strömt mir entgegen. Ich halte entsetzt die Nase zu und stecke vorsichtig den Kopf ins dunkle Heck des Fahrzeugs. Leichter Würgereiz macht sich bemerkbar. Ich schlucke.

Hat der außer dem Umzug etwa auch noch eine Leiche im Transporter? Wundern würde mich gerade gar nichts. Was ich zuerst sehe, sind nicht meine ersehnten Kisten, sondern ein stinkender, dreckiger Schafbock, der mich aus funkelnden Augen wütend anstarrt.

„Das ist Achmed!", erklärt mir der Süleyman freudestrahlend, so als hätte ich gerade den Hauptgewinn in einer Lotterie gezogen. Dann hüpft er in den Wagen.

Mutig! Bei der Laune, die das Tier ausstrahlt, rechne ich damit, dass der Süleyman in der nächsten Sekunde hochkant wieder herausfliegt. Aber nichts dergleichen passiert.

„Das ist ein Hammel!", berichtige ich ihn fassungslos. Meine Stimmung sinkt schlagartig. „Sag mal, bist du übergeschnappt?", fahre ich ihn an. „Du kannst doch nicht einfach einen Schafbock zwischen meiner Kleidung transportieren!"

„Ach das macht Achmed nix", entgegnet er gelassen. „Achmed braucht nix viel Platz. Ist gut gepolstert." Er lacht glucksend und klopft dem verdreckten Tier auf den stinkenden Pelz. Kleine Staubwölkchen steigen dabei auf.

Das kann ich, obwohl es im Laderaum ziemlich dunkel ist, gut sehen. Jede weitere Diskussion erscheint mir zwecklos. Der Süleyman kapiert einfach nicht, was ich meine, und ich werde immer grantiger. Außerdem bin ich wegen des blöden Regens schon patschnass und habe keine Lust mehr, länger als nötig hier draußen herumzustehen.

Zuallererst muss der Achmed aus dem Karren, sonst kommen wir nicht an meine Kisten. Aber so gereizt, wie das Vieh mittlerweile ist, könnte es sein, dass es mir beim Ausladen einen Tritt verpasst. Dann müsste ich ihn leider erschießen.

Da hätte der Süleyman ein Problem, weil er den Hammel lebend für irgendein Ritual braucht, das zu einem türkischen Opferfest gehört, bei dem das Tier feierlich geschlachtet wird.

Ich schau das Vieh böse an und denke mir: „Recht geschieht dir! So was wie du gehört auf den Grill und nicht zwischen meine Umzugskartons."

Neben der Bordwand zieht Süleyman ein etwa zwei Meter langes Brett hervor. Es ist gerade so breit, dass der Hammel darauf laufen kann. Nachdem er damit eine Rampe gebaut hat, bindet er das Tier los und wirft mir die Leine zu. „Du ziehen, isch schieben!", verteilt er die Aufgaben.

Leider ist Achmed damit ganz und gar nicht einverstanden. Er wehrt sich aus Leibeskräften und so bleibt dem Süleyman nichts anderes übrig, als über den Hammel zu steigen und ihn mit einem kräftigen Schwung in Richtung Rampe zu bewegen. Achmed kommentiert das mit einem kräftigen Stoß seiner Hinterläufe gegen meine Kartons.

Ich bete, dass darin nicht der Fernseher ist.

Auch jetzt ist das Tier kaum von der Stelle zu bewegen. Wir stehen uns fast Auge in Auge gegenüber und ich kann nicht sagen, wer von uns beiden wütender ist. Ich ziehe, was das Zeug hält, an der Leine.

Mit den Vorderbeinen steht er schon auf dem Brett, doch mit den Hinterläufen findet er immer noch Halt und spreizt sich stur dagegen. Erst als ihm Ali mit einem lauten „hareket!" einen festen Tritt in den Hintern verpasst, kommt Bewegung in die Sache.

Beinahe sachte gleitet er auf dem nassen Brett wie auf einer Rutschbahn zu Boden.

Wir binden den Achmed an eine Straßenlaterne, was der wiederum gar nicht gut findet, und er fängt aus Leibeskräften an zu schreien. So etwas hab ich noch nicht gehört. Vielleicht ist er ja wasserscheu. Jedenfalls bekommt jetzt auch der letzte Bewohner dieser Straße mit, dass hier jemand einzieht. Ich warte nur darauf, dass das Fenster der alten Friedl wieder aufgeht. Vielleicht schickt sie auch gleich die Kollegen vorbei. Hurra, das gäbe ein Gerede auf der PI. Darauf kann ich gut verzichten.

„Halts Maul!", brülle ich den Hammel an, aber den interessiert das nicht. Es ist zwecklos.

Bis alle Kisten und Kartons im Haus sind, dauert es. Einige sind aufgrund der Nässe schon stark aufgeweicht, weil sie der Süleyman nur abstellt und ich mit dem Transport ins Trockene hinterherhinke.

Ich hoffe inständig, dass die Feuchtigkeit an den Kartons nur Regenwasser ist und nicht vom Achmed stammt, sonst springe ich dem Süleyman an die Gurgel und dem Ali gleich dazu. Tipptopp Umzug. Ha!

Der Süleyman bekommt sein Geld. Dreihundert Euro für diesen Halsabschneider und der Hammel landet nach einigen Schwierigkeiten wieder im Transporter.

Drinnen im Trockenen suche ich sofort die Kiste mit meinen Klamotten. Hätte ich die nur per Post vorausgeschickt. Auf dem Motorrad konnte ich nur wenige Sachen mitnehmen und wer denkt denn auch an so was.

Sorgfältig hänge ich einige Lieblingsteile auf einen Bügel ins Bad. Die völlig durchnässte Kleidung von heute kann ich nur mehr zum Abtropfen über den Badewannenrand hängen. Das Wasser rinnt in kleinen Bächen aus meinem Haar. Ich frottiere es notdürftig.

Der Achmed hat ganze Arbeit geleistet. Die gesamte Garderobe stinkt erbärmlich. Sie muss komplett durchgewaschen werden. Da bin ich sicher tagelang damit beschäftigt. Alles riecht nach Schaf.

Das fällt sogar dem Knogl am nächsten Tag auf. „Du riechst heute aber - interessant!", meint er mit einem skeptischen Blick in meine Richtung. „Neues Parfüm?" Er schnuppert. „Ein bisschen herb, animalisch, fast wie Aftershave?", grübelt er und schaut mich stirnrunzelnd an.

„Eher der After vom Schaf!", denke ich mir und ziehe verlegen den Kopf ein. „Nein", stottere ich und werde rot dabei. „Uniform, Mottenkugeln, hab ich ja in Frankfurt nicht gebraucht", lüg ich. Er muss ja nicht alles wissen.

Nachdem ich gestern noch die halbe Nacht vergeblich versucht habe, die alte Waschmaschine in Gang zu bringen, frage ich ihn nach einem Waschsalon. Etwas irritiert versichert er mir, dass es so eine Einrichtung hier bei uns in Schnaipfing leider nicht gibt. Wieso wundert mich das jetzt nicht!? Aber das sind halt die kleinen Annehmlichkeiten der Großstadt, nur von dieser Bezeichnung ist Schnaipfing meilenweit entfernt.

Ich berichte ihm von meinem Dilemma mit der kaputten Maschine, und der Knogl nennt mir den Namen eines Elektrikers, den er mir wärmstens empfehlen kann. Seine Wäsche erledigt seine Frau, erzählt er mir beiläufig. Ich wusste nicht einmal, dass er verheiratet ist. Privates lassen wir außen vor. Abgesehen davon ist der Knogl um einiges älter und überhaupt nicht mein Typ.

Ich stehe jedoch vor einem neuen Problem.

Der nette Elektriker kommt zwar tatsächlich am selben Abend noch vorbei, aber leider völlig umsonst, wie er mir nach einem kurzen Blick in das Gerät versichert. „Da ist nichts mehr zu machen!"

Deshalb packe ich die komplette Wäsche in mehrere Taschen - es ist doch ein größerer Posten, als ich gedacht habe - und mache mich am nächsten Morgen vor der Arbeit gleich auf die Suche nach einer Schnellreinigung. Irgendjemand muss meine Garderobe ja wieder auf Vordermann bringen.

Die Besitzerin ist über den Großauftrag hoch erfreut und gewährt mir großzügigerweise Mengenrabatt. Der Preis lässt mich trotzdem noch gewaltig schlucken. Dafür zaubert er der Ladeninhaberin ein breites Grinsen ins Gesicht. Was ich an Umzugskosten gespart habe, geht jetzt doppelt und dreifach für die Reinigung meiner Klamotten drauf. Und eine neue Waschmaschine brauche ich obendrein.

Kapitel 5

„Wer hat eigentlich diesen amerikanischen Schwachsinn bei uns in Deutschland eingeführt? In meiner Kindheit gab es diesen Blödsinn nicht!" Schimpfend lege ich das Telefon zurück an seinen Platz.

Heute ist Halloween und ich schiebe mit dem Chef die Nachtschicht. Eben kam ein Anruf, bei dem man, außer heiserem Geröchel, nichts hören konnte. Echt witzig! Es klingelt erneut.

Der Hafner nickt mir auffordernd zu. „Meisinger, gehen Sie dran, mir sprengt's den Schädel vor lauter Kopfweh!" Der Dienststellenleiter unterstreicht das Gesagte mit leidender Miene.

In den letzten sechs Wochen konnte ich ihn einigermaßen gut kennenlernen. Solange man sich ihm nicht widersetzt, kommt man mit ihm aus. Nur das Dagegenreden mag er nicht. Und von mir schon gar nicht, weil ich eine Frau bin. Da kann er ganz schnell ungemütlich werden, der Herr Dienststellenleiter.

„Polizeirevier Schnaipfing, Meisinger", melde ich mich pflichtbewusst.

Es ist saublöd. Eigentlich müsste ich „Kriminalkommissarin Meisinger" sagen. Weil das aber in einem Kaff wie Schnaipfing eh keiner kapiert, warum man die Kripo an der Strippe hat, wenn man die Polizei anruft, lasse ich die Dienstbezeichnung kurzerhand weg.

Am anderen Ende hört man wieder nur leises Röcheln und Murmeln, dann ist die Leitung tot. Langsam wird es mir echt zu bunt. Den ganzen Abend über war Ruhe gewesen, und jetzt zu später Stunde fängt dieser Blödsinn an. Sicher sind das nur irgendwelche Jugendliche, die sich mit diesem kindischen Telefonstreich die Zeit vertreiben. Auf meine Kosten!

Ich schüttle genervt den Kopf, weil mir der Hafner fragende Blicke zuwirft.

„Wissen Sie was?", jammert er, „ich leg mich jetzt für eine Stunde hin. Diese Migräne macht mich wahnsinnig. Wenn nicht mehr los ist, schaffen Sie das ganz gut allein, und falls was ist, können Sie mich ja rufen." Sagt's und verschwindet im Nebenraum.

Mir soll es recht sein. Was mir aber ganz und gar nicht passt, ist dieses verflixte Telefon, das innerhalb kürzester Zeit zum dritten Mal läutet, und wie ich richtig vermute, hat mir der Anrufer auch diesmal nicht viel zu sagen. Wie zuvor, wird die Rufnummer nicht angezeigt. Anonym. Dementsprechend mies gelaunt hebe ich den Hörer ab. Röcheln, Husten, Keuchen, es kann auch ein unterdrücktes Lachen sein, schwer einzuordnen.

Nun reicht es mir endgültig. Ich brülle ins Telefon: „Jetzt hört einmal gut zu, ihr Schwachmaten. Was ihr hier macht, das ist Vortäuschen einer Straftat. Außerdem blockiert ihr mit dieser kindischen Aktion die Leitung für echte Notfälle. Wenn ihr jetzt noch ein einziges Mal hier anruft, lasse ich euch orten, und dann sperre ich euch so lange in die Ausnüchterungszelle, bis ihr schwarz werdet. Habt ihr das jetzt endlich kapiert?" Stinksauer knalle ich den Hörer auf den Tisch.

Depperetes Halloween. Und so was wird von unseren Mitmenschen auch noch mit Süßigkeiten belohnt. Ich fasse es nicht.

Eine halbe Stunde lang herrscht Ruhe. Na bitte, geht doch. Klartext muss man mit den Leuten reden.

Als das Telefon das nächste Mal klingelt, zeigt das Display eine Mobilrufnummer an. Am anderen Ende ist eine aufgeregte Frauenstimme zu hören. Sie faselt etwas von „Scheibe kaputt, überall Blut" und dass ich sofort kommen soll. Sie nennt eine mir unbekannte Adresse.

Schnurstracks mache ich mich auf den Weg. Vorher muss ich allerdings leider den Hafner aus dem Schlaf reißen.

Der ist total durch den Wind und schickt mich deshalb notgedrungen alleine los. Ich soll mich melden, falls es Probleme gibt.

Die Adresse gehört zu den nobleren Wohnvierteln Schnaipfings und liegt am Vogelsberg, hoch über der Stadt. Wer hier wohnt, hat nicht nur eine grandiose Aussicht, sondern auch einen entsprechend gut gefüllten Geldbeutel. Das wird mir beim Anblick der Villa, vor der ich zum Stehen komme, klar.

Von Weitem ist das Blaulicht des Notarztwagens erkennbar. Die waren etwas schneller als ich. Kein Wunder, das Krankenhaus liegt unweit auf der anderen Bergseite.

Im Haus ist alles hell erleuchtet. Beim Näherkommen fällt mir auf, dass die riesige Fensterscheibe des Wohnzimmers zertrümmert ist. Vor der Haustür ist eine Blutlache. Der Hausherr selbst liegt notdürftig verarztet auf einer Krankentrage, bereit zum Abtransport.

Er schaut aus wie ein Halloweenmonster. Leider handelt es sich hierbei nicht um eine Maskerade, sondern um die brutale Realität. Ein Auge ist rot und völlig zugeschwollen, die Nase hat es ebenfalls erwischt. Der Notarzt versucht, sie mit einer Tamponadebinde abzudichten. Jetzt hängt ein blutdurchtränkter Faden heraus. Auch das Zahnschema dürfte nicht mehr ganz komplett sein.

Ich bin mir relativ sicher, dass in der roten Lache am Boden ein oder zwei der Beißerchen liegen.

Der Sankafahrer nickt mir grüßend zu und meint mit Kennerblick auf den Verletzten: „Dem hat einer sauber eine aufgestrichen!" Womit er sagen will: „Dem hat jemand schlagkräftig seine Meinung mitgeteilt."

„Wir nehmen ihn fürs Erste mit ins Krankenhaus. Bis morgen bleibt er sicher da, wenn nicht länger. Privatpatient!"

Ich deute mit dem Kinn in Richtung Blutlache.

„Ja was haben wir denn da?", freut sich der Sanitäter. Er nimmt eine Zahnrettungsbox aus seinem Koffer und beugt sich hinunter. Kurz bevor er in die Lache greift, zögert er. „Wobei, der hat genug Geld, der kauft sich Neue", erklärt er mir augenzwinkernd. Dann transportieren sie die traurige Figur mit Blaulicht ab.

Ja, das glaub ich gerne, dass der Verletzte die Nacht heute nicht in seinen eigenen vier Wänden verbringen wird. So wie der ausschaut, wird das dauern, bis er Wiedererkennungswert erlangt hat.

Ich begebe mich ins Haus hinein.

Den Weg zum Wohnzimmer weist mir eine dunkelrote Blutspur auf den schönen weißen Marmorfliesen. Scheinbar hat der Kampf vor der Haustür stattgefunden. Woraufhin sich das Opfer mit seinen Verletzungen ins Wohnzimmer geschleppt haben muss.

Ich zücke mein Notizbuch und halte diese ersten Erkenntnisse fest. Auf dem Weg durch den Flur komme ich an der Küche vorbei.

Eine Frau sitzt auf einem Stuhl am Esstisch. Physisch wirkt sie in Ordnung, psychisch dagegen absolut nicht. Weiß wie die Wand hält sie verkrampft ein leeres Schnapsglas in der Hand. Eine angebrochene Flasche Hochprozentiges steht vor ihr auf dem Tisch.

„Grüß Gott", sag ich vorsichtig, um sie nicht zu erschrecken.

Sie hat mein Eintreffen, so scheint es, gar nicht bemerkt. Langsam hebt sie den Kopf und schaut mich geistesabwesend an.

„Sind Sie die Ehefrau?"

Sie schüttelt den Kopf.

„Aber der Anruf auf dem Polizeirevier kam von Ihnen?"

Sie nickt.

„Und wer sind Sie dann?"

Sie gießt sich einen weiteren Schnaps ein und kippt ihn in einem Zug hinunter. Angewidert schüttelt sie den Kopf. „Seine Sekretärin." Sie steht auf und reicht mir die Hand. „Entschuldigen Sie bitte. Silke Brunner."

„Kriminalkommissarin Meisinger", stelle ich mich vor. „Alles ein bisschen viel, oder?", beurteile ich die Situation.

Sie nickt. Dann räumt sie Flasche und Glas weg. „Ich habe mich erst gar nicht ausgekannt, als das Telefon geläutet hat. Er hat ja kein vernünftiges Wort mehr herausgebracht. Nur undeutlich genuschelt."

„Ja", sag ich, „solche Anrufe kenne ich zur Genüge." Vor allem, wenn irgendwelche Besoffenen dran sind. Da muss man ganz genau hinhören, um irgendwas zu verstehen.

„Ich habe mir gleich gedacht, dass etwas Schreckliches passiert sein muss, und bin sofort hierhergefahren. Die Haustür stand sperrangelweit offen. Er lag im Wohnzimmer auf dem Fußboden, das Telefon neben sich", fährt sie mit ihren Ausführungen fort. „Wer macht denn so was?" Sie schaut mich verzweifelt an.

Mittlerweile stehen wir beide wieder im Wohnzimmer.

Ja, das würde mich auch interessieren. Wer macht so etwas. Aber noch viel mehr interessiert mich, warum macht jemand so was? „Wissen Sie, ob irgendwelche Wertsachen verschwunden sind?"

Sie schüttelt den Kopf. „Genau weiß ich das natürlich nicht." Sie lässt ihren Blick über die Wände und die Einrichtung gleiten. „Aber auf den ersten Blick ist noch alles da. Die Bilder sind sehr wertvoll."

Einen exakten Überblick hat wohl nur der Hausherr selbst, aber der ist momentan nicht vernehmbar. Meine Frage nach einer Ehefrau oder Lebensgefährtin des Opfers verneint sie. Dann nimmt sie vom Wohnzimmertisch ein zerknülltes Stück Papier.

„Nichts anfassen!", rufe ich. Zu spät.

Vorsichtig zieht sie es auseinander und liest stumm. „Das ist mir vorher gar nicht aufgefallen", sagt sie und reicht mir den Zettel.

Darauf steht: „Wer sich auf Kosten anderer das Leben versüßt, der kann auch Saures einstecken!"

Interessant. Die Buchstaben wurden eindeutig aus einer Tageszeitung ausgeschnitten und auf ein Blatt Kopierpapier geklebt.

Ich fotografiere es mit dem Handy ab und stecke den Zettel ein. Eventuell ein wichtiges Beweisstück. Schaut aus, als handele es sich hier um einen geplanten Rachefeldzug. Jemand, auf dessen Kosten sich das Opfer, wie steht da noch mal geschrieben?, das Leben versüßt hat. Sehr interessant. Während ich die Spurensicherung informiere, fährt draußen mit quietschenden Reifen ein Wagen vor.

„Silke?" Ein Mann stürmt aufgeregt ins Zimmer. „Wie schaut's denn hier aus? Ist mit dir alles in Ordnung?"

„Halt! Stehen bleiben!", schreie ich. Der Mensch zertrampelt womöglich wichtige Spuren, die erst noch gesichert werden müssen. „Wer sind Sie und was wollen Sie?"

Der Eindringling schaut mich verdutzt an, bleibt aber wie befohlen stehen. „Stefan Brunner. Ich bin ihr Ehemann", erklärt er mit einem Blick auf die Frau. „Die Silke hat mich völlig fertig angerufen und gesagt, dass dem Chef etwas Schreckliches passiert und sie bei ihm zu Hause sei." Er schaut sich um. „Was ist denn los?" Vorsichtig geht er zu seiner Gattin hinüber.

„Der Herr ...", wie heißt das Opfer überhaupt? Mir fällt auf, dass ich den Namen gar nicht kenne. Fragend schaue ich die Frau Brunner an.

„Kainzbauer", hilft sie mir auf die Sprünge.

„Der Herr Kainzbauer ist von Ihrer Gattin schwer verletzt aufgefunden worden", kläre ich ihn über den Vorfall auf. „Wie es aussieht, hat ihn jemand tätlich angegriffen. Ihre Frau hat dann die Rettung und uns informiert. Mehr wissen wir momentan noch nicht."

„Das wundert mich nicht!", platzt es aus ihm heraus.

Seine Frau stößt ihn mit dem Ellenbogen in die Rippen.

„Ist doch wahr!"

„Wie meinen Sie das?", hake ich nach.

„Weil er ein Ausbeuter ist. Ein Halsabschneider, ein Pfennigfuchser!", wettert der Gatte drauflos. „Fragen Sie doch seine Angestellten."

„Das werde ich machen", darauf kann er Gift nehmen.

„Der Kainzbauer ist nur dann großzügig, wenn für ihn selbst das meiste herausspringt."

„Stefan, sei doch still!", versucht ihn, seine Frau zu bremsen. Der Wutausbruch des Gatten ist ihr merklich unangenehm.

„Ach wenn es wahr ist. Jetzt hat sich endlich einmal jemand getraut und dem eine verpasst. Das gönne ich ihm von Herzen."

„Vorsicht mit dem, was Sie sagen. Wo waren Sie heute Abend?"

„Wieso?"

„Sie haben doch gesagt, Ihre Frau hat Sie angerufen, das heißt, Sie waren zur fraglichen Zeit nicht zusammen?

Also, wo waren Sie?"

„Glauben Sie vielleicht, ich bin das gewesen?", gibt er wütend zurück.

„Sie scheinen immerhin vom Opfer nicht die beste Meinung zu haben. Wie es ausschaut, handelt es sich um einen Racheakt. Also noch mal, wo waren Sie heute Abend?"

„Im Büro!", bellt er mir entgegen. „Ich arbeite nämlich für diesen Ausbeuter. Die Kalkulation für einen Auftrag war nicht fertig und die brauchte er, ganz dringend. Bevor ich morgen am Feiertag arbeite, mache ich lieber heute Überstunden."

„Gibt es dafür Zeugen?"

Er überlegt kurz. „Der Wachmann. Der hat mir das Tor geöffnet, als ich kam. Im Übrigen gibt es da ganz andere, die einen Grund hätten, um dem Kainzbauer eine aufzustreichen."

„Zum Beispiel?"

„Von mir erfahren Sie nichts, sonst bin ich vielleicht der Nächste, den es erwischt."

„Können wir jetzt bitte gehen?", unterbricht seine Frau das Gespräch. „Ich würde gerne nach Hause fahren."

Nachdem ich mir Namen und Adresse notiert habe, lasse ich die beiden ziehen.

Kurz darauf trifft auch die SpuSi ein, die ich zwischenzeitlich angefordert habe. Die Kollegen beginnen sofort damit, alle Spuren am Tatort zu sichern, und ich mache mich auf den Rückweg.

In der Dienststelle treffe ich den Hafner an. Dem geht es immer noch ziemlich schlecht, daher interessiert ihn der Einsatz nicht besonders. Ich versuche, ihm die Geschehnisse mitzuteilen, doch sein Kommentar dazu ist: „Schreiben S' ein Protokoll, Meisinger, und waren S' auf die Ergebnisse der Spurensicherung."

Er ist der Chef!

Kapitel 6

Noch ganz früh am nächsten Morgen werde ich durch das nervige Klingeln des Telefons im Wohnzimmer wach. Missmutig wälze ich mich in meinem Bett und würde mir am liebsten die Decke über den Kopf ziehen und mich taub stellen. Ich habe absolut keine Lust aufzustehen, um mit der Mama zu ratschen. Wer sonst sollte um so eine unchristliche Zeit bei mir anrufen, noch dazu über das Festnetz. Nachdem es aber nicht aufhört zu klingeln, stapfe ich schließlich ergeben ins Erdgeschoss und hebe ab.

Ohne Punkt und Komma, geschweige denn eine Begrüßung, legt sie los: „Du gehst heute aber schon in die Kirche, Mädi!"

Am Tonfall erkenne ich deutlich, es ist keine Frage, sondern ein Befehl. „Warum soll ich in die Kirche gehen?", entgegne ich kapierlos. Ich stehe barfuß auf dem nackten Holzboden im Wohnzimmer und reibe mit dem einen Fuß die Zehen des anderen. Mir ist kalt, ich bin müde und will zurück ins Bett, und um acht Uhr morgens habe ich echt keine Lust auf Diskussionen zum Thema Kirchgang etc.

„Es ist Allerheiligen!", betont sie.

„Ich bin nicht heilig und werde es vermutlich auch nie werden!", unterdrücke ich ein Gähnen. „Wozu dann bitte schön soll ich da in die Kirche gehen?"

„Wegen der Tante Fanny, du gottloses Geschöpf!", schimpft sie los. „Sie hat dir ihr schönes Haus vermacht.

Es gehört sich einfach, dass du heute zur Grabsegnung gehst."

Verdammt, das habe ich total vergessen.

Friedhöfe und Gräber sind nicht so mein Ding. Es reicht völlig, wenn ich von Berufs wegen hin und wieder da hin muss.

„Um den Blumenschmuck hat sich der Gärtner gekümmert, der übernimmt ja ohnehin die Grabpflege. Wer weiß, wie es sonst dort ausschauen würde. Du musst also nur noch hingehen, sonst nichts. Es ist eine Schande!", schimpft sie. „Du bist doch eine Frau, aber du hast halt so gar nichts Weibliches an dir."

„Das stimmt nicht, ich habe einen Busen und lange Haare."

Sie unterbricht mich: „Das sind keine Haare, das ist ein Zustand auf deinem Kopf. Es tut mir in der Seele weh, was du mit den schönen Locken angestellt hast!"

Die alte Leier.

Ich höre gar nicht mehr hin und gähne stattdessen verstohlen.

„Daran ist nur dein Vater schuld", schimpft sie weiter.

„An meinen Haaren?"

„Ach Unsinn. Dass du absolut nix Weibliches an dir hast!"

„Entschuldige mal", empöre ich mich, aber sie hört mich gar nicht.

„Weil er halt immer einen Buben gewollt hat. Darum hat er dich auch wie einen behandelt. Wenn andere Mädel in deinem Alter mit Puppen gespielt haben, hast du an Autos rumgeschraubt oder im Dreck gewühlt. Jetzt haben wir den Salat. Ich könnte schon lange Enkelkinder haben."

Oh mein Gott, nicht auch noch dieses Thema. Ich verdreh die Augen. „Mama, was ist jetzt mit diesem Allerheiligen?", unterbreche ich sie ungeduldig.

„Ja genau, Allerheiligen. Du gehst da heute hin. Aus, Äpfel, Amen!"

„Muss das wirklich sein? Mich kennt doch hier eh niemand."

„Mädi!?"

Ich sehe ihren mahnenden Zeigefinger förmlich vor mir.

„Ich verlasse mich auf dich."

Ich persönlich denke ja, dass es der Fanny völlig egal wäre, sag es aber nicht, sonst hagelt es gleich das nächste Donnerwetter. Also bejahe ich brav und erkundige mich, wann denn das kirchliche Event steigt.

„Um 14 Uhr. Und sei ja pünktlich!"

Zähneknirschend verspreche ich es und lege auf. Ich könnte mich in den Hintern beißen. Gegen die Mama komme ich einfach nicht an. Wahrscheinlich liegt es daran, dass sie mich immer noch Mädi nennt. Aus meiner Sicht ist das ein ganz fieser, psychologischer Trick. Man bekommt automatisch das Gefühl, dass man tun muss, was die Mama verlangt.

Andererseits ist sie einfach eine Seele von Mensch und ich mag sie viel zu gern, als dass ich sie enttäuschen möchte.

Pünktlich stehe ich daher nachmittags am Grab der Tante. Das Areal hat einen alten stattlichen Baumbestand. Eher untypisch für die heutige Zeit. Dadurch wirkt der Friedhof fast schon wie ein kleiner Park. Hier und dort sehe ich ein bekanntes Gesicht.

Am Grab vom Schachtner erkenne ich die alte Dame von neulich wieder. Der junge Mann neben ihr dürfte dann wohl ihr Enkel sein. Er hat die Hände tief in den Taschen verborgen. Die beiden stehen ein paar Reihen weiter vor mir. Da er die Mütze tief in die Stirn gezogen hat und den Kopf gesenkt hält, kann ich leider sein Gesicht nicht sehen. Außerdem scheint er es ziemlich eilig zu haben, denn kaum dass der Pfarrer mit seinem Ministranten ihre Grab-reihe passiert hat, küsst er die Alte auf die Wange und ver-schwindet hastig in Richtung Ausgang.

Diese übertriebene Eile macht mich neugierig und so-bald der letzte Segen gesprochen wurde, geselle ich mich zu der Frau am Grab vom Schachtner. Für einen Moment stehen wir wortlos nebeneinander.

„Hoffentlich hat er jetzt seinen Frieden gefunden", seufzt sie schließlich, ohne mich dabei anzusehen. „Aber so ein elendiges Ende hätt's nicht gebraucht." Dann be-sprengt sie den Erdhügel mit Weihwasser.

„Was meinen Sie damit?"

Erst jetzt schaut sie mich zum ersten Mal richtig an. Scheinbar überlegt sie, warum sie mir antworten soll.

„Ich habe ihn gefunden. Meisinger, Kriminalkommissa-rin."

Sie blickt mich mit leicht zusammengekniffenen Augen abschätzend an. „Sie sind neu hier!"

Ich nicke.

„Was machen Sie am Friedhof?"

„Ich hab auch ein Grab hier", antworte ich vage.

„Wenn Sie Kommissarin sind, dann finden Sie es raus."

„Aber es ist doch alles geklärt. Ein tragischer Unfall."

„Ein Unfall?" Sie lacht bitter auf. „Den haben s' umge-bracht!" Sie sagt dies mit einer Überzeugung, die mich er-schauern lässt.

Nachdenklich schaue ich ihr nach, wie sie leicht schlur-fend davonmarschiert. Der Knogl hatte mir erzählt, dass auch ihre Schwiegertochter bereits verstorben ist. Kein Wunder, dass sie mit dem Schicksal hadert, wenn von der ganzen Familie nur mehr sie und der Enkel übrig sind.

Anstatt nach Hause zu gehen, spaziere ich zur Donau. Bei der Stelle, an der ich kürzlich den Schachtner gefun-den habe, erinnert heute nichts mehr an sein trauriges

Ende. Keine Kerze, kein Gedenkkreuz, nichts. Das Blut, das die Steine überzogen hatte, muss der Regen der letzten Wochen weggewaschen haben.

Ich setze mich auf einen von der Herbstsonne erwärmten Findling und genieße die Sonnenstrahlen. Der Wind bläst buntes Herbstlaub umher und lässt die Blätter in der Luft tanzen. Irgendjemand hat Flusssteine zu kleinen Türmen aufgestapelt. Stoanamandl nennt man diese eigenartigen Gebilde. Es sind richtige Kunstwerke. Kiesel verschiedenster Formen und Größen müssen geschickt ausbalanciert übereinandergestapelt werden. Je höher der Turm wird, umso besser.

Während ich die Mandl betrachte, blitzt unerwartet etwas am Boden auf. Nahe des Fundorts liegt zwischen den Steinen ein kleiner silberner Anhänger. Vorsichtig hebe ich ihn mit einem Taschentuch auf und betrachte das Schmuckstück in meiner Hand. Es ist ein Anker. Äußerst seltsam, dass das die Kollegen übersehen haben. Andererseits ging man ja von einem Unfall aus, weshalb die Stelle wohl nicht intensiver untersucht wurde, und dunkel war es außerdem. Vermutlich hätte ich ihn selbst nicht entdeckt, hätten nicht die Sonnenstrahlen in diesem Moment so glücklich darauf geschienen.

Ich bin hin- und hergerissen, ob ich das Fundstück dem Hafner geben soll oder vorerst nicht. Was ändert es? Der Schachtner wurde obduziert, ohne Ergebnis. Weder brauchbare DNA-Spuren noch irgendwelche Hinweise auf einen Kampf, nichts, was auf Fremdeinwirkung schließen lässt. Mittlerweile ist er längst beerdigt. Eine Exhumierung ist eine ganz unappetitliche Sache und alles andere als einfach durchzubekommen. Da stellen sich die Gerichte gerne mal quer. Er könnte den Anhänger ja auch nur so bei sich getragen haben. Manche Menschen tun das. Vielleicht war es ein Talisman, wer weiß. Oder er gehörte gar nicht dem Schachtner, sondern jemand ganz anders. Dann würde ich völlig umsonst Staub aufwirbeln. Keine gute Idee, wo es mit dem Hafner doch gerade in kleinen Schritten besser wird.

Vorsichtig lasse ich ihn in der Innentasche meiner Jacke verschwinden. Anschließend mache ich mich auf den Weg ins Polizeirevier. Mein Vorgesetzter hat gestern ja einiges versäumt.

Der Hafner fällt aus allen Wolken, als ihm bewusst wird, um wen es sich bei dem Verletzten vom gestrigen Abend handelt. Da hätte er sich doch selber drum kümmern müssen, betont er immer wieder.

Was anderes als ich hätte aber auch er nicht machen können. Und schon gar nicht mit dem Schädel.

Seine Migräneattacke von gestern ignoriert er heute völlig. „Das kommt davon, wenn man eine Frau solche Arbeiten erledigen lässt. Das kann ja nicht gut gehen."

„Also hören Sie mal, Chef. Das hätte doch am Sachverhalt überhaupt nichts geändert", ärgere ich mich. „Ich habe die Personalien aufgenommen, die Spurensicherung informiert - was passt denn daran nicht?"

Der Hafner winkt ab. „Schon gut. Sie verstehen das nicht. Meisinger!", mahnt er mich eindringlich: „Das ist eine hochsensible Angelegenheit. Es darf auf keinen Fall etwas nach außen gelangen. Vor allem nicht an die Presse, das wäre eine Katastrophe."

Ich verstehe zwar nicht, wo da die Katastrophe ist, wenn in der Zeitung steht, dass der Herr XYZ eine blutige Nase und ein Veilchen hat, aber bitte. Ich nicke zustimmend, um ihn zu beruhigen.

„Sie können das ja auch gar nicht verstehen", fährt der Dienststellenleiter nachsichtig fort, „weil Sie hier fremd sind. Außerdem wohnen Sie noch nicht lange genug hier, um zu wissen, wer in Schnaipfing zur High Society gehört."

Ich muss fast lachen, weil ich gar nicht wusste, dass es so was hier gibt. In der Kleinstadt, um nicht zu sagen: in diesem Kaff!

Dann klärt er mich freundlicherweise höchstpersönlich darüber auf, mit wem ich da gestern die Ehre hatte. Der Bauunternehmer Theo Kainzbauer ist demnach ein Mäzen der Stadt. Gemeinsam mit seinem Bruder führte er früher eine Baufirma mit dazugehörigem Kieswerk, was beide zu gleichen Teilen von ihrem verstorbenen Vater geerbt hatten. Irgendwann, Jahre später, wurde das Ganze aufgeteilt in Kieswerk und Baufirma. Den genauen Grund für das Zerwürfnis der beiden Brüder kennt angeblich niemand so genau. Für den Inhaber der Baufirma ging es danach ziemlich steil bergauf.

„Heute gehört er zu den größten Arbeitgebern im Landkreis. Außerdem", erklärt mir der Hafner weiter, „hat er immer ein offenes Ohr für Belange der Stadt und der Vereine. Er zückt großzügig den Geldbeutel, wenn es ums Sponsoring geht."

„Ja", bemerke ich lapidar, „und man braucht ja auch hin und wieder etwas, um es von der Steuer abzusetzen."

Diesen Kommentar quittiert der Hafner mit einer vorwurfsvoll hochgezogenen Augenbraue. Dass sich der Herr Bauunternehmer mit dem pompösen Stadtbrunnen nebst zugehörigem Wasserspiel selbst ein Denkmal gesetzt hat, will der Hafner aber absolut nicht zugeben. Obwohl der von der Firma Kainzbauer gebaut und großzügigerweise auch bezahlt worden ist.

„Eine Hand wäscht die andere!", kommentiere ich völlig unbeeindruckt die Ausführungen meines Vorgesetzten. „Wenn der Herr Bauunternehmer großzügig zur Stadt ist, dann ist die Stadt mit Sicherheit auch großzügig zu ihrem Gönner. Oder glauben Sie wirklich, der macht das aus reiner Nächstenliebe? Da geht dann der eine oder andere Bauantrag den kleinen Dienstweg und wird selbstverständlich genehmigt. So war es doch schon immer. Wer gut schmiert, der fährt gut."

Der Hafner bekommt einen Hustenanfall.

Als ich später dem Knogl von unserem Gespräch erzähle, meint der mit einem Augenzwinkern: „Wenn man genau hinschaut, dann erkennt man in der Steinfigur, die sich am Brunnenrand sonnt, eine verdächtige Ähnlichkeit mit dem großherzigen Gönner der Stadt. Das bleibt aber unter uns. Der Hafer hört's nicht gern, wenn man über den Kainzbauer herzieht."

Mir kann das egal sein, womit sich der Kainzbauer ein Denkmal setzt. Aber irgendjemand hat mit der Großzügigkeit des Herrn ein Problem. Jemand, auf dessen Kosten sich der Kainzbauer profiliert hat, und der muss ihn dann gestern Abend besucht haben. Wer das ist und was genau er gegen den Bauunternehmer hat, interessiert mich brennend.

Kapitel 7

Am Montagmorgen fahre ich zuallererst zur Villa des Bauunternehmers. Sie steht erhaben auf dem Vogelsberg. Von hier aus hat man eine atemberaubende Aussicht auf die Stadt und weit darüber hinaus. Hier thront der Wohltäter, wenn er zu Hause weilt, wie ein König über seinem Reich, oder wie ein Raubritter. Das ist Ansichtssache. Diese Traumlage ist für den normalen Durchschnittsbürger absolut unbezahlbar. Hinter dem Haus beginnt der Wald. Man lebt hier praktisch völlig abgeschieden.

Weil die Entfernung zum nächsten Nachbarn entsprechend weit ist, hat den Übergriff von gestern laut Zeugenbefragung auch leider niemand mitbekommen. Pech! Der Anruf bei der Spurensicherung bringt ebenfalls keine neuen Erkenntnisse. Der Kampf fand vor der Haustür statt. Fingerabdrücke finden sich weder auf dem Ziegelstein noch sonst wo. Offenbar hat der Angreifer sein Opfer von hinten attackiert, was besagt, dass der Kainzbauer aus dem Eingangsbereich einige Schritte nach draußen gemacht haben muss, wo ihm der Täter auflauerte.

Im Haus ist alles unverändert. Einzig die Fensterscheibe dürfte noch in der Tatnacht von der Feuerwehr abgedichtet worden sein. Da ich keinen Schlüssel habe, um hineinzukommen, fahre ich weiter zum Krankenhaus.

Der Kainzbauer liegt in seinem Bett, Einzelzimmer selbstredend, und schaut aus dem Fenster. Sein Auge nimmt langsam sämtliche Farben des Regenbogens an. Die Nase ist gebrochen und der Zahnarzt wird demnächst noch gut beschäftigt sein.

Mir gegenüber behauptet er steif und fest, dass er sich kaum an etwas erinnern könne. „Es ist alles rasend schnell passiert", sagt er achselzuckend. Er habe ferngesehen, als auf einmal ohne Vorwarnung der Stein durch das Wohnzimmerfenster geflogen sei. Dummerweise wäre er dann vor die Haustür getreten, um nachzusehen, wer das getan hat. Er hätte besser erst die Polizei, also mich, angerufen, meint er.

„Ja, hinterher ist man immer klüger!", sag ich zur Auflockerung, was er hingegen gar nicht witzig findet.

Vor der Tür habe er zuerst einen Schlag auf den Hinterkopf bekommen. Anschließend attackierte ihn der Angreifer frontal. Er sei dann nach vorne gestürzt und beim Aufprall auf den Boden ging dann ein Zahn verloren.

Das bestätigt zumindest teilweise die vorläufige Auswertung der SpuSi.

Hatte ich mich also doch nicht getäuscht. Ich war sicher, dass in der Blutlache eines seiner Beißerchen lag. „Falls Sie den Zahn noch brauchen, also ich kann bei der Spurensicherung nachfragen, ob ..."

Er unterbricht mich mit einer wegwerfenden Handbewegung: „Was soll ich damit? Was weg ist, ist weg. Da muss jetzt ein Profi ans Werk und den Schaden beheben. Ich kann mir den Zahn ja nicht mit Sekundenkleber wieder anleimen."

„Ist auch fraglich, ob das halten würde. Wie ging es denn dann weiter?"

„Der Kerl hat mich gepackt und mit beiden Fäusten ins Gesicht geschlagen."

„Woher wissen Sie, dass es ein Mann gewesen ist, wenn Sie niemanden gesehen haben?", hake ich nach.

„Ich glaube nicht, dass eine Frau mit solcher Wucht zuschlagen kann."

Wenn er sich da mal nicht täuscht.

„Konnten Sie jemanden erkennen?"

„Nach dem Schlag sind bei mir die Lichter ausgegangen. Als ich wieder zu mir kam, habe ich mich ins Wohnzimmer geschleppt", beschreibt er weiter. Von dort habe er versucht, die Polizei anzurufen. Leider hat das nicht funktioniert. Es sei wohl eine Störung in der Leitung gewesen, denn man konnte ihn einfach nicht verstehen.

Schlagartig fällt mir der vermeintliche Telefonstreich vom Nachtdienst wieder ein. Das waren keine Jugendlichen, das war der verletzte Kainzbauer, der da um Hilfe rufen wollte. Ja, das hat er jetzt davon, die Rufnummer zu unterdrücken. Da will er nicht, dass seine Privatnummer angezeigt wird, aber die Polizei, respektive ich, soll dann im Notfall riechen können, wer dran ist.

Verstehen Sie mich nicht falsch, es tut mir wirklich leid, wie das gelaufen ist. Und unter uns gesagt, das Ganze hätte saublöd ausgehen können, aber was hätte ich denn tun sollen?

Nachdem er bei uns erfolglos war, versuchte er es bei seiner Sekretärin, die ihn zwar ebenfalls nicht verstand, zumindest aber kapierte, dass etwas nicht in Ordnung war. Nachdem sie ihn in seinem Wohnhaus verletzt aufgefunden hatte, informierte sie dann augenblicklich die Rettung und uns.

Aber wie konnte sie erkennen, dass es ihr Chef war, der anrief? Bei uns zeigte es „anonym" im Display an. In seinem erbärmlichen Zustand konnte der das unmöglich ändern.

„Diensthandy", klärt er mich auf. Seine Sekretärin besitzt ein separates Mobiltelefon, auf dem nur er anrufe.

So einen Unsinn habe ich auch noch nicht gehört! Sie vielleicht?

Wer macht den so was mit, Tag und Nacht für den Chef in Rufbereitschaft zu stehen? Wie ein König, hab ich's nicht gesagt?

„Haben Sie irgendeinen Verdacht, wer Sie so zugerichtet hat?"

„Absolut nicht." Feinde habe er nicht, jedenfalls keine solchen, die ihm nach dem Leben trachten. Neider mit Sicherheit genügend, aber auch denen traue er eine Tat wie diese nicht zu.

„Vielleicht plante der Angreifer einen Raubüberfall und ist dabei gestört worden?"

„Von wem denn, wenn es weit und breit keine Nachbarn gibt?"

„Wie verstehen Sie das, was auf dem Zettel steht?", will ich wissen.

Er zuckt ratlos die Schultern.

Nicht den Hauch einer Ahnung. Äußerst seltsam.

Zwei Tage bleibt er zur Beobachtung im Krankenhaus und wenn er schon einmal da ist, sagt er, dann möchte er sich gleich komplett durchchecken lassen. „Chefarztbehandlung, versteht sich", erklärt er großkotzig. Dafür finde er ansonsten eh keine Zeit. Er will auch partout, dass wir die Sache auf sich beruhen lassen und keine Anzeige erstatten.

Das macht mich stutzig.

Auf meine Frage: „Warum?", erklärt er mir, dass es ja eh nur gegen unbekannt und darum aussichtslos wäre. Das schüre nur das Gerede im Ort. Diese Art von Publicity brauche er nicht. Außerdem habe er seine Sekretärin beauftragt, die Wertsachen zu prüfen. Es sei noch alles an seinem Platz.

Schon ein bisschen seltsam. Würde mich jemand so zurichten, dann möchte ich auf jeden Fall wissen, wer das gewesen ist, und dann könnte sich derjenige warm anziehen.

„Es handelt sich hier um ein Offizialdelikt. Wir werden ermitteln, ob es Ihnen passt oder nicht. Außerdem ist es doch auch in Ihrem Interesse zu erfahren, wer Sie da so zugerichtet hat. Schon wegen der Schadenersatzforderung und dem Schmerzensgeld."

„Lassen Sie mich doch mit diesem Unfug zufrieden. Schadenersatz, Schmerzensgeld. So ein Quatsch. Geld habe ich selber mehr als genug", braust er auf.

„Und wenn der Täter noch einmal zuschlägt?"

„Ich werde Sicherheitsvorkehrungen treffen. Reicht das?"

Es bleibt dabei, er erstattet keine Anzeige und ich habe gefälligst seine Entscheidung zu akzeptieren. Das war alles ein dummer Jungenstreich, sagt er.

„Als Streich kann man das wirklich nicht mehr bezeichnen. Immerhin hat man Sie krankenhausreif geschlagen. Das muss geahndet werden. Ich glaube nicht, dass man das einfach unter den Tisch fallen lassen kann."

„Was wollen Sie denn überhaupt?", schimpft er jetzt los. „Hat man Sie angegriffen oder mich. Kümmern Sie sich um wichtigere Dinge, das hier hat niemanden zu interessieren."

„Sie irren sich, Herr Kainzbauer. Das geht mich sehr wohl etwas an. Außerdem haben Sie mich neugierig gemacht. Wovor haben Sie Angst? Dass ich etwas herausfinde, was Sie gerne vor mir verbergen möchten?"

„Unsinn!", blafft er. „Schnüffeln Sie nicht in Sachen, wo es nichts zu finden gibt. Es wäre doch schade um Ihr schönes Näschen."

Soll das eine Drohung sein? Ich mustere ihn lange mit zusammengekniffenen Augenbrauen.

Er hält meinem Blick stand.

„Machen Sie sich darum keine Gedanken. Das hatte schon mehrfach den richtigen Riecher. Außerdem weiß ich mich zu wehren."

„Ich werde mich an Ihren Vorgesetzten wenden und mich über Sie beschweren."

Der wird sich freuen. Endlich gibt es noch jemanden, der mich nicht leiden kann.

„Ich wünsche, dass man die Sache auf sich beruhen lässt. Ist das jetzt bei Ihnen angekommen!", schreit er mich an.

Ich zucke mit den Schultern und verlasse grußlos sein Zimmer. Rechtlich gesehen liegt der Fall ganz klar und dass er für den Kainzbauer erledigt ist, wage ich zu bezweifeln. Aber ohne Anzeige kann ich nicht ermitteln.

Der Hafner versteht die Welt nicht mehr. „Keine Anzeige? Warum nicht?"

„Weil er das absolut nicht will. Täter unbekannt, er hat keine Feinde, die es gewesen sein könnten, und gestohlen wurde bei ihm angeblich nichts."

Der Hafner schüttelt ungläubig den Kopf und faselt immer wieder: „Ich hätte selber fahren sollen, es war ein Fehler, eine Frau zu schicken!"

Ich schalte mein Gehör auf Durchzug.

Wenig später ruft der Kainzbauer an und verlangt den Chef persönlich zu sprechen, woraufhin der Hafner eilig in sein Büro verschwindet. Es folgt ein längeres Telefonat, dann erscheint der Hafner wieder beim Knogl und mir.

„Den Vorfall am Vogelsberg hat es nie gegeben. Haben Sie mich verstanden, Meisinger?" Bevor ich fragen kann, winkt er grob ab. „Es wird nicht ermittelt. Schluss der Debatte!"

Welche Debatte? Das war eine klare Ansage! Ich bin ja nicht einmal dazugekommen zu fragen, wie er sich das überhaupt vorstellt. Das ist ganz klar gegen jede Regel.

Langsam frage ich mich echt, wo ich da hingekommen bin. Es kann doch nicht sein, dass hier jeder tut und lässt, was ihm gefällt.

Er ist der Chef, also schreibe ich einen kurzen Bericht und der Fall kommt zu den Akten. Zumindest bleibt uns eine Menge Arbeit erspart.

Am nächsten Morgen, beim Betreten der PI, merke ich sofort, dass etwas nicht stimmt.

„Dicke Luft", raunt mir der Kollege Knogl von seinem Schreibtisch aus zu.

Ich komme gar nicht dazu, ihn zu fragen, was los ist, weil der Hafner bereits mitbekommen hat, dass ich da bin.

„Meisinger!", schreit er von seinem Büro aus zu uns herüber. „Kommen Sie augenblicklich zu mir herein!" Er ist grantig wie am ersten Tag.

Fragend schaue ich den Knogl an, doch der schüttelt nur den Kopf. „Ich sag nix."

Der Hafner steht mit dem Rücken zu mir am Fenster und schaut hinaus. Seine Haltung wirkt äußerst angespannt.

„Guten Morgen!", grüße ich ahnungslos. „Was gibt's?"

„Was es gibt?" Er dreht sich um und knallt die heutige Ausgabe der Tageszeitung vor mich auf den Schreibtisch.

„Das gibt es! Wie konnte denn das passieren? Habe ich nicht ausdrücklich angeordnet, dass nichts an die Presse gelangen darf? Und dann so was."

Ich verstehe nur Bahnhof. Was zum Teufel ist denn überhaupt los? Zum besseren Verständnis rolle ich die Zeitung auseinander.

Es springt mich sofort an. Das Titelbild zeigt eine Großaufnahme vom Kainzbauer. Nicht etwa bei der Einweihung eines seiner überaus wichtigen Bauprojekte, nein, eine Nahaufnahme seiner blutig geschlagenen Visage. Darüber steht in dicken Lettern: „Baulöwe in seinem Haus übel zugerichtet."

Ich überfliege kurz die nachfolgenden Zeilen und bin überrascht, welches Insiderwissen die Presse hat. Mit „Die Polizei tappt bisher im Dunkeln" endet der Bericht. Ich lege die Zeitung zurück auf den Schreibtisch. Der Hafner schaut mich erwartungsvoll an.

„Ja und?", frage ich.

„Was heißt da, Ja und? Sie haben Informationen, die nicht für die Öffentlichkeit bestimmt waren, an die Presse weitergegeben. Wie kommen Sie dazu?"

„Was habe ich?" Jetzt wird mir einiges klar. Der Hafner mutmaßt, ich hätte die Presse informiert. „Wie käme ich denn dazu? Außerdem, als ich beim Kainzbauer eingetroffen bin, ist er zeitnah ins Klinikum abtransportiert worden. Ich hätte ja nicht einmal die Möglichkeit gehabt, ein Foto zu schießen, geschweige denn die Presse einzuschleusen. Abgesehen davon, würde ich so was nie im Leben machen." Ich bin ehrlich enttäuscht, dass er diesen Gedanken überhaupt in Erwägung zieht, und sage ihm das auch genau so.

Er wirkt gleich ein bisschen zerknirscht. „Wer hätte denn sonst Gelegenheit dazu gehabt?", überlegt er laut.

„Aufgefunden hat ihn seine Sekretärin, die Frau Brunner. Sie hielt sich noch im Haus auf, als ich dazugekommen bin. Außer ihr waren die Rettungskräfte da. Vielleicht wollte sich ja einer von denen was dazuverdienen. Wie man hört, hat das Krankenhaus bezüglich der Personalkosten harte Sparmaßnahmen angekündigt. Kein Urlaubsgeld mehr, kein Weihnachtsgeld, da kommt man durchaus auf dumme Gedanken."

Der Dienststellenleiter ist jetzt bedeutend ruhiger. „Finden Sie das raus, Meisinger."

Wenn er meint. Mir persönlich ist es eigentlich egal, ob der Kainzbauer das Titelblatt ziert oder nicht. Mein Interesse bezieht sich nur auf das „Wer?" und „Warum?".

Ein Anruf bei der Redaktion macht mich nicht unbedingt schlauer. Das Foto wurde der Chefredakteurin persönlich und ohne Absender zugestellt, erklärt sie mir selbst.

„Wie?", frage ich nach.

„Fotodruck, wie es ausschaut per Farbdrucker, wie er in Tausenden Haushalten zu finden ist. Es lag in einem adressierten Briefumschlag im Postkasten der Hauptgeschäftsstelle Schnaipfing", lautet die magere Auskunft. Sie habe am Sonntag in der Redaktion vorbeigeschaut, um die Montagsausgabe vorzubereiten. Dabei hätte sie beim Briefkastenleeren den Umschlag vorgefunden.

„Was macht Sie so sicher, dass es ein aktuelles Bild ist, keine Fotomontage?"

Mit all den technischen Spielereien ist so was in der heutigen Zeit ja überhaupt kein Problem.

Die Dame am anderen Ende wirkt total entspannt. „Das Foto zeigt neben dem Kopf vom Kainzbauer die aktuelle Ausgabe unseres Blattes vom 31. Oktober dieses Jahres. Mir reicht das als Beweis."

Ich bitte sie, mir das Foto per Mail zuzusenden. Außerdem brauche ich den Briefumschlag zwecks Fingerabdrücken. Sie willigt ein, mir eine E-Mail mit dem Bild zu schicken. Der Umschlag, bedauert sie, wurde bereits entsorgt.

„Ist Ihnen nicht in den Sinn gekommen, uns zu informieren?" Absolut unverständlich, ihre Vorgehensweise, schließlich handelt es sich um eine Straftat.

„Wozu, Sie waren doch selbst vor Ort. Mehr Informationen als Sie dürften auch wir nicht haben."

Woher weiß sie das jetzt wieder?

„Warten Sie einfach die E-Mail ab. Ach ja, falls es neue Erkenntnisse gibt, würden wir sie gerne in der nächsten Ausgabe bringen. So was interessiert die Leute immer!", fügt sie hinzu und legt auf.

Da kann sie lange drauf warten.

Es sind zwei Bilder, die nach wenigen Minuten über meinen Bildschirm flimmern. Das erste, wie bereits in der Zeitung abgebildet, mit dem blutverschmierten Konterfei des Kainzbauers. Diesmal aber nicht formatiert, sondern das Original. Es wurde aufgenommen, als er bewusstlos vor der Haustür am Boden lag. Das Beweismittel, die Zeitung vom Einunddreißigsten, liegt unmittelbar neben seinem Gesicht. Das zweite Bild ist nicht weniger aussagekräftig. Es zeigt mich! Jawohl, mich, am Eingang stehend, während der Verletzte auf einer Trage abtransportiert wird.

Verdammt, er war also die ganze Zeit am Tatort, und ich hatte nicht die geringste Ahnung.

Kapitel 8

Das Mittagessen hole ich mir jetzt fast täglich am Standl. Es ist jedes Mal ein Gaumenschmaus. Die Hilde kocht immer frisch, keine Tiefkühlware, und das schmeckt man. Zudem ist das Essen hier verhältnismäßig günstig, und ich erfahre zeitnah die eine oder andere Neuigkeit.

Nach einiger Zeit habe ich kapiert, dass sich der Speiseplan wöchentlich wiederholt. Das hatte der Knogl so treffend formuliert mit: „Es gibt immer dasselbe!" Das heißt, montags gibt es Leberkäse, dienstags Schnitzel, mittwochs ist der Würstltag, donnerstags stehen Fleischpflanzerl auf dem Speiseplan und der Freitag ist der Erdäpfltag, weil: „Am Freitag ist ein Fastentag, und da wird kein Fleisch serviert!", sagt die Hilde. Da gibt es dann Reiberdatschi, und ganz ehrlich, für die verzichte ich gerne auf Fleisch.

Im Grunde ist dieses simple System überaus praktisch. Die Standlbesitzer müssen sich nie Gedanken über eine abwechslungsreiche Speisekarte machen und wissen stets, welche Mengen eingeplant werden müssen, und die Dauergäste wissen immer, was es am jeweiligen Tag zu essen gibt. Und ist man sich einmal nicht sicher, welcher Wochentag gerade ist, reicht ein Besuch am Standl aus und alles ist geritzt. Frei nach dem Motto: „Aha, heute gibt es Schnitzel, dann ist logischerweise Dienstag!" Wirklich praktisch.

Mit dem Kuchen am Nachmittag verhält es sich genauso. Täglich ein anderes Gebäck, aber jede Woche in der derselben Reihenfolge. Montags Zwetschgenbavesen, dienstags Rosinenschnecken, am Mittwoch Rohrnudeln, donnerstags Nusshörnchen und am Freitag, weil Erdäpfl-, sprich, Kartoffeltag, dafeide Erdäpfl.

Jetzt werden Sie sicher sagen: „Ja pfui Teufel! Wer isst denn bitte schön verdorbene Kartoffeln?", aber nach einer ausgiebigen kulinarischen Recherche habe ich Kenntnis darüber erlangt, dass es sich hierbei um ein äußerst köstliches Schmalzgebäck mit Pflaumenmusfüllung handelt. Sollten Sie jemals an einem Freitag nach Schnaipfing kommen, müssen Sie die Erdäpfl unbedingt probieren!

Während ich heute mein Mittagessen verspeise, fällt mir auf, dass ich den Ferdi schon längere Zeit nicht mehr getroffen habe. Anfangs hat er mich fast täglich besucht, um mir im Garten zu helfen. Blindschleichen haben wir dabei, gottlob, keine mehr gesehen. Mittlerweile dürfte es denen auch zu kalt geworden sein. Morgens liegt oft schon ein wenig Reif auf den Scheiben der Autos. Was mir aber egal ist, weil ich zu Fuß zur Arbeit marschiere. Meine Chopper habe ich bereits winterfest gemacht. Der Ferdi ist mir dabei oft mit seinem Fahrrad auf dem Weg zur Schule begegnet. Diese Woche nicht und wenn ich so überlege, in der letzten auch nicht. Der kleine Kerl ist mir in der kurzen Zeit unserer Bekanntschaft direkt ein bisschen ans Herz gewachsen.

Verspätete Muttergefühle? Wer weiß.

Seltsam ist das schon, dass ich ihn so gar nicht mehr zu Gesicht bekomme, daher erkundige ich mich bei Hilde nach ihm. Wenn jemand über die Städter Bescheid weiß, dann sie. Aber auch die gute Seele vom Standl hat keine Ahnung, wo er stecken könnte.

„Jetzt, wo du's sagst, fällt's mir selber auf!", entgegnet sie auf meine Nachfrage.

„G'wiss hat ihn die Grippe erwischt." Für den Heinz ist es ein glasklarer Fall. Weil momentan die halbe Stadt hustet und rotzt, dass es eine wahre Freude ist, nimmt er das für den Ferdi ebenfalls an. Und vermutlich hat er sogar recht damit.

„Schau doch einfach bei ihm daheim vorbei, dann weißt du es sicher", schlägt Hilde vor.

„Nein", druckse ich rum. So wichtig ist es mir dann auch wieder nicht. „Was sollen sich denn seine Eltern denken, wenn plötzlich eine wildfremde Frau vor der Tür steht und ihren Sohn besuchen will?"

„Geh zu, warum denn nicht?", wirft sie meine Bedenken über Bord. „Wenn er wirklich krank ist, ist ihm mit Sicherheit stinklangweilig und er freut sich über Besuch. Außerdem", fügt die Hilde an, „bist du keine Fremde, sondern eine Freundin vom Ferdi und von uns. Und du bist Polizistin, eine Amtsperson. Der Ferdi hat nur noch seine Mama. Wie ich den Buben kenne, ist die über dich bereits bestens unterrichtet." Die Hilde lässt und lässt nicht locker. „Also ausgemacht, du besuchst die beiden heute und schaust nach, was dem Ferdi fehlt." Sie drückt mir eine gefüllte Papiertüte in die Hand. „Bring ein paar Rosinenschnecken von uns mit und grüß die beiden herzlich."

Merken Sie was? Es ist Dienstag!

„So kommst du nicht mit leeren Händen. Das macht gleich einen besseren Eindruck und für den Ferdi gebe ich dir ein paar Gummischlangen mit. Die mag er besonders gerne." Sie holt ein rundes hohes Bonbonglas hervor und nimmt mit einer Zuckerzange einige Weingummiwürmer heraus. Die füllt sie dann in einen kleinen Papierbeutel und drückt mir diesen ebenfalls in die Hand.

Ja, der Ferdinand mit seinen Schlangen. Egal, ob lebend oder aus Zucker, er liebt sie. Mir ist jedenfalls das Gelatinegetier wesentlich lieber als das lebende Objekt. Jetzt kann ich im Grunde gar nicht mehr anders, als mich am Nachmittag, bepackt mit Schnecken und Schlangen, beides aus Zucker versteht sich, auf den Weg zum Ferdi und seiner Mama zu machen.

Eine dunkelhaarige Frau öffnet mir auf mein Klingeln die Tür. Sie ist ein bisschen kleiner als ich und sieht sehr sympathisch aus.

„Ah - grüß Gott!" Ich hasse Situationen, in denen ich nicht weiß, was ich sagen soll. „Ah!", druckse ich herum, „ist der Ferdi da?"

Ich fühle mich wie eine Idiotin, wie ich so mit den Tüten in der Hand vor der Haustür stehe und herumstottere.

Die junge Frau schaut mich zweifelnd an. Bestimmt fragt sie sich gerade, was diese Frau in zerrissenen Jeans und Hoodie von ihrem Sohn will. Dazu meine Dreadlocks. Vermutlich schau ich mehr nach einer Drogendealerin aus als nach einer Amtsperson.

Jetzt fehlt nur noch, dass ich frage, ob der Ferdi zum Spielen rauskommt. Am besten fange ich noch mal von vorne an. „Also ich bin ..."

Auf einmal hellt sich ihr Gesicht auf und sie lacht lauthals los. „Sie sind bestimmt die Maxi! Die Polizistin mit dem Motorrad, von der der Ferdi so fasziniert ist!"

Ich nicke erleichtert.

„Wie nett, dass Sie vorbeischauen."

Ich überreiche ihr die mitgebrachten Kuchenteilchen von der Hilde, worauf sie mich spontan zum Kaffee einlädt.

Erfreut bittet sie mich in die Wohnung und wir sind auch gleich per Du. Sie heißt Anna.

„Nein, der Ferdi ist kerngesund", beantwortet sie meine Frage nach ihrem Sohn. „Nur recht verschlossen gibt er sich in letzter Zeit. Er geht jeden Tag recht spät aus dem Haus, trödelt furchtbar herum und kommt dadurch erst auf den letzten Drücker in der Schule an. Mittags lässt er sich auch immer recht lange Zeit. Heute ist er sogar noch unterwegs." Die Anna meint, es fehle halt der Vater. „Oder glaubst du, da steckt etwas anderes dahinter?", überlegt sie laut.

Ich verspreche ihr, den Ferdi ein bisschen auszuhorchen, was sie dankbar annimmt.

Während wir unseren Kaffee trinken, unterhalten wir uns über dies und jenes. Darüber, wo ich vorher gelebt habe, über die Tante Fanny und warum der Ferdi ohne seinen Vater aufwachsen muss.

„Ein Arbeitsunfall", sagt sie und wird mit einem Mal ganz traurig. Obwohl es einige Jahre her ist, setzt ihr das noch immer zu.

Sie waren gerade mit dem Bau des Eigenheims beschäftigt. Draußen am Stadtrand. Mit einem großen Garten, damit das Kind viel Platz zum Spielen hat und wo die Anna Gemüse und Blumen anbauen wollte. Viele bunte Blumen und ein paar Bäume zum Raufkraxeln. So hatten sie sich das ausgemalt, ihr Mann und sie. Der Rohbau war schon fast fertiggestellt, lediglich das Dach fehlte noch.

„Der Ferdinand stand auf dem Baugerüst und hat gearbeitet, als plötzlich, ohne ersichtlichen Grund, einige Teile in sich zusammengebrochen sind." Die Anna erzählt leise und ihre Stimme bekommt einen rauen Ton. „Einfach so, ohne jede Vorwarnung. Er konnte sich nicht mehr festhalten, ist mit voller Wucht auf den harten Boden aufgeschlagen - Schädelbruch. Er war sofort tot." Tränen füllen ihre Augen, sie schnäuzt. Im achten Monat schwanger war sie damals, kurz vor der Entbindung und mit einem Schlag mutterseelenallein. Als dann das Kind zur Welt kam und es ein Bub war, hat sie ihn Ferdinand getauft, nach seinem Vater. „Auch wenn er den nie kennengelernt hat, aber er ist ihm sehr ähnlich." Sie reicht mir das Bild eines jungen Mannes.

Ja, es stimmt. Die Ähnlichkeit mit seinem Sohn ist unverkennbar. Die blonden Haare und die Sommersprossen hat der Ferdi genauso wie sein Vater.

„Warum ist das Gerüst eingestürzt?", frage ich nach.

„Vermutlich durch einen Fehler beim Aufbau oder Materialverschleiß. So genau weiß man das nicht."

„Moment mal, da muss doch die Kripo Ermittlungen übernommen haben?", hake ich nach.

„Das schon, nur herausgekommen ist dabei nichts. Ein Unglücksfall, wie es so schön heißt."

„Aber die Firma, die das Gerüst aufgestellt hat, haftet doch dafür, dass alles in Ordnung ist. Was war denn mit der?"

„Es hat uns selbst gehört. Der Ferdinand hat es von seinem Chef bekommen - umsonst. Er hat es auch selbst aufgebaut. Da kann man niemanden haftbar machen. Sein Chef war danach fix und fertig. Er hat sich schwere Vorwürfe gemacht, weil er Ferdinand das Gerüst überlassen hat. Er hat sich wirklich sehr gut um mich gekümmert und mir in vielem geholfen, völlig uneigennützig. Ich bin ihm so dankbar. Ich war ja mit allem vollkommen überfordert. Hochschwanger, der Mann tot, dazu ein Haus im Rohbau. Schulden über Schulden und keine Familie, die einem zur Seite steht. Das werde ich ihm nie vergessen."

Nachdenklich nippe ich an meiner Tasse. Irgendwie hört sich das alles ziemlich mysteriös an. In meinem Kopf laufen die Bilder wie ein Film ab. Ein Mann, erst noch arbeitend, dann plötzlich tot am Boden liegend. Daneben seine Frau mit dem Kind unter dem Herzen.

70

Anna fährt indessen fort zu erzählen. Es scheint ihr gut-zutun, sich die Geschichte einmal mit einigen Jahren Ab-stand zum Geschehen von der Seele zu reden. „Er hat sich dann auch gleich um den Verkauf des Hauses gekümmert, damit ich diese Last weghatte. Wohnen wollte ich da al-leine ohnehin nicht mehr. Außerdem hätte ich mir das gar nicht leisten können. Die hohen Kosten, die da noch auf mich zugekommen wären, hätte ich nie im Leben stem-men können."

Ich nicke, wie zur Bestätigung, obwohl ich immer noch meinen eigenen Gedanken nachhänge.

„Nein wirklich", bekräftigt die Anna. „Er hat sich völlig uneigennützig um alles angenommen, was angefallen ist. Ich war ja mit allem total überfordert."

Wie durch einen Nebel höre ich die Worte der Anna, während die Gedanken in meinem Kopf kreisen. War-um wurde da nicht weiter ermittelt? Es gibt immer einen Schuldigen. Von selbst fällt ein Gerüst nicht um. War es wirklich Eigenverschulden? Was ist mit der Versicherung?

„Der Kainzbauer war wirklich sehr, sehr großzügig. So-gar die Beerdigungskosten hat er damals übernommen", sagt sie.

„Der Kainzbauer?" Ich verschütte fast den Kaffee. „Wie-so der Kainzbauer?"

„Das war sein Chef. Der Ferdinand war Kapo beim Kainzbauer. Sein bester Mann, hat er immer gesagt."

„Und von dem stammte das Gerüst? Geschenkt?" Das wird ja immer besser. Hatte nicht kürzlich der Brunner erwähnt, der Kainzbauer sei ein Pfennigfuchser? Wieso verschenkt so jemand ohne Gegenleistung ein Baugerüst? Warum bezahlt einer, den seine Mitarbeiter als Geizkra-gen bezeichnen, die Bestattung für seinen verunglückten Angestellten, wenn er mit dessen Tod nichts zu tun hat? Die Sache stinkt doch zum Himmel, das rieche ich auf hundert Meter. Es juckt mich regelrecht in den Fingern, noch mal in den alten Akten nachzulesen. Gegenüber der Anna erwähne ich davon nichts.

Sie erzählt unbeirrt weiter. Vom Erlös aus dem Hausverkauf wurde der Kredit zurückbezahlt und sie zog mit dem Kind zur Miete in die Stadt. „Die Wohnung ist halt nur sehr klein", meint sie. „Einen eigenen Garten haben wir auch nicht, aber dafür kann der Bub mit dem Radl zur Schule fahren und ich brauche für den Weg zur Arbeit kein Auto. Das könnte ich mir mit meinem kleinen Gehalt sowieso nicht leisten." Sie arbeitet halbtags als Verkäuferin, erzählt sie mir. So ist sie nachmittags zu Hause, um dem Ferdinand bei den Schularbeiten zu helfen. „Für große Sprünge bleibt kein Geld übrig."

Um sie auf andere Gedanken zu bringen, erzähle ich von meinem „duftigen" Umzug, dank Döner-Ali. Das findet sie, im Gegensatz zu mir, sehr lustig, aber zumindest lacht sie wieder.

Die Zeit vergeht wie im Flug, und auf einmal steht der Ferdinand im Zimmer. „Hallo Maxi?" Überrascht schaut er von einer zur anderen.

„Servus. Ich wollte mal auf einen Sprung bei euch vorbeischauen. Man sieht dich ja kaum mehr. Was treibst du denn immer?"

„Mei", er zuckt mit den Schultern und lässt sich mit der Antwort Zeit. „Schule halt und so."

Eine glaubwürdige Erklärung für einen jungen Mann, der bis vor Kurzem jeden Nachmittag mit seinem Radl in der Gegend unterwegs war.

„Hast du viel zu tun?", hake ich nach.

„Geht so. Hausaufgaben und lernen halt."

Die Anna verfolgt unser Gespräch schweigend.

An ihrem Gesichtsausdruck lese ich ab, dass die Hausaufgaben und das Lernen nicht so zeitaufwendig sind, wie mir der Ferdi weismachen will.

„Ach so, ja dann hast du bestimmt keine Zeit." Ich gebe mich enttäuscht. „Weißt du, ich hab da gestern wieder etwas im Garten kriechen sehen. Du weißt, was ich meine?"

Jetzt hilft nur Schwindeln, um ihn aus der Reserve zu locken.

„Eine Blindschleiche?" Für einen kurzen Augenblick scheint sein Interesse geweckt, doch schon im nächsten Moment ändert sich die Lage wieder. „Das glaube ich nicht. Jetzt ist November, da ist es viel zu kalt für Blindschleichen."

„In der Nacht!", mischt sich die Anna ein, „aber am Tag ist es manchmal noch recht warm. Eigentlich viel zu warm für diese Jahreszeit. Gut möglich, dass die Maxi doch eine gesehen haben könnte."

„Ich bin mir ziemlich sicher!", füge ich rasch hinzu.

„Kann sein, dass wieder eine da ist", gibt er zögernd zu. „Ich hab dir ja gesagt, dass die vom Nachbargarten kommen, weil die einen Teich haben."

„Aber du weißt doch, dass ich die nicht mag."

„Nicht magst? Angst hast du davor! Du machst dir ja fast in die Hose, wenn du eine siehst." Jetzt grinst er, ziemlich unverschämt, wie ich finde. Vermutlich erinnert er sich an unsere erste Begegnung.

„Und du willst doch sicher nicht, dass mich der Schlag trifft, wenn mir eine vor die Füße kommt. Könntest du sie für mich suchen und wegbringen? Bitte", bettle ich.

Das zieht sich ja wie Kaugummi. Am liebsten würde ich ihn packen und sagen: „Jetzt rück raus mit der Sprache! Wir merken doch alle, dass mit dir etwas nicht stimmt!", aber das geht natürlich gar nicht und wäre eher kontraproduktiv. So spiel ich das Spiel wohl oder übel weiter.

„Ja, da kann man halt nichts machen. Dann muss das jemand anderes erledigen. Gibt es für solche Viecher eigentlich so was wie einen Kammerjäger? Oder darf man da Giftköder auslegen?", wende ich mich mit einem Augenzwinkern an die Anna.

Beim Wort „Gift" fährt der Ferdi hoch. Das lässt seine Tierliebe dann doch nicht zu.

„Jetzt komm schon, Ferdi. Gib dir einen Ruck!", unterstützt mich Anna.

„Okay!", stimmt er genervt zu. „Morgen nach der Schule. Aber nur, wenn schönes Wetter ist."

Na also, geht doch. Da ergibt sich dann bestimmt eine Gelegenheit, um herauszufinden, was mit dem kleinen Kerl los ist. Denn dass etwas los ist, das sieht ein Blinder.

Zum Abschied überreiche ich ihm die Tüte mit den Weingummischlangen vom Standl. „Zur Einstimmung", sag ich und entlocke ihm damit tatsächlich ein Grinsen. Bis Anna mich zur Tür begleitet, ist der Ferdi bereits in seinem Zimmer verschwunden, weil er angeblich so viele Hausaufgaben erledigen muss. Wer's glaubt, wird selig!

„Danke schön", sagt Anna zum Abschied. „Für den Besuch und ...!" Sie nickt mit dem Kopf in Richtung Kinderzimmer.

Am nächsten Tag schüttet es wie aus Kübeln, und am übernächsten regnet es immer noch. Auf den Himmel ist kein Verlass mehr und auf den Wetterbericht erst recht nicht. Der hatte Sonnenschein vorhergesagt. Weiß der Geier, wo der ist, in Schnaipfing jedenfalls nicht. Am Samstag scheint zum ersten Mal wieder die Sonne, und prompt klingelt es am Nachmittag an der Haustür.

„Ich hätte jetzt Zeit!" Der Ferdi steht draußen, bepackt mit einem Eimer.

„Warte kurz, ich zeig dir, wo ich sie gesehen habe." Eifrig will ich in den Garten marschieren.

„An der Stelle ist sie eh nicht mehr, außer sie ist tot. Sie hat sich bestimmt ein neues Plätzchen gesucht. Bleib besser da. Du fürchtest dich doch davor. Ich sag dir Bescheid, wenn ich sie gefunden habe."

Mist! Daran hatte ich natürlich nicht gedacht. Logischerweise muss ich im Hintergrund bleiben, sonst riecht er Lunte und merkt, dass ich geflunkert habe. Dann war alles für die Katz'. Schweren Herzens bleibe ich, wo ich bin.

„Ich schau dir vom Fenster aus zu. Vielleicht sieht man ja aus der Ferne etwas."

Der Ferdi winkt zweifelnd ab und verschwindet hinter dem Haus. Trotzdem postiere ich mich am offenen Fenster. Systematisch wandert er mit einem langen Haselnussstecken bewaffnet den Garten ab. Hier und da stochert er hinein, schiebt das Gras zur Seite, wo es ein wenig höher ist, findet aber nichts.

Es hätte mich auch gewundert.

Beim Steinhaufen hält er sich besonders lange auf. Akribisch schaut er in jede Spalte. Er hebt sogar einige Steine hoch, um ja nichts zu übersehen.

„Und?", rufe ich ihm zu. „Siehst du was?" Ich hoffe nicht!

„Hmh!", tönt es zurück, was sowohl Ja als auch Nein heißen kann.

„Ist da was drinnen?", hake ich noch mal nach und hoffe dabei inständig, dass dem nicht so ist.

Als der Ferdi dann etwas Langes aus dem Steinhaufen zieht, läuft mir sofort wieder eine Gänsehaut den Rücken rauf und runter. „Grundgütiger!"

Er dreht sich zu mir und hebt das Etwas hoch, um es mir zu zeigen. Ich halte die Luft an. „Das ist bloß ein Stück Seil!", schreit er mir zu, „sonst hab ich nichts gefunden!"

Ich entspanne mich merklich. „Dann war es das vermutlich."

Er packt seine Ausrüstung zusammen und kommt zu mir ans Fenster.

„Oder sie ist schon wieder weg", sage ich schulterzuckend.

Anschließend sitzen wir gemeinsam in meiner Küche und trinken Kakao zum Aufwärmen.

„Und wie geht es dir so? Deine Lehrer dieses Schuljahr, alle okay?"

„Mhm."

Sehr informativ. Beim Gespräch über die Schule macht er sofort dicht. Ist verschlossen und redefaul wie einige Tage zuvor.

„Schulfreunde?"

Er lässt sich jedes Wort aus der Nase ziehen.

„Mhm!"

„Was jetzt? Hast du Schulfreunde oder nicht?"

„Die sind alle blöd!" Er stiert in seine Tasse, als ob da drinnen etwas Interessantes zu sehen wäre.

„Wieso sind die blöd?"

„So halt." Er schlürft seinen Kakao und schweigt sich aus.

„Das ist keine Begründung. Da musst du mir schon mehr bieten." Das macht er aber nicht, und so liegt es weiter an mir, das Gespräch in Gang zu halten. Eine mühsame Angelegenheit.

„Raus mit der Sprache, warum sind die blöd?" Stille.

„Mensch, Ferdi, wir sind doch Freunde. Dachte ich zumindest."

Er nickt stumm.

„Na also. Und einem Freund kann man immer sagen, wo einem der Schuh drückt. Bleibt auch unter uns. Ich versprech's dir."

Endlich rückt er mit der Sprache heraus: „Die hänseln mich immer."

Da also liegt der Hund begraben. Langsam kommen wir der Sache näher.

„Was sagen sie zu dir?"

Er wird immer leiser, sodass ich ihn kaum verstehen kann. Den Kopf gesenkt, rückt er zaghaft heraus: „Pferdinand." Als er mich dann nach einer kleinen Ewigkeit wieder anschaut, sind seine Augen traurig.

Das ist aber auch gemein. Für seinen Namen kann er genauso wenig wie ich für meinen. Kinder können grausam sein.

Der Ferdinand fasst sich ein Herz und erzählt weiter. „Wenn ich morgens mit dem Radl zur Schule komme, warten sie am Unterstand auf mich. Wir haben da einen in der Klasse, der hält sich für supercool. Der springt dann gleich auf, scharrt mit dem Fuß wie ein Pferd und galoppiert wiehernd über den Pausenhof. Dabei schreit er: ‚Achtung, der Pferdinand ist da!'"

Ich versuche zu trösten, erzähle ihm, dass es solche Idioten auch zu meiner Schulzeit gegeben hat und leider immer geben wird. „Egal wie lange sich die Welt dreht, die Dummen sterben nie aus", schließe ich.

Er schaut mich skeptisch an. Diese Erklärung reicht nicht, da hat er sich mehr von mir erwartet.

„Ich weiß genau, wie du dich fühlst. Als ich so alt war wie du, ging es mir ganz ähnlich."

„Haha, was ist denn an Maxi so lustig?" Er fühlt sich von mir nicht ernst genommen, das merk ich genau.

„Maxi war nicht das Problem, so heißen zwar meist Buben, aber das hätte mir wenig ausgemacht. Nein, meine Schulkameraden haben herausbekommen, dass mich meine Mama Mädi nennt!"

Der Ferdi reißt die Augen auf. „Scheiße! Das ist ja voll peinlich!"

„Absolut!", bestätige ich, „und weißt du was?"

Er nickt gespannt.

„Sie macht es immer noch!"

„Krass!" Dann fängt er lauthals an zu lachen. Er kriegt sich fast nicht ein und so muss ich schließlich mitlachen.

„Mittlerweile stehe ich drüber, aber wenn es jemand hört, ist es mir trotzdem immer noch unangenehm."

„Das glaub ich. Wie hast du dich damals gewehrt?"

„Ich habe es meiner Mama erzählt, weil ich wollte, dass sie mich endlich beim richtigen Namen nennt, um mir diese Peinlichkeiten zu ersparen. Das hat sie aber gar nicht gekratzt. Sie wollte sich eher die Burschen zur Brust nehmen, als mich Maxi zu nennen. Meine Mama kann ganz schön schimpfen. Das solltest du mal hören, oder besser nicht."

Der Ferdi lauscht fasziniert. „Das wäre ja noch schlimmer, wenn sich bei so was die Mama einmischt. Als ob man ein Baby wäre", meint er.

„Rede trotzdem mal mit deiner Mama. Die merkt nämlich auch, dass etwas nicht in Ordnung ist, und macht sich echt Sorgen."

„Siehst du", sagt der Ferdi, „genau das kann ich eben nicht", sagt er und schlägt mit dem Fuß gegen den Tisch.

Ein wenig Kakao schwappt über den Tassenrand. Ich stehe auf, um einen Lappen zu holen. Und um Ferdi die Gelegenheit zu geben, sich wieder zu beruhigen. Dann setze ich mich wieder zu ihm an den Tisch und warte.

„Ich heiße doch wie mein Papa. Zur Erinnerung an ihn, und weil er vor meiner Geburt gestorben ist. Darüber ist die Mama eh schon so traurig. Wenn ich ihr jetzt erzähle, dass ich wegen dem Namen gehänselt werde, macht das alles nur noch schlimmer für sie."

„Und deshalb fährst du möglichst spät zur Schule, damit die anderen schon im Klassenzimmer sind und dich in Ruhe lassen." Langsam durchblicke ich die Sachlage.

Er nickt. „Vor der Lehrerin trauen sie sich nicht."

„Hast du mit ihr mal darüber gesprochen? Mit deiner Lehrerin, meine ich?"

Er wirft mir einen vorwurfsvollen Blick zu. „Ich bin doch keine Petze. Außerdem ist die genauso blöd."

Ich hebe fragend die Augenbrauen. Der Ferdi seufzt ergeben und legt los: „Wir müssen vor der Klasse ein Referat halten, über unseren Vater und seinen Beruf. Das wird benotet."

„Du hast keinen Vater mehr, verstehe."

„Eben, aber alle anderen in meiner Klasse schon. Darum bin ich nach der Stunde zur Lehrerin gegangen und habe es ihr erklärt. Hat sie aber nicht interessiert. Sie hat nur gesagt, dann schreibst du halt was über deine Mutter."

„Wo liegt das Problem? Das ist doch ein vernünftiger Vorschlag."

„Meine Mama ist Verkäuferin!", entgegnet er empört.

„Ein ehrenwerter Beruf, an dem es rein gar nichts zu meckern gibt", weise ich ihn mit Nachdruck zurecht.

„Schon", er wirkt beschämt, „aber wenn die anderen Väter Lastwagenfahrer oder Architekt oder so was sind, dann ist Verkäuferin ein bisschen ...", er zögert.

„Unspektakulär?", helfe ich ihm aus der Verlegenheit.

Er nickt dankbar. „Genau."

„Wie wäre es denn, wenn du über mich schreibst?"

„Aber du bist weder mein Vater noch meine Mutter!"

„Ich bin eine mütterliche Freundin, und Polizistin ist durchaus ein interessanter Beruf. Frag doch deine Lehrerin, ob das für sie in Ordnung ist, dann helfe ich dir, sehr gerne sogar. Das würde mir richtig Spaß machen." Und während ich das sage, merke ich, dass es nicht mal geschwindelt ist. Ich habe tatsächlich Lust dazu.

„Die Väter dürfen zum Referat in die Schule kommen", zögert Ferdi noch.

„Sag wann und wo, ich bin dabei."

„Echt? Danke!" Erleichtert fällt er mir um den Hals.

„Und das Problem mit der Hänselei, das regeln wir auch noch. Aber vorerst bleibt es unter uns, davon braucht deine Mama nichts zu erfahren."

Kapitel 9

In den darauffolgenden Tagen wird es merklich kühler. Man spürt, dass sich der Herbst verabschiedet und der Winter im Anmarsch ist. Morgens ist es jetzt oft neblig und stellenweise sind die Straßen dadurch rutschig. Auffahrunfälle gehören schon fast zur Tagesordnung.

Heute bin ich noch nicht einmal dazu gekommen, meine Jacke auszuziehen, da werde ich schon zu einem Einsatz gerufen. Ein schwerer Verkehrsunfall. Vermutlich durch überfrierende Nässe. Eine Person sei schwer verletzt, der Notarzt ist unterwegs, heißt es. Weitere Verkehrsteilnehmer sind nicht beteiligt.

Ich mache mich sofort auf den Weg. Blaulicht an und ab durch den lebhaften Stadtverkehr. Die Strecke ist mir nur zu gut bekannt und ich ahne Böses. Die Unfallstelle liegt schwer einsehbar in einer Kurve am Vogelsberg. Da die Wohngegend hier recht nobel ist und daher nur wenige Schnaipfinger in dieser exponierten Gegend residieren, fährt um diese Zeit kaum jemand den Berg hinunter. Ein Mitarbeiter des Bauhofes hat die Unfallstelle bereits gesichert und winkt mir vom Straßenrand aus zu. Fast zeitgleich mit mir trifft auch die Rettung ein.

„Ich bin den Berg hinaufgefahren, zum Salzen, da kommt mir der wie ein Wahnsinniger entgegen. Der hat ein Tempo drauf gehabt, das glauben Sie gar nicht." Der Bauhofmitarbeiter zündet sich erst einmal eine Zigarette an. Zur Beruhigung, das ist absolut verständlich. So ein Erlebnis hat man ja nicht alle Tage. Er nimmt einen tiefen Zug, schnauft durch und erzählt weiter: „Ich denk mir noch, was pressiert es denn dem gar so. Wie wenn der Teufel hinter ihm her wäre, und das bei diesem Bodenfrost, überall Reif auf der Fahrbahn. Das war ja heute Morgen arschglatt da heroben am Vogelsberg. Mich hätte es ja selber bald geschmissen, wie ich ausgestiegen bin." Er schüttelt bei dem Gedanken daran verständnislos den Kopf.

Ich zücke indessen mein Notizbuch und schreibe stichpunktartig das Nötigste mit.

„Ich fahre also den Berg rauf, ja und auf einmal kommt mir der mit einem Affenzahn entgegen. Ich habe echt aufpassen müssen, dass mir der nicht in die Seiten rutscht. Wie ich dann in den Rückspiegel schaue, da hat es auch schon gescheppert. Den hat es regelrecht aus der Kurve rausgezogen. Ja, und dann hat es ihn da am Baum zerlegt." Er nimmt wieder ein, zwei tiefe Züge und fährt fort: „Ich habe dann natürlich gleich angehalten und die Unfallstelle abgesichert. Dann bin ich hin, wie gesagt, ich hab ja selber schauen müssen, dass es mich nicht auf die Schnauze haut. Dann hab ich nachgeschaut, ob er noch schnauft. Also ich hab erst einmal ‚Hallo!' gerufen, ‚Lebst noch?'. Aber der hat nix mehr gesagt. Ich hab dann so am Hals hingefasst", er greift sich, wie um es zu verdeutlichen, an seine Halsschlagader. „Also da hab ich ihm hingelangt, weil im Fernsehen, da machen die das auch immer so, gell. Ich habe aber nix gespürt. Dann hab ich meine Handschuhe ausgezogen und habe es noch einmal probiert, und da habe ich mir dann gedacht, hoppla, der lebt ja noch. Und dann habe ich euch angerufen und den Sanka. Das ist alles."

„Sehr gut!", lobe ich ihn.

Wenn das alles in der gleichen Geschwindigkeit passiert wäre, wie er es erzähl hat, dann wäre der Verunglückte vermutlich immer noch am Hang unterwegs, in Zeitlupe.

„Heiland, der hat aber die Ruhe weg!", denke ich mir.

Besonders aufregend ist der Vorfall für den Ersthelfer nicht. Oder aber er ist so abgebrüht, dass ihn so ein Unfall nicht aus der Bahn wirft.

Ich notiere mir den Namen des Zeugen und die Anschrift und bestelle ihn für den Nachmittag aufs Revier zur Protokollaufnahme. Wenn die Straßen schon so rutschig sind, will ich ihn nicht länger als nötig von der Arbeit abhalten.

Bevor er wieder in seinen Unimog steigt, dreht er sich noch einmal zur Unfallstelle und schreit hinüber: „He! Fritze! Lebt er noch?"

Einer der Sanitäter steckt den Kopf aus dem demolierten Fahrzeug und schreit zurück: „Bis jetzt schon noch!"

„Dann passt's!" Anschließend steigt der Bauhofmitarbeiter in sein Fahrzeug und fährt seiner Wege.

Ich begebe mich indes zum Unfallwagen. Der hat sich regelrecht um einen Baum gewickelt. Das Emblem mit dem bayerischen Propeller auf der Motorhaube lässt die Automarke erkennen. Viel wert dürfte die Nobelkarosse allerdings nicht mehr sein. Ob der Besitzer mit einem kleineren Modell überhaupt eine Überlebenschance gehabt hätte, wage ich zu bezweifeln. Ja, der da drinnen muss wirklich einen Schutzengel gehabt haben.

Der Blick ins Wageninnere bestätigt sofort meinen Anfangsverdacht. Der Kainzbauer. Um die Arbeit der Rettung nicht zu behindern, beginne ich mit der Protokollaufnahme vom Unfallort.

Als die Sanitäter den Verletzten abtransportieren, dreht sich einer der beiden, ich glaube, es ist der Fritze, in meine Richtung. „Schaut nicht gut aus", sagt er im Vorbeigehen und schüttelt vielsagend den Kopf. „Hätte er nicht so

einen schweren Karren gefahren, dann wär er jetzt hin!",
lautet seine fachmännische Analyse.

Sie laden den Schwerverletzten in den Rettungswagen und sausen mit „tatütata" in Richtung Klinikum, so
schnell es eben möglich ist.

Bis der Abschleppdienst kommt, habe ich noch ein wenig Zeit, mir das Wageninnere zu besehen. Außer dem
Kundendienstheft und einer Warnweste befindet sich
nichts weiter im Handschuhfach. Auch sonst erscheint mir
dem ersten Anschein nach nichts ungewöhnlich.

Anschließend fahre ich zum Krankenhaus, um mich
nach dem aktuellen Zustand des Neuzuganges zu erkundigen. Dazu kann man mir allerdings noch gar nichts
sagen. Die Untersuchungen laufen noch. Frühestens am
Nachmittag ist mit ersten Ergebnissen zu rechnen.

Mittlerweile ist es später Vormittag geworden. Ich fahre
zum Revier zurück.

Der Hafner ist von meinem Bericht dermaßen bestürzt,
dass man denken könnte, es handele sich um ein Fami-
lienmitglied oder wenigstens um einen guten Freund.
Erschüttert sitzt er am Schreibtisch. „Das kann doch unmöglich ein Zufall sein, Meisinger, sagen Sie selbst. Innerhalb kurzer Zeit zweimal dasselbe Opfer. Da steckt mehr
dahinter."

Darüber habe ich mir auch diverse Gedanken gemacht.
Bisher deutet jedoch nichts auf Fremdeinwirkung hin.
Laut Aussage des Bauhofmitarbeiters waren keine weite-
ren Personen oder Tiere beteiligt.

Das bestätigt er mir auch am Nachmittag noch einmal, als er zur Protokollaufnahme erscheint. Lange hätte
er aber nicht Zeit, eröffnet er mir gleich beim Eintritt ins
Büro. Den Termin hätte er nur mal schnell dazwischenge-
schoben, weil es halt sein muss.

Er überfliegt das fertige Protokoll, haut seinen Servus darunter und ist schon wieder halb zur Tür raus. „Wie geht's ihm denn überhaupt?"

Meine Antwort darauf ist ein wortloses Schulterzucken. Keine Ahnung. Aber mittlerweile könnte es im Krankenhaus genauere Informationen geben, darum rufe ich dort gleich an.

Der Kainzbauer liegt auf der Intensivstation und war zwischendurch kurzzeitig bei Bewusstsein. Schädelhirntrauma und etliche gebrochene Rippen, dazu Prellungen sowie Stauchungen am gesamten Körper. Bis er wieder ansprechbar ist, oder anders gesagt, fähig zu einer Vernehmung, werden Tage oder Wochen vergehen.

„Wir sind froh, wenn er im derzeitigen Stadium die nächsten Tage überlebt. Der Patient wurde zur besseren Genesung in ein künstliches Koma versetzt. Nur die engsten Angehörigen dürfen ihn besuchen", informiert mich ein Arzt. „Für den Fall der Fälle haben wir den Bruder verständigt", schließt der Mediziner seine Ausführungen.

Das hört sich nicht gut an. Ich belasse es für heute und bitte um sofortige Information, sollte sich der Gesundheitszustand vom Kainzbauer gravierend ändern. Positiv oder negativ.

Drei Tage später frage ich trotzdem noch mal nach.

Wieder lautet die Auskunft: „Der Zustand ist stabil, aber unverändert" und „Besuchsrecht nur für seinen Bruder". Man werde sich bei mir melden, bla, bla, bla ...! Spätestens dann, wenn der Patient ansprechbar sei und Besuch empfangen könne. Bis dahin wäre es aber noch ein weiter Weg und es mache keinen Sinn, ständig nachzufragen.

Am Nachmittag desselben Tages erreicht mich ein hochinteressanter Anruf der Firma, die den Abtransport des Unfallwagens übernommen hatte. Der Fahrer des Abschleppwagens hat beim Abladen bemerkt, dass Bremsflüssigkeit ausgetreten ist. Daraufhin hat sich ein Mechaniker den Wagen etwas genauer angeschaut.

Jetzt bin ich echt sauer. Der Unfall ist drei Tage her und erst heute werde ich informiert. Das kann doch nicht deren Ernst sein.

„Mei, wir haben halt viel zu tun und sind erst heute dazu gekommen, dass wir uns das einmal anschauen."

„So eine Information wäre aber schon wichtig gewesen!"

„Wissen Sie, unsere anderen Kunden brauchen ihre Autos so schnell wie möglich wieder und mit diesem Wagen, da können Sie eh nichts mehr anfangen. Der ist nur noch zum Ausschlachten gut."

Ich will etwas entgegnen, da kommt mir der Werkstattleiter zuvor: „Wollen Sie jetzt wissen, was los ist, oder nicht?"

Natürlich will ich das.

„Die Bremsleitung vom BMW ist total hinüber. Glatter Durchbruch. Der Fahrer hatte praktisch überhaupt keine Chance. Die Bremsen müssen beim Bergabfahren komplett versagt haben und der Raureif hat dann das Übrige dazu getan."

Jetzt geht es mir gerade wie dem Hafner. Wirklich schon ein bisserl viel Zufall! Erst der Übergriff auf den Kainzbauer, bei dem er grün und blau geschlagen wird, und keine sechs Wochen später bricht an seinem Auto ganz zufällig und ohne Vorwarnung die Bremsleitung, und er hängt am Baum.

Ich weise den Werkstattleiter an, ab sofort die Finger von dem Wagen zu lassen. Das ist jetzt einzig und allein Sache der Spurensicherung. Was ich allerdings noch brauche, ist das Kundendienstheft aus dem Handschuhfach. Da möchte er doch bitte noch mal einen Blick darauf werfen, wann denn zuletzt eine Hauptuntersuchung, Kundendienst etc.

vorgenommen wurden und von wem. Ich kündige ihm an, heute oder morgen vorbeizukommen, um es abzuholen. Dann rufe ich die SpuSi an und gebe die Adresse des Abschleppdienstes durch, damit die den Unfallwagen abholen und genau unter die Lupe nehmen können.

Als Nächstes suche ich den Ordner mit den Protokollen vom 31. Oktober heraus. Den Zettel, der um den Stein gewickelt war, habe ich damals mit abgeheftet.

„Wer sich auf Kosten anderer das Leben versüßt, kann auch Saures einstecken!"

Auf wessen Kosten hat sich der Kainzbauer das Leben versüßt? Wer hat einen so unbändigen Hass auf diesen Mann, dass es nicht reicht, ihm die Nase blutig zu schlagen, sondern dass er sogar mit seinem Leben dafür bezahlen soll? Fragen über Fragen, auf die ich keine Antwort habe. Noch nicht.

Darum beschließe ich, am Mittag des darauffolgenden Tages wieder einmal am Standl vorbeizuschauen. Da ich relativ früh dran bin, ist das Mittagsgeschäft noch nicht angelaufen. Trotzdem haben Hilde und Heinz mit den Vorbereitungen alle Hände voll zu tun, und für eine Unterhaltung bleibt leider überhaupt keine Zeit. So bestelle ich mir eine Tasse Kaffee und trinke ihn direkt am Tresen.

„Sagt's einmal", frage ich beiläufig und puste in mein Heißgetränk, damit es Trinktemperatur bekommt. „Was wisst ihr denn so über den Kainzbauer?"

„Den soll es ja sauber zerlegt haben", entgegnet der Heinz mit einer gewissen Ehrfurcht in der Stimme.

„Wie geht's ihm denn?", erkundigt sich die Hilde. „Schafft er es? Man hört ja die wildesten Dinge darüber."

„Keine Ahnung", antworte ich wahrheitsgemäß. „Gut schaut's jedenfalls nicht aus, aber noch lebt er."

„Mei", überlegt der Heinz laut, „was wissen wir von dem? Halt das, was jeder weiß. Er ist einer der größten

Arbeitgeber in der Region, sponsert gerne die Vereine, besitzt viele einflussreiche Freunde im Stadtrat."

„Geh zu, das interessiert doch die Maxi gar nicht." Hilde verdreht theatralisch die Augen und schüttelt den Kopf über ihren Mann. „Ob er irgendwelche Leichen im Keller hat. Wer ihn nicht mag, dunkle Geschäft. Das meint sie. Nicht, ob er ein großer Arbeitgeber ist."

„Exakt!", sage ich und zeige der Hilde ein Daumenhoch.

„Leichen?", Heinz überlegt. „Davon weiß ich nix. Früher ist er ein rechter Weiberer gewesen. Du hättest bestimmt gut in sein Beuteschema gepasst, mit deinen langen Haxen und den blonden Haaren", grinst der Heinz vielsagend. „Ob er derzeit liiert ist, keine Ahnung. Verheiratet war er meines Wissens nach nie und Kinder sind offiziell auch keine bekannt."

„Das heißt aber nix", meldet sich die Hilde aus dem hinteren Teil des Standls zu Wort. Sie paniert dort die Schnitzel für Mittag.

„Hat er Feinde?"

„Neider gibt's mit Sicherheit, aber Feinde?" Heinz überlegt kurz und schüttelt dann noch mal bekräftigend mit dem Kopf, während er anfügt: „Nein, dass er Feinde hat, kann ich mir nicht vorstellen. Der Einzige, der ihn nicht mag, ist sein Bruder."

„Und der Schachtner!", schreit Hilde nach vorne.

„Stimmt", bekräftigt Heinz, „der hat ihn auch nicht mög'n."

Bevor ich nachfragen kann, was denn der Grund dafür ist, fragt Hilde, ob ich eine Rosinenschnecke zu meinem Kaffee möchte. Normalerweise gibt es die Kuchenteilchen nur am Nachmittag, aber für mich macht sie heute eine Ausnahme. So ein Angebot darf man nicht ausschlagen, und ich willige breit grinsend in ihr großzügiges Angebot ein.

Sie bringt mir die Schnecke auf einem Teller und wirft einen Blick in meine Tasse. „Du trinkst den Kaffee schwarz?"

„Schwarz wie das Verbrechen", gebe ich zurück und versuche dabei, meiner Stimme einen schaurigen Unterton zu verleihen.

Sie lacht. Dann widmet sie sich wieder ihren Schnitzeln.

„Was hat es mit dem Zerwürfnis mit seinem Bruder auf sich?", erkundige ich mich mit vollem Mund. Die Schnecke ist luftig und zuckersüß.

„Da wird viel spekuliert. Nach dem Tod des Vaters haben sie das Kieswerk und die Baufirma zusammen geführt. Hat aber nicht lange funktioniert. Der Theo war immer schon recht ehrgeizig. Ein richtiger Geschäftsmann halt. Es soll einen Riesenkrach zwischen den beiden gegeben haben. Danach wurden die Firmen aufgeteilt und seither reden beide kein Wort mehr miteinander."

„Der Theo hat ja auch das bessere Geschäft gemacht, mit der Baufirma. Ich schätze mal, sein Bruder fühlt sich benachteiligt", gebe ich zu bedenken.

„Nein, das war nicht der Grund. Damals waren beide Firmen etwa gleichwertig. Der Aufschwung kam ja erst später", entgegnet Hilde. „Außerdem wollte der Kurt das Kieswerk. Der war ja schon als Bub jede freie Minute im Laster gesessen."

„Und was war dann der Grund?"

Hilde zuckt nur mit den Schultern und macht sich wieder am Mittagessen zu schaffen.

„Weiberg'schicht'n!", raunt mir der Heinz zu, als sie einen Moment nicht hersieht. „Der Bau-Kainz soll damals angeblich dem Kies-Kainz die Frau ausgespannt haben. Ob es stimmt, weiß ich nicht. Sie ist jedenfalls bald nach dem Stadtgerede spurlos verschwunden. Kurze Zeit später wurde das Geschäft aufgeteilt in Baufirma und Kiesgrube."

Hä? Kies-Kainz? Bau-Kainz? Was soll jetzt das bedeuten? Da gibt es Erklärungsbedarf. „Wieso Kies- und Bau-Kainz? Ich denke, die heißen Kainzbauer?"

„Der ursprüngliche Name ist Kainz", erklärt mir Heinz die Sachlage. „Bauer war der Name der Mutter. Nach der Firmentrennung ist der eine der Kainz geblieben, der Kies-Kainz, und der andere hat sich durch das Baugewerbe zum Bau-Kainz umbenannt und wollte unbedingt, angeblich wegen der Mutter, Kainz-Bauer heißen. Daraus ist dann der Firmenname Kainzbauer entstanden und seitdem heißt er so. Jeder in der Stadt weiß, dass er sich von seinem Bruder abheben wollte. Ich glaube, der Name steht sogar in seinem Pass."

„Geht das so einfach?" Ich bin irritiert.

„Mädel", sagt der Heinz bestimmt, „mit Geld geht alles, mehr sag ich nicht! Jedenfalls", fährt er fort, „kennt der Kainzbauer einen Haufen einflussreicher Leute. Und er hat eine Menge Freunde im Stadtrat, die er sich warmhält, wenn du verstehst, was ich meine?" Er unterstreicht es mit der entsprechenden Geste und reibt Daumen, Mittel- und Zeigefinger. „Jedes Jahr hat der einen Bombenumsatz mit seiner Firma."

„Der hat weltweit Aufträge", ruft die Hilde mir zu.

„Und er sponsert gern. Egal ob die Stadt oder ein Verein ein Anliegen hat, der verstehts, die Leute für sich zu gewinnen", ergänzt Heinz.

„Was ist mit dem Bruder?", frage ich mit vollem Mund. Denn der interessiert mich ebenfalls. Eventuell liegt das Motiv ja im familiären Bereich.

„Der Kies-Kainz?" Heinz überlegt kurz, bevor er fortfährt: „Das ist ein Arbeitstier, schuftet von früh bis spät, auch am Wochenende, wenn es sein muss. Der sitzt auch noch selbst auf dem Lader und packt mit an. Der Kainzbauer täte das niemals machen. Der hockt lieber mit einem feinen Zwirn im noblen Büro, bevor er sich die Hände schmutzig macht. Eine Schaufel nimmt der nur noch in die Hand, wenn es für ein Pressefoto ist. Außerdem hat er genügend Angestellte."

Fürs Erste bin ich mit Informationen eingedeckt. Bevor der Mittagsansturm losgeht, mache ich mich wieder auf den Weg zurück ins Polizeirevier. Vorher lasse ich mir aber noch zwei Schnitzelsemmeln einpacken. Eine für mich, die zweite für den Knogl, der für die Dauer meiner Abwesenheit die Stellung halten musste.

Der freut sich über mein unerwartetes Mitbringsel und beißt gleich herzhaft in seine Brotzeit. Zwischen zwei Bissen nuschelt er irgendetwas Unverständliches zu mir herüber.

„Was hast du gerade gesagt?", frage ich daher nach und will gerade in meine Semmel beißen.

„Scheckheft!", entgegnet er mit vollem Mund, aber diesmal verständlicher. Die Brösel fliegen dabei, doch das stört ihn nicht. Und während er weiterspricht, beißt er gleich noch mal ab. So was Verfressenes. „Die Werkstatt hat vorhin schon wieder angerufen. Die haben kein Scheckheft gefunden!"

Ich habe Mühe, ihn zu verstehen, weil der Speisebrei zwischen seinen Backen hin und her wandert und damit eine deutliche Aussprache unmöglich macht. Mir graust bei seinem Anblick fast. Es geht doch nichts über gute Manieren.

Wütend knalle ich die unberührte Schnitzelsemmel zurück aufs Papier. „Ja spinn ich? Ich habe das Kundendienstheft doch mit eigenen Augen im Handschuhfach liegen sehen. So etwas bilde ich mir doch nicht ein. Das Scheckheft und eine Warnweste. Ich bin mir absolut sicher."

Aufgebracht blättere ich in meinem Notizbuch nach der Nummer der Werkstatt und rufe umgehend dort an.

„Nein, ein Kundendienstheft ist und war nicht im Wagen!", erklärt mir der Meister genervt. Das hätte er meinem Kollegen aber bereits an mich ausrichten lassen.

Ob es herausgefallen sein könnte, frage ich nach. Beim Abschleppen oder sonst wie.

„Ganz sicher nicht! Das Handschuhfach war fest verschlossen. Vor dem Abtransport, beim Transport und auch danach."

Ich spüre seine Ungeduld durch den Hörer.

Nur eine Warnweste ist vorhanden, sonst nichts. Ich könne aber gerne selbst noch einmal nachschauen, denn der Wagen sei von der Spurensicherung bisher noch nicht abgeholt worden.

Na toll, dann muss ich bei denen auch Druck machen.

Verdammt noch mal! „Ich kann hundertprozentig bezeugen, dass zwei Sachen im Handschuhfach lagen", beharre ich stur, „und eines davon war das Kundendienstheft!"

„Dann wird es wohl jemand herausgenommen haben!", kontert der Meister und beendet damit unser Gespräch.

„Dann muss es jemand herausgenommen haben", wiederhole ich laut grübelnd seine letzten Worte. „Aber wer?"

Der Knogl hat in der Zwischenzeit seine Schnitzelsemmel vertilgt. Genüsslich wischt er sich den Mund ab.

„Isst du die nicht mehr?", fragt er, auf meine Semmel deutend, die unberührt auf der Tüte liegt.

„Hm?", gebe ich geistesabwesend zurück und sinniere vor mich hin. „Warum interessiert sich jemand für das Kundendienstheft vom Kainzbauer?" Ich stütze meinen Kopf in die Hände und fahre mir mit den Fingern über die Schläfen, um das Denken anzuregen. „Am Unfallort hab ich es definitiv gesehen", rekonstruiere ich den Vorgang zum wiederholten Male. „Der Bauhofmitarbeiter hat es nicht genommen. Die Sanitäter können es nicht rausgenommen haben, weil die weggefahren sind, bevor ich den Wagen von innen inspiziert habe. Bleibt also nur ...“

„Der Abschleppdienst", beendet der Knogl den Satz.

Ich setze mich wieder aufrecht in meinen Stuhl und schaue ihn geradewegs an. „Genau. Das waren die Letzten, die den Wagen sozusagen in der Hand hatten." Gedankenverloren greife ich nach meiner Semmel, finde aber nur die leere Tüte. Als mein Blick zum Knogl wandert, sehe ich gerade noch, wie der letzte Rest meines Mittagessens zwischen seinen Zähnen verschwindet.

„Das war jetzt fein!", grunzt er und reibt sich genüsslich die Brösel vom Mund.

„Nein, war es nicht!" Beleidigt schaue ich auf den leeren Fleck, wo bis eben noch mein Essen lag. Mein Magen knurrt anklagend dazu.

Kapitel 10

Was könnte eine renommierte Werkstatt dazu verleiten, ein Kundendienstheft verschwinden zu lassen? War es überhaupt mutwillig oder ist es beim Transport einfach verloren gegangen? Das wäre allerdings eine schöne Schlamperei.

Dem muss ich genauer nachgehen und so mache ich mich am späten Nachmittag gleich mal auf den Weg dorthin. Der Wagen wurde jetzt auch endlich abgeholt, vermute ich, denn zu sehen ist davon auf dem Gelände nichts mehr. Die Werkstatt wirkt im ersten Moment wie verlassen. Beim genaueren Hinschauen ragen aber zwei Beine unter einer Familienkutsche hervor. Die Füße stecken in Sicherheitsschuhen. Da ein Schnürsenkel neongelb ist und der andere orange, vermute ich, dass der Schuhträger jüngeren Jahrganges ist. Außerdem gehe ich schwer davon aus, dass der restliche Körper inclusive Kopf auch noch dranhängt. Darum frage ich die Füße, wo denn der Chef zu finden sei.

„Im Ersatzteillager", lautet die spärliche Auskunft.

Dort werde ich nach kurzer Suche tatsächlich im hinteren Teil der Werkstatt fündig. Ich unterbreche ihn beim Sortieren einiger Kleinteile, was mich jedoch weniger stört als ihn.

„Hat sich im Fall des verschwundenen Kundendienstheftes noch was ergeben?"

„Nein, aber das habe ich Ihnen bereits gesagt!", blafft er. Freundlich klingt anders.

Es nervt ihn eindeutig, schon wieder von der Arbeit abgehalten zu werden.

„Exakt, aber ich war gerade in der Gegend und wollte selbst noch mal nachsehen. Der Wagen ist nicht mehr da, oder?"

„Nein, der ist heute Mittag abgeholt worden. War es das jetzt?"

„Ja, fürs Erste."

Ich drehe mich um und will verschwinden, da hält er mich unerwartet zurück: „Halt! Mir fällt doch noch was ein." Er legt die Liste beiseite und greift in die Latztasche seines Blaumanns. Von dort entnimmt er ein silbernes Armband. „Das haben wir unter dem Fahrersitz gefunden. Hat sich anscheinend irgendwie verhakt. Ich wollte es Ihren Kollegen mitgeben, habe es aber dann in dem ganzen Trubel vergessen." Er zuckt entschuldigend mit den Schultern und drückt mir das Schmuckstück in die Hand.

Das Armband ist feingliedrig. Zwei Anhänger baumeln daran, ein Kreuz und ein Herz.

Ich stecke es ein. „Was ich noch fragen wollte: Lässt der Kainzbauer die Inspektion seines Wagens bei euch machen?"

„Nein", der Meister schüttelt den Kopf. „Der muss mit seiner Kiste zu einer Vertragswerkstatt, zwecks der Garantie." Er wendet sich zum Gehen.

„Wer hat den Wagen vom Unfallort zu euch überführt?"

„Der Andy und ich. Aber für den Andy leg ich die Hand ins Feuer. Das ist ein ehrlicher Bursche." Er weiß genau, worauf ich hinauswill. „Außerdem hätte hier auf dem Gelände jeder die Gelegenheit, etwas aus einem Schrottwagen rauszunehmen. Wir können ja nicht Tag und Nacht

Wache stehen."

„Wo finde ich diesen Andy?"

„Der arbeitet vorne unter dem Van." Er deutet in Richtung der Familienkutsche.

Aha, die Füße haben also auch einen Namen.

„Andy?" Der Ruf des Meisters verhallt im Nichts, keine Antwort. Sein Arbeitsplatz ist leer, als wir dort ankommen.

„Gut möglich, dass er Material aus dem großen Teillager holt." Er schaut zur Uhr. „Nein, es ist Mittagspause. Der ist unterwegs, zum Brotzeitholen. Wollen Sie so lange hierbleiben, bis er wiederkommt? Das kann aber dauern."

„Nein, ist schon in Ordnung."

„Aber wie gesagt, für den Schachtner leg ich meine Hand ins Feuer."

„Schachtner? Andreas Schachtner?", stutze ich. „Ist der mit dem verunglückten Schachtner vom Donauufer verwandt?"

Er nickt. „Das war sein Vater", bestätigt er meinen Verdacht.

Zurück im Revier überprüfe ich den Namen im Computer. Andreas Schachtner, diverse Strafzettel bezüglich Geschwindigkeitsübertretungen sowie illegaler Autorennen. Einmal hatte man ihm sogar Sozialstunden aufgebrummt. Sein Vater war auch kein unbeschriebenes Blatt. Der wurde des Öfteren wegen Trunkenheitsdelikten und Pöbeleien aktenkundig. Die Mutter beging vor einigen Jahren Suizid. Sie hatte sich vor einen Zug geworfen. Armer Kerl.

„Den haben's umgebracht!", hatte die alte Schachtnerin auf dem Friedhof zu mir gesagt.

„Hast du einen Moment für mich Zeit?", frag ich den Knogl.

Er schaut von seiner Arbeit auf. „Logisch, was gibt's?"

Ich hocke mich auf seine Schreibtischkante. Dann schildere ich ihm die Begegnung an Allerheiligen.

Er hört aufmerksam zu. „Da drauf würde ich nichts geben. Sie meint damit bestimmt die alte Geschichte mit seiner Frau. Der Suizid, die Lebensumstände. Das alles halt."

Ich nicke. Der Knogl kennt die Leute hier wesentlich länger und besser als ich. Er würde es mir sicher sagen, wenn es etwas zu hinterfragen gäbe, oder?

„Übrigens, da ist noch was!" Vorsichtig ziehe ich das Armkettchen aus der Jackentasche. „Das hat man im Wagen vom Kainzbauer gefunden."

Der Knogl nimmt es in die Hand. „Nett, aber kaputt."

„Warum kaputt, das Kettchen ist doch intakt?"

„Schon, aber es fehlt die Hoffnung." Er legt es zurück auf den Schreibtisch.

Ich verstehe nicht recht.

„Kreuz, Herz, Anker", erklärt der Knogl, „Glaube, Liebe, Hoffnung. Die Hoffnung fehlt!"

Ich greife in eine andere Tasche meiner Jacke und ziehe das Taschentuch mit dem Anker hervor. „Ist es der?"

Der Knogl schaut erstaunt auf das kleine Silberstück in meiner Hand. Wir legen es zum Armband auf den Tisch. Es ist eindeutig das fehlende Teil.

„Wo hast du den jetzt her?"

Ich lasse die Frage unbeantwortet.

„Es gibt sie also doch noch, die Hoffnung!", sinniert der Knogl zweideutig und zwinkert mir dabei zu.

Ich verstaue beides getrennt voneinander in Briefumschlägen. Das Armband kommt zurück in meine Jacke, der Anhänger in den Schreibtisch.

Den Nachmittag verbringe ich am PC. Morgen werde ich dem Kies-Kainz einen Besuch abstatten. Mal schauen, wie gesprächig er ist, wenn ich ihn nach seinem Bruder befrage.

Zu Hause liegt ein Paket von der Mama vor der Haustür. Ein Adventskalender! Selbstverständlich befüllt. Außerdem eine Dose mit Plätzchen. Sie kann's nicht lassen! Jedes Jahr die gleiche Prozedur. Als wäre ich ein kleines Kind. Trotzdem freut es mich irgendwie, dieses alljährliche Ritual. Auf der Dose klebt ein Zettel. Darauf steht in roten Großbuchstaben, damit ich es gewiss nicht übersehe: „Für den 1. Advent!" Überlesen kann ich es nicht, aber ignorieren.

Ich öffne den Deckel. Die Plätzchen riechen ganz zart nach Tanne. Das kommt wahrscheinlich vom Adventskranz, der auch im Karton liegt. Es ist schon irgendwie lustig. Kochen kann sie absolut nicht, aber ihre Weihnachtsplätzchen sind wirklich lecker. Weiß der Geier, wie sie das anstellt.

Ich will gerade eines der köstlichen Backwerke probieren, da läutet das Telefon.

Als ob sie es gerochen hätte.

„Servus, Mädi, ist mein Päckchen angekommen?"

„Hallo Mama. Ja, ich habe es eben aufgemacht."

„Du isst jetzt aber noch keine Plätzchen?"

Ich höre die Schärfe in ihrer Stimme. Den erhobenen Zeigefinger sehe ich förmlich vor mir, als sie fortfährt: „Mädi?! Die gehören für den 1. Advent!"

„Steht ja drauf", maule ich beleidigt.

„Ich kenne dich. Mach sofort die Dose wieder zu und stelle sie auf den Schrank. Dahin, wo du sie nicht ständig im Blickfeld hast."

So eine Spaßbremse, ich muss grinsen. Aber ein bisschen unheimlich ist das schon. Ich wollte mir echt gerade ein Plätzchen in den Mund schieben. Bis die Mama mit ihrem Vortrag fertig ist, hätte ich das längst gegessen gehabt.

Vorsichtig schaue ich mich um, ob nicht irgendwo eine versteckte Kamera installiert ist. Dann lege ich den Keks brav zurück in die Dose und stelle sie zurück auf den Tisch.

„Wieso schickst du mir eigentlich jedes Jahr einen Adventskranz? Du weißt doch, dass ich ihn nicht anzünden werde."

„Das ist mir egal. Ein Adventskranz gehört zur Vorweihnachtszeit dazu", sagt sie, „und Tannennadeln duften auch, ohne dass er angezündet wird. Den Adventskalender nimmst du mit auf's Revier. Da kannst du ihn an deinen Arbeitsplatz hängen."

So weit kommt's noch! Wie schaute denn das aus? Äußerst peinlich! Außerdem frisst den dann nur der Knogl leer. Nach der Geschichte mit der Schnitzelsemmel heute werde ich da in Zukunft vorsichtiger sein.

„Ja, Mama", sag ich nur, damit ich ihr die Freude nicht nehme. Sie sieht es ja nicht. Wir ratschen noch ein wenig, über dies und jenes. Wegfahren wollen sie, erzählt die Mama beiläufig. Sie und die Tante Rosa.

„Nach Salzburg auf den Christkindlmarkt, vielleicht sogar bis nach Wien."

„Dafür braucht ihr nicht wegzufahren. So was gibt es auch ganz in deiner Nähe, nämlich in Straubing. Jeden Tag bis zum Heiligen Abend. Christkindlmarkt und Glühwein bis zum Abwinken. Und eine Tombola gibt es da obendrein", erkläre ich der Mama.

Das weiß sie aber alles selbst.

„Aber weißt du, Salzburg ist halt so romantisch", schwärmt sie und dass sie da immer schon einmal hinfahren wollten. Sie und die Tante Rosa.

„Ihr fahrt da aber nicht selbst mit dem Auto hin?", argwöhne ich. Mir schwant nichts Gutes, doch sie beruhigt mich sofort. Nein, dem Himmel sei Dank, die Damen reisen mit dem Bus.

„Das ist ja viel angenehmer, und billiger ist es obendrein!", freut sich die Mama. „Das kostet nur 9,99 Euro pro Person!"

„Nach Wien? Für weniger als zehn Euro pro Person?" Dieser Preis lässt mich dann doch stutzig werden. Da ist hundertprozentig was faul.

„Nein, nicht bis nach Wien. Bis Salzburg! Sogar ein Päckchen Mozartkugeln ist im Preis mit dabei, nebst Kaffee und Kuchen." Sie ist hellauf begeistert darüber, so ein Schnäppchen gemacht zu haben. „Nach Wien, da kostet es ja viel mehr. 17,99 Euro. Das ist ja fast das Doppelte."

„Wir reden hier aber nicht von einer Kaffeefahrt, oder?"

„Nein, das ist eine Fahrt zum Christkindlmarkt." Stellt sie sich absichtlich dumm oder ist sie wirklich so naiv? Da bin ich mir gerade nicht sicher.

„Für 9,99 von Straubing bis nach Salzburg zum Christkindlmarkt inclusive Mozartkugeln, Kaffee und Kuchen?", zähle ich alles noch mal auf.

„Genau!", bestätigt die Mama nachdrücklich. „Da muss man doch zuschlagen. So günstig kommen die Rosa und ich nie mehr weg." Ihre Begeisterung ist grenzenlos.

„Woher kommt denn dieses supertolle Angebot?" Ich lasse nicht locker, bis sie mit der Wahrheit herausrückt.

„Das lag im Briefkasten." Sie bemüht sich, es zu verharmlosen.

„Und wo gibt es den Kaffee und den Kuchen? Auch in Salzburg am Christkindlmarkt?", bohre ich weiter.

„Nein." Jetzt druckst sie doch ein bisschen herum. „Den bekommen wir unterwegs. Da machen wir einen kleinen Zwischenstopp bei einer Matratzenfirma, nur eine Pieselpause."

„Ha!", schreie ich. Ich habe es doch gewusst, es ist doch eine Kaffeefahrt! Und das erkläre ich ihr jetzt - mit Nachdruck: „Du glaubst doch nicht allen Ernstes, dass du mit zehn Euro aus der Nummer rauskommst. Mama! Das ist die klassische Abzocke. Ein anspruchsvolles Ausflugsziel für wenig Geld, Geschenke gibt es auch noch und beim vermeintlichen Zwischenstopp ziehen sie euch dann die Scheine aus der Tasche. Ich fasse es nicht, dass du auf so was hereinfällst." Ich rede auf sie ein wie auf ein krankes Ross.

„Ja glaubst du denn, ich weiß das nicht selbst?", gibt sie mir schnippisch zurück.

Ich bin sprachlos.

„Freilich ist das eine Kaffeefahrt, und natürlich wollen die was verkaufen, aber ich kauf' nix." Sie sagt es so bestimmt und mit Nachdruck, dass ich es gerne glauben würde. „Höchstens am Christkindlmarkt einen Glühwein und Magenbrot", ergänzt sie.

Das liebt die Mama nämlich.

„Sonst", fährt sie fort, „sonst kaufe ich rein gar nichts! Aber für so wenig Geld kommen die Rosa und ich nie mehr nach Salzburg. Oder wäre es dir lieber, wenn wir selber mit dem Auto hinfahren?"

Damit trifft sie einen wunden Punkt bei mir. Die Mama ist autotechnisch gesehen eine Gefahr für die Menschheit. Gott sei Dank, fährt sie jetzt nur mehr Kurzstrecken, wie zum Einkaufen. Auch die Fahrten zum Arzt oder zum Kaffeekränzchen mit alten Freundinnen sind Strecken, die sie in- und auswendig kennt. Höchstens, allerhöchstens, nimmt sie den Wagen, wenn sie zu einer Beerdigung muss. Aber selbst die darf nicht zu weit entfernt sein, sonst kann es passieren, dass sie sich zigmal verfährt und erst zum Leichenschmaus dort eintrifft. Alles schon da gewesen, ich mache da keine Witze.

Einmal hat sie sich so dermaßen verfahren, dass sie an der falschen Kirche gelandet ist. Erst beim Opfergang, beim Blick auf das Gebetsandenken fiel ihr auf, dass ihr der Verstorbene gänzlich unbekannt war. Aber da sie jetzt einmal da war, dachte sie, könne sie auch bleiben. Schließlich und endlich sei es ja egal, wo und für wen man bete. Jeder möchte in den Himmel kommen.

Den Vogel hat sie damals abgeschossen, als sie zu einer Opernaufführung nach München unterwegs war. Was hatte ich auf sie eingeredet. Aber nein, stur, wie sie nun mal ist, fand sie tausend Gründe, warum sie nicht die Bahn nehmen wollte. Zu teuer, das U-Bahn-Netz zu kompliziert, die Zeit, weil man dann abhängig ist vom Fahrplan, bla, bla, bla! Ausreden über Ausreden. Sie fuhr selbst! Schlussendlich brachten sie dann die vielen Wegweiser und Abzweigungen am Autobahnkreuz so durcheinander, dass sie einfach irgendwo abfuhr und mich in ihrer Verzweiflung anrief.

„Du, Mädi, ich stehe da vor so einem großen runden Dings! Wo muss ich denn jetzt hinfahren?"

Sie meinte die Allianz Arena! Es war ein Samstag mit Heimspiel. Als ich Stunden später bei ihr ankam, liefen Tausende Fußballfans auf dem Busparkplatz herum, und mittendrin stand die Mama unübersehbar mit ihrem uralten Audi 80 GLS grünmetallic.

Ja, so ist das mit der Mama und dem Autofahren. Es grenzt fast an ein Wunder, dass sie noch niemals zum Geisterfahrer wurde. Wenn die Tante Rosa mit an Bord ist, macht es das Ganze nicht besser, sondern eher schlimmer. Obwohl sie selbst führerscheinlos ist, gibt sie gerne Anweisung, wie andere zu fahren haben.

„Links, du musst links abbiegen! Nein, das andere links, also rechts!"

Und dann erst die Kommentare: „Fahr doch nicht so schnell. Du musst mehr Abstand halten, wenn dein Vordermann bremst, fährst du auf. Vorsicht, da vorne kommt eine Ampel, die springt gleich auf Rot!"

Fürchterlich. Ein Beifahrer, der dir den letzten Nerv raubt.

Aus all diesen Gründen kann ich nur sagen: Wenn es um Fahrten für meine Mama außerhalb ihres gewohnten Radius geht, sind Busreisen okay, als Selbstfahrer mit dem Auto - NEIN!!!

Trotzdem bekomme ich allein beim Gedanken an eine Kaffeefahrt Magenschmerzen. Nachdem sie mir noch mal hoch und heilig verspricht, nichts zu kaufen, was den Wert von zwanzig Euro übersteigt, beendet sie unser Gespräch mit dem üblichen: „Schlaf gut, Mädi!"

Na die hat Nerven, wie soll ich nach so einer Ankündigung schlafen können?

Und so reiße ich total gefrustet den Adventskalender auf und futtere mich durch die ersten drei Türchen hindurch. Plätzchen hat sie mir verboten, vom Kalender hat sie nichts gesagt. Außerdem brauche ich jetzt dringend Nervennahrung.

Kapitel 11

Die Kiesgrube liegt ein paar Kilometer außerhalb der Stadt. Es ist eine ganz eigene Welt mit ihrem Sandstraßensystem und den vielen Kieshügeln dazwischen. Für mich als Laien sieht jeder Haufen gleich aus. Schaut man aber genauer hin, kann man die unterschiedliche Körnung der Steine durchaus erkennen. Ein wenig wirkt das Leben und Treiben hier auf mich wie ein überdimensionaler Sandkasten für Männer. Wo auf einer Seite ein Loch gegraben wird, um Sand zu fördern, wird andernorts ein altes zugeschüttet. Oft mithilfe von Bauschutt fremder Leute. An einigen Stellen der Gruben tritt das Grundwasser zutage.

Ein Mitarbeiter schickt mich an der Sortieranlage vorbei zu dem Haufen, an dem der Chef persönlich arbeitet. Vom Typ her wirkt er komplett anders als sein Bruder. Das fällt sofort auf. Obwohl ich den Bauriesen bisher nie im Normalzustand gesehen habe, sondern immer nur ramponiert und größtenteils nicht ansprechbar, erkenne ich, dass die beiden Brüder absolut verschiedene Mentalitäten haben.

Wie hat es die Hilde so treffend formuliert: „Der Kies-Kainz macht sich noch selbst die Hände dreckig. Einer, der mit anpackt!"

Auch figürlich unterscheiden sich die Brüder voneinander. Der Kies-Kainz ist ein kräftiger Mann. Keineswegs dick, sondern muskulös. Auch scheint er wenig Wert auf sein Äußeres zu legen. Er ist unrasiert, und der letzte Friseurbesuch dürfte mittlerweile länger her sein. Für so etwas bleibt vermutlich neben der Arbeit im Kieswerk wenig Zeit.

Als ich an der beschriebenen Stelle ankomme, sitzt er im Lader und schaufelt Sand von einer Seite zur anderen. Sinn kann ich daran keinen erkennen, aber er wird schon wissen, was er macht. Als er mich sieht, hält er an und steigt aus seinem Gefährt. Die Latzhose ist zerrissen und staubig. Mit seiner rauen Arbeiterhand drückt er fest die meine.

Das ist mir sympathisch. Ich hasse einen laschen Händedruck.

Bei der Frage nach dem Befinden seines Bruders verfinstert sich sein Gesichtsausdruck. „Keine Ahnung. Sind Sie deshalb gekommen? Den Weg hätten Sie sich sparen können."

„Sie fahren doch regelmäßig ins Krankenhaus. Jedenfalls erwähnte der Arzt, dass sie der nächste Angehörige sind und als Einziger Besuchsrecht haben."

Er zieht eine Packung Zigaretten aus dem Hosenlatz hervor. „Einmal. Ein einziges Mal war ich da und nur, weil man mich gebeten hat, dass ich sofort kommen soll." Er nimmt einen Glimmstängel aus der Schachtel und zündet ihn an. „Wegen Patientenverfügung oder so was. Ich bin, wie es ausschaut, der einzige Verwandte. Aber ganz ehrlich, von mir aus krepiert dieses Arschloch. Verdient hätte er es."

Dass das alles nicht nur so dahergeredet ist, daran lässt er keinen Zweifel. Ton und Gesichtsausdruck verraten, dass es dem Kies-Kainz damit völlig ernst ist.

„Sie mögen sich nicht besonders?", frage ich daher.

„Das ist leicht untertrieben. Wir sind verwandt, daran lässt sich nun mal nichts ändern. Nicht mehr und nicht weniger."

„Das Verhältnis soll aber früher besser gewesen sein. Damals, als Kieswerk und Baugeschäft noch eine Firma waren."

„Das war kurz nach dem Tod unseres Vaters. Der wollte sich nicht entscheiden, wem er was gibt, deshalb haben wir das Geschäft anfangs zusammen geführt."

„Hat das funktioniert?"

„Nein!" Er ist genervt. „Sonst hätten wir ja alles belassen, wie es war."

„Finanziell gesehen, hat ihr Bruder bei der Teilung besser abgeschnitten als Sie."

„Wissen Sie", sagt er, „Geld ist nicht alles im Leben. Aber wenn es ums Geld geht, hat mein Bruder schon immer die Nase vorne gehabt. Dafür geht er über Leichen."

„Was heißt das?" Ich werde hellhörig.

„So wie ich das sage. Für den Profit ist dem Theo jedes Mittel recht, um an sein Ziel zu kommen. Legal oder illegal, das spielt keine Rolle. Hauptsache, der Rubel rollt!"

„Würde er dafür jemanden ermorden?"

Er schweigt, starrt auf den Boden und fährt mit seinen Stiefelspitzen im Sand herum.

„Wollten Sie damals das Kieswerk übernehmen oder, anders gesagt, wie wurde bestimmt, wer von Ihnen beiden welches Werk bekommt?"

„Das war Schicksal."

„Das verstehe ich jetzt nicht."

„Wir haben es ausgespielt. Derjenige, der gewinnt, bekommt die Baufirma. Der Theo hatte immer schon die besseren Karten. Vielleicht hat er mich damals schon beschissen und ich habe es nicht bemerkt, wer weiß. Zutrauen würd' ich es ihm!"

„Und trotz allem machen Sie immer noch Geschäfte mit ihm?"

„Nur bei Bauprojekten in der näheren Umgebung. Wir sind halt das einzige Kieswerk im Umkreis. Dafür ist er ein zu großer Pfennigfuchser, als dass er da eine Firma von weiter weg beauftragen würde. Ansonsten gibt der sich mit mir nicht ab."

„Obwohl Sie sein Bruder sind?"

„Glauben Sie mir, mir ist das ganz recht so. Gerade weil wir blutsverwandt sind, ist es mir wichtig, nicht mit ihm in Verbindung gebracht zu werden. Darum war mir die Trennung der Namen ganz recht."

„Ach ja, davon hab ich schon gehört. Aber darf man Familiennamen nach Lust und Laune umändern? Geht das gesetzlich überhaupt? Ich bin mir da nicht so sicher."

„Mit den richtigen Freunden an der richtigen Stelle geht so einiges. Da würden Sie staunen, was alles möglich ist. Mir ist es egal, wen er dafür geschmiert hat. Hauptsache, man bringt uns so wenig wie möglich in Verbindung."

„Weshalb ist das für Sie so wichtig?", hinterfrage ich.

„Weil ich mit meinem Bruder nichts mehr zu tun haben will. Kapiert?"

„Gibt es dafür einen Grund?"

„Einen? Viele, aber das geht Sie nichts an. Das sind Familienangelegenheiten."

„Nicht, wenn es im Zusammenhang mit einem Verbrechen steht, dann geht mich das sehr wohl etwas an!", kontere ich mittlerweile nicht weniger aufgeheizt als er.

„Ich habe mit der ganzen Sache nichts zu tun. Je weniger ich vom Theo höre oder sehe, umso lieber ist mir das!"

„Wie sieht das Ihre Frau?", bohre ich weiter. „Wie ist ihr Verhältnis zum Schwager?"

Vermutlich treffe ich mit dieser Frage genau ins Wespennest, denn jetzt explodiert er förmlich. „Meine Ex-Frau hatte ein Verhältnis mit meinem Bruder. Aber das wissen Sie ja sicher schon. Wie das jetzt ist beziehungsweise wen er zurzeit vögelt, entzieht sich meiner Kenntnis und ist mir ehrlich gesagt auch scheißegal!" Wütend schmeißt er die Zigarette auf den Boden, dreht sich um und stapft in Richtung seines Laders.

„Wer erbt eigentlich die Firma, falls Ihr Bruder nicht überleben sollte?", schreie ich ihm hinterher.

Er dreht sich halb um. „Vermutlich ich, als nächster Verwandter. Außer er hat einer seiner Amouren ein Kind gemacht. Was interessiert's mich."

„Sie halten sich auf alle Fälle zu unserer Verfügung!", lasse ich jetzt die Polizistin raushängen.

„Wieso?" Er bleibt kurz stehen.

„Weil es sich, wie es ausschaut, um einen versuchten Mordanschlag auf Ihren Bruder handelt und Sie nicht unbedingt zu seinen besten Freunden zählen. Falls Sie jetzt zudem Alleinerbe des Vermögens wären, reicht mir das als handfestes Motiv."

Jetzt dreht er sich ganz um und kommt mir einige Schritte entgegen. Es wirkt bedrohlich, darum lege ich vorsorglich die Hand auf meine Pistole.

„Mordanschlag? Ich habe ein Motiv?", schreit er mich erbost an. „Du spinnst doch! Da gibt's hundert andere, die einen Grund hätten, den Theo umzubringen!" Er kommt immer näher auf mich zu und zetert dabei weiter: „Ja, es stimmt. Ich mag ihn nicht. Dafür gibt's ausreichend Gründe, aber ich würde ihn doch nie im Leben umbringen!"

„Und welche Gründe sind das?" Jetzt nur nicht locker lassen.

„Weil er ein Betrüger ist, ein Halsabschneider. Ich verdiene mir mein Geld auf ehrliche Art und Weise. Eine Firma, an der Blut klebt, die möcht' ich nicht einmal g'schenkt haben. Geschweige denn, würde ich dafür ins Gefängnis gehen!"

Jetzt trennen uns nur noch Zentimeter.

„Geht's ein bisschen präziser?"

„Nein, geht es nicht!", brüllt er mich an. „Fragens doch den Stadtrat Geier. Der redet gerne und viel, aber nur, wenn für ihn was dabei herausspringt."

„Stadtrat Geier", notiere ich mir in Gedanken. „Das werde ich machen." Ich tippe mir zum Gruß an die Stirn, dann steige ich in den Wagen.

Der Kainz stapft wütend zurück zu seinem Lader. Ein paarmal drückt er ordentlich aufs Gaspedal, bevor er über die Kieswege davonbraust, dass es nur so staubt.

Weil es zeitlich gerade passt, fahre ich noch mal am Krankenhaus vorbei. Der Kainzbauer liegt unverändert im künstlichen Koma, ist aber weitestgehend stabil.

„Ja", bestätigt mir die Intensivschwester, „sein Bruder ist hier gewesen. Allerdings nur ein einziges Mal." Es hätte jedoch nicht danach ausgesehen, als sei er am Gesundheitszustand des Verletzten sonderlich interessiert. „Er wollte ihn noch nicht einmal sehen", erinnert sie sich.

Aus Datenschutzgründen dürfte sie mir das eigentlich gar nicht sagen, aber sie schade ja niemandem mit dieser Auskunft, meint die Schwester. Eine Frau komme dagegen regelmäßig vorbei. Die dürfe zwar nicht ins Intensivzimmer zum Patienten, weil sie keine Verwandte ist, trotzdem frage sie fast täglich nach, ob es nicht doch möglich wäre und wie es ihm geht. Aber, wie gesagt, für sie gibt es keine Auskunft.

Schon interessant. Der eine darf und will nicht, die andere will und darf nicht. Jetzt will ich selbstredend wissen, um wen es sich bei dieser ominösen Frau handelt, aber die Dame ist der Schwester leider gänzlich unbekannt. Nur, dass sie zwischen fünfunddreißig und vierzig Jahre alt sein dürfte und stets elegant gekleidet ist, kann sie mir verraten. Ein bisschen wenig Information.

„Wenn sie kommt, dann sehr früh gegen acht oder neun Uhr morgens. Heute war sie nicht da, vielleicht schaut sie ja morgen wieder vorbei."

Ich bedanke mich für die Auskunft und beschließe, am nächsten Tag selbst zeitig nachzufragen oder vielmehr nachzuschauen, wer die unbekannte Besucherin ist.

Leider schaffe ich es dann doch nicht. Auch nicht in den darauffolgenden Tagen, weil ich den ganzen blöden Schreibkram erledigen muss, der sich die letzte Zeit auf meinem Schreibtisch angesammelt hat, und der Hafner deshalb Druck macht. Scheiß Bürokratie, kann ich da nur sagen, das ist wieder mal typisch deutsch!

Kapitel 12

Nachdem mir der Kies-Kainz den Tipp mit dem Stadtrat Geier gegeben hatte, konnte ich in den letzten Tagen gleich mal ein bisschen über ihn recherchieren. Bei uns war er bisher nicht aktenkundig geworden. Ein unbeschriebenes Blatt sozusagen. Daher bemühe ich das Internet. Hier werde ich fündig. Auf der Website der Stadt gibt es Bilder der einzelnen Stadtratsmitglieder, sogar mit dem Lebenslauf zu den einzelnen Personen. Der Geier ist verheiratet, kinderlos und leitet seit einigen Jahren die Filiale einer bekannten Bank hier in Schnaipfing. Auf den ersten Blick ein braver, unbescholtener Bürger.

Ich lese weiter in seiner Vita. Seit zirka zehn Jahren zählt er zu den Mitgliedern des Stadtrats, Zuständigkeitsbereich Bauausschuss.

Daher weht also der Wind. So jemand verfügt natürlich über Informationen, wann oder wo Baugebiete ausgerufen werden, lange bevor die Öffentlichkeit davon erfährt. Man ist über städtische Bauvorhaben informiert, bekommt Einsicht in Kostenvoranschläge von Bau- oder Lieferfirmen und besitzt ein nicht unwesentliches Mitspracherecht bei der Vergabe von Aufträgen usw. Als Bankangestellter bzw. Filialleiter hat er Einfluss auf die Zuteilung von Krediten.

Zwei Tage später betrete ich also frühmorgens und ganz in Zivil die Schalterhalle des hiesigen Kreditinstitutes.

„Wie praktisch", denke ich mir, „wenn ein Mitglied des Bauausschusses bei einer Bank arbeitet, und wie vorteilhaft für einen Bauunternehmer", spinne ich den Gedanken weiter, „eben dieses Mitglied zum Freund zu haben."

Eine arrogante Tussi am Schalter, Konfektionsgröße „unterernährt", fragt nach meinem Anliegen.

Ich teile ihr mit, dass ich das ausschließlich mit Herrn Geier persönlich besprechen werde.

Sie greift zum Telefon und meldet ihrem Vorgesetzten, dass ihn eine ihr unbekannte Frau sprechen möchte, wobei sie das Wort „Frau" eher abwertend betont, während sie mich dabei eher abschätzig von oben bis unten mustert.

Ich trage zwar eine zerrissene Jeans, Stiefel, ein T-Shirt und eine Lederjacke, aber alles ist einwandfrei und sauber. Selbst meine Dreadlocks sind zu einem Dutt geknotet. Wieder einmal spüre ich den Unterschied zu Frankfurt. Dort würde man mich meinem gepflegten Äußeren nach eher der Kunst- und Kulturszene zuordnen. Hier in Schnaipfing stempelt man mich dagegen schnell als asozial ab. Provinz!

Obwohl ich die Mentalität der Niederbayern eigentlich sehr gerne mag, ihre Gradlinigkeit und auch das Eigenbrötlerische, kotzt mich diese Kleinkariertheit und das engstirnige Denken auch gewaltig an.

Die Tussi telefoniert immer noch. Leider kann ich sie nicht verstehen, denn sie hat ihre Stimme gesenkt und sich von mir abgedreht.

„So eine doofe Nuss!", denke ich mir.

„Herr Geier ist mit einer sehr wichtigen Angelegenheit beschäftigt und kann unter keinen Umständen gestört werden. Sie können aber gerne für nächste Woche einen Termin bei seinem Kollegen vereinbaren. Diese Woche geht gar nichts mehr." Sie stützt sich gleichmütig mit ihren manikürten Händen am Tresen ab.

„Ich habe nicht gesagt, dass ich zu seinem Kollegen möchte, sondern zum Herrn Geier selbst!", betone ich und bemühe mich, dabei freundlich zu bleiben.

„Wie gesagt, er hat keine Zeit." Gelangweilt tippt sie ein wenig auf der Tastatur ihres PCs herum. „In zwei Wochen könnte ich es eventuell einrichten, Sie dazwischenzuschieben."

Jetzt reicht's mir endgültig. Ich ziehe meinen Dienstausweis aus der Jacke, knalle ihn mit Schmackes vor ihr auf die Theke und schaue ihr dabei fest in die Augen. „Es geht! Jetzt, und zwar ein bisschen zackig. Denn ansonsten bekommt Ihr Chef von mir einen Termin, morgen, auf dem Revier, wenn ihm das lieber ist." Meine Ansage sitzt.

Sie schluckt, starrt auf den Ausweis und stöckelt eiligst von dannen.

Was bildet die sich überhaupt ein. Denkt die, ich stehe zum Spaß hier?

Oh Wunder, plötzlich hat der Herr Geier Zeit für mich, und zwar so viel, dass „seine Wichtigkeit" keine Minute später höchstpersönlich aus dem Büro gestolpert kommt, um mich in Empfang zu nehmen. Seine Mitarbeiterin bleibt wie ein Schießhund in gebührendem Abstand stehen, jedoch nahe genug, um mitzukriegen, was da vor sich geht.

„Grüß Gott, Frau ...? Wie war doch gleich Ihr werter Name?"

„Meisinger, Kriminalkommissarin Maximiliane Meisinger," stelle ich mich freundlich distanziert vor.

Meinen vollständigen Namen, also Maximiliane, nenne ich, nebenbei bemerkt, nur, wenn ich jemanden gestrichen dick habe. Hier ist es justament der Fall.

Etwas irritiert wirft er einen Blick auf meinen Dienstausweis, den ich ihm entgegenhalte.

„Frau Meisinger, worum handelt es sich denn? Möchten Sie bei uns ein Konto eröffnen oder können wir Ihnen ein günstiges Angebot für die Finanzierung Ihres Eigenheimes erstellen?" Er lacht gekünstelt, aber in seinem Gesicht zeichnet sich deutliches Unbehagen ab.

Könnte das ein Zeichen für ein schlechtes Gewissen sein?

„Weder noch. Ich bin dienstlich hier", entgegne ich.

Der Geier wirkt leicht nervös.

Die Tussi steht immer noch in Reichweite und lässt uns nicht aus den Augen. Sie fixiert mich mit ihren Blicken, als würde ich jeden Moment eine Waffe ziehen, die Bank ausrauben und ihren Chef zur Geisel nehmen.

„Ich ermittle im Mordversuch am Bauunternehmer Theo Kainzbauer."

Jetzt kann man direkt zuschauen, wie dem Geier die Farbe aus dem Gesicht weicht. „Kainzbauer? Mordversuch? Um Himmels willen! Und warum kommen Sie da ausgerechnet zu mir?" Er mimt den Ahnungslosen.

„Vielleicht sollten wir das besser in Ihrem Büro besprechen, allein!", sage ich mit Blick zu seiner Kollegin. „Ich hätte da einige Fragen zum Thema Bauausschuss."

Das hat gesessen, denn er starrt mich entsetzt an. „Kommen Sie doch bitte mit in mein Büro", stammelt er. „Ich möchte jetzt nicht gestört werden", weist er den verdutzten Hungerhaken an. „Unter gar keinen Umständen, haben Sie mich verstanden?"

Sie nickt wortlos.

Eh ich's mich versehe, stehe ich mitten im Allerheiligsten vom Geier. Nicht schlecht, Herr Specht! Hier lässt es sich aushalten. Modern eingerichtet mit viel Glas, Leder und Edelstahl. Für besondere Geschäftsverhandlungen steht eine kleine Lederlounge bereit. Abstrakte Malkunst an den Wänden, alles vom Feinsten. Wem es halt gefällt?!

„Bitte, nehmen Sie doch Platz." Nervös betupft er seine Stirn mit einem Stofftaschentuch.

Angstschweiß?

„Danke, aber ich stehe lieber."

Der Wahnsinn, wie das flutscht. Nie im Leben hätte ich damit gerechnet, dass der Geier bei meinem Aufschlagen hier gleich so eine Reaktion zeigt. Dem steht das schlechte Gewissen ja buchstäblich ins Gesicht geschrieben. Allein das Wort „Bauausschuss" hat bei ihm das totale Flattern ausgelöst. Jetzt muss ich nur vorgeben, ich wüsste bereits alles, dann packt der über kurz oder lang von selbst aus und die Katze ist im Sack.

„Wir haben in Erfahrung gebracht, dass Sie dem Bauunternehmer Kainzbauer vertrauliche Daten über Grundstücksfragen zukommen ließen."

Der Geier muss sich erst mal setzen, um diese Ankündigung zu verdauen. Er nimmt einen Schluck Wasser aus dem Glas vor sich und nickt: „Ich habe immer gewusst, dass es einmal rauskommen wird. Früher oder später, hab ich zu ihm gesagt, fliegt das alles einmal auf. Aber er wollte ja nicht auf mich hören. Stattdessen hat er immer mehr Informationen haben wollen." Er schaut mich hilfesuchend an. „Der hat mich regelrecht erpresst, hat gesagt: ‚Wo kein Kläger, da kein Richter.' Solange wir beide dichthielten, passiere nichts. Und wenn er keine Daten mehr bekäme, würde er mich hinhängen. Würde dem Landrat stecken, dass es da im Ausschuss eine undichte Quelle gäbe, die ihm gegen Gegenleistung vertrauliche Interna angeboten habe. Stellen Sie sich das einmal vor. Ich hätte meinen Job verloren, den Posten im Stadtrat, mein ganzes Ansehen wäre beim Teufel gewesen." Er steigert sich immer mehr hinein.

Der Wahnsinn! Für mich hört sich das ja praktisch schon wie ein halbes Geständnis an.

„Deshalb haben Sie ihn zusammengeschlagen, als kleine Vorwarnung sozusagen. Und weil das noch nichts genutzt hat, haben Sie dann die Bremsen an seinem Wagen manipuliert", schlussfolgere ich. „Ja, ja, ja!", juble ich innerlich.

Ich sehe vor meinem geistigen Auge schon, wie ich dem Hafner diesen rasanten Fahndungserfolg unter die Nase reibe. Ganz klein mit Hut würde er werden, der Herr Dienststellenleiter. „Meisinger, Sie hatten recht. Gut, dass Sie bei uns sind!"

Ja, so stelle ich mir das gerade vor, in meiner Fantasie, doch der Geier schreit völlig unvermittelt: „Nein, nein, nein!", und reißt mich aus meinem schönen Wunschdenken heraus. Er regt sich furchtbar auf. Auf seiner Stirn treten die Adern hervor. „Das war ich nicht! Ich habe damit nichts zu tun! Hören Sie?" Er ist direkt panisch.

Da klopft es hektisch an der Tür. Der Hungerhaken. Sie steckt erschrocken den Kopf herein. „Ist bei Ihnen alles in Ordnung, Herr Geier?"

„Raus!", fährt er sie aufgebracht an. „Ich habe doch gesagt, ich will nicht gestört werden!"

Wumms! Die Tür schlägt zu und die Tussi verschwindet, nicht aber, ohne mich vorher bitterböse anzufunkeln.

Der Geier versucht, seine Fassung wiederzugewinnen. Erneut wischt er sich den Schweiß von der Stirn. Dann löst er den Knoten seiner Krawatte und öffnet den obersten Hemdknopf. „Informationen weitergeben, das ist eine Sache, aber Körperverletzung oder sogar Mord, das ist eine ganz andere Liga", versucht er sich herauszureden.

„Sie haben mir aber gerade selbst ein handfestes Motiv geliefert", halte ich ihm die Sachlage vor Augen. „Ansehensverlust, Jobverlust, ein Riesenskandal", zähle ich auf. „Für mich sind das schon drei Gründe, die sie für einen Mordanschlag haben."

Die Zornesröte vom Geier verwandelt sich in Leichenblässe, als ihm bewusst wird, dass ich recht habe. Ab jetzt macht er zu wie eine Muschel. „Sie sind doch völlig verrückt. Wissen Sie, was Sie mir da unterstellen? Ich sage ab sofort gar nichts mehr ohne meinen Anwalt."

„Das ist Ihr gutes Recht. Sollten Sie es sich doch anders überlegen, rufen Sie mich an. Ein Geständnis wirkt sich vor Gericht immer strafmildernd aus." Ich ziehe meine Visitenkarte aus der Jacke und lege sie vor ihn auf den Schreibtisch.

„Die Frau Meisinger möchte gehen", lässt er die Tussi per Sprechanlage wissen, und teilt mir damit unmissverständlich mit, dass unser Gespräch beendet ist.

Keine fünf Sekunden später steht sie mit einem überlegenen Lächeln in der Tür, froh, mich endlich an die frische Luft setzen zu können.

„Wir sehen uns", verabschiede ich mich vom Geier.

„Wohl kaum!", schallt es hinter mir her.

Die Wette gehe ich ein.

Kapitel 13

„Der Herr Kainzbauer ist nun wieder bei Bewusstsein", verständigt mich der behandelnde Oberarzt eine Woche später telefonisch. Für eine Vernehmung ist es jedoch noch zu früh.

Normalerweise wäre das eine erfreuliche Nachricht, seit ich aber einiges über den großen Gönner der Stadt herausgefunden habe, hält sich meine Begeisterung über seine fortschreitende Genesung etwas in Grenzen. Allerdings muss ich zugeben, was der Kainzbauer in den vergangenen zehn Jahren seit seiner Firmenübernahme gebaut hat, ringt mir allen Respekt ab.

Bisher verliefen meine Ermittlungsarbeiten relativ entspannt. Solange der Kainzbauer intensivmedizinisch versorgt wurde, stand er unter Dauerbeobachtung des Krankenhauses und durfte keinen Besuch bekommen. Außer dem seines Bruders natürlich, aber der will ihn ja ohnehin nicht sehen. Wenn sich jedoch der Gesundheitszustand verbessert und er auf die Normalstation verlegt wird, sieht die Sache anders aus.

Mittlerweile haben die Kollegen der Spurensicherung nämlich herausgefunden, dass die Bremsleitung mit Säure behandelt wurde. Ich habe mir die Vorgehensweise des Täters bei der SpuSi genau erklären lassen.

„Es reicht ein kleiner Ritz in der Leitung, fein angesägt zum Beispiel. Anschließend wird die betroffene Stelle mit

Säure versetzt. Irgendwann bricht sie dann von selbst", erklärte der Kollege bereitwillig und zeigte mir das Corpus Delicti. „Für einen Laien ist das oft nicht erkennbar. Man denkt da viel eher an Materialverschleiß, aber wir haben hier natürlich ganz andere Möglichkeiten, das zu untersuchen. Die Sache ist glasklar, es war eindeutig ein Mordanschlag."

Der Hafner hält mir, so gut es geht, den Rücken frei, damit ich in diesem brisanten Fall schnellstmöglich vorankomme, und legt fast ein Ei von wegen Personenschutz, Videoüberwachung etc. pp.

Keine Ahnung, wie er sich das vorstellt. Personaltechnisch gesehen, laufen wir mit drei Mann sowieso schon auf dem Zahnfleisch. Wenn ich mir mit dem Knogl die Schicht teile, muss der Hafner alleine die Wache stemmen. Das ist völlig unmöglich. Da kann er sich was einfallen lassen, der Herr Dienststellenleiter.

Als ich am Nachmittag auf der Station vorbeischaue, lässt mich die Schwester nur äußerst widerwillig und erst nachdem ich meinen Dienstausweis zücke, auf die Intensive.

Er sieht fürchterlich aus, mit seinem dick eingebundenen Kopf und überhaupt. Wenn ich die vielen Schläuche und Monitore anschaue, wird es mir ganz zweierlei.

Krankenhäuser mag ich von Haus aus nicht. Ich meine, es ist schon wichtig, dass es sie gibt, aber Gott sei Dank musste ich bisher nur zu Besuch oder für Befragungen in solche. Ich ertrage einfach diesen Geruch nicht, der hier vorherrscht. Dieser eigene, typische Krankenhausgeruch, wenn Sie verstehen, was ich meine. Eine Mischung aus Putzmittel, Dixi-Klo und Großküche, gepaart mit einer Prise Friedhof, bedingt durch die Masse an Blumen, die da auf den Fensterbänken langsam vor sich hin sterben. Ekelhaft!

Wenn ich länger als zehn Minuten in einem Krankenzimmer verbringen muss, wird es mir jedes Mal hundeübel. Außerdem habe ich einen leichten Hang zur Hypochondrie. Da kann ich leider überhaupt nichts dagegen machen, das ist eben so.

Sie verstehen das nicht? Das ist ganz einfach zu erklären. Ich kann nicht damit umgehen, wenn jemand über Krankheiten spricht, oder noch schlimmer, von einer Operation. Da bin ich anschließend total durch den Wind. Für mich ist das so, als hätte ich das Ganze selbst erlebt. Also wenn Sie mir zum Beispiel von einem Beinbruch erzählen, garantiere ich Ihnen, dass ich nach unserem Gespräch hinke. Das legt sich Gott sei Dank einige Zeit später wieder, aber im ersten Moment übernehme ich alle Symptome Ihrer Krankheit und leide wie ein Hund. Ein schöner Schmarren ist das, das dürfen Sie mir glauben. Das bleibt aber bitte unter uns, denn es wäre mir entsetzlich unangenehm, ja direkt peinlich, wenn sich das herumsprechen würde.

Ich stehe also jetzt am Bett vom Kainzbauer. Er liegt, immer noch recht ramponiert, in einem Krankenhaushemd vor mir und macht nicht unbedingt den Eindruck, als würde er irgendetwas von seiner Umgebung wahrnehmen. Bei Bewusstsein zu sein, stelle ich mir dann doch ein bisschen lebendiger vor.

Überall um mich herum piept und surrt es. An seinem Arm hängen verschiedene Schläuche, vermutlich der Blutdruckmesser und was weiß ich noch alles. Auch im Handrücken steckt eine Kanüle, daran wieder ein Schlauch, der direkt zu einer Infusionsflasche führt.

Jetzt empfinde ich doch ein wenig Mitleid mit ihm. Langsam bemerke ich leider auch, wie es mir heiß und kalt aufsteigt. Besser, ich komme ein anderes Mal wieder, denke ich und will mich unbemerkt verdrücken, da steht unerwartet der Oberarzt vor mir.

„Er schläft die meiste Zeit", erklärt er mit Blick auf den Patienten. „Das ist bei der Schwere seiner Verletzungen aber völlig normal." Er nimmt die Krankenakte zur Hand und sagt, dass man vor zwei Tagen damit begonnen habe, die Aufwachphase einzuleiten.

„Das dauert aber ganz schön lange", denke ich mir.

Der Arzt fängt an, über die Schwere der Verletzungen und die damit notwendigen Behandlungsmethoden zu sprechen. Ich versuche, so wenig wie möglich hinzuhören, aber meine Blicke wandern unweigerlich zum Kainzbauer und den Schläuchen. Am besten lenke ich mich anderweitig ab. Ich betrachte die karge Einrichtung und bemühe mich, die Worte des Arztes gar nicht aufzunehmen.

„Ob ich für heute Abend noch eine Flasche Pils im Kühlschrank habe?", grüble ich. Zufällig fällt mein Blick dabei auf den langen Katheter-Schlauch, der seitlich vom Bett in einen durchsichtigen, mit gelber Flüssigkeit gefüllten Beutel mündet. Kein schöner Anblick, da schmeckt mir mein Bier auch nicht mehr.

Im Zimmer ist es eigenartig still geworden. Der Arzt hat aufgehört zu sprechen und schaut mich prüfend an.

„Geht's Ihnen nicht gut?"

„Doch, wieso?"

Er schaut mir zuerst fest ins Gesicht und dann aufs Handgelenk. Das ist vom andauernden Reiben schon ganz rot.

Es war mir gar nicht aufgefallen, aber scheinbar habe ich mich die längste Zeit daran gekratzt, ausgelöst durch den Anblick der Kanüle. Was sage ich, es geht schon wieder los.

„Waschmittelallergie!", versuche ich es mit einer äußerst fadenscheinigen Erklärung.

Er nickt verständnisvoll.

Leider hat er jetzt meine uneingeschränkte Aufmerksamkeit.

„Die Druckentlastung im Kopf konnte nur durch eine Bohrung in die Schädeldecke erreicht werden", fährt der Weißkittel schonungslos fort.

Der reinste Metzger. Ja spinnst du?! Er erzählt das mit einer Gleichgültigkeit, als würde es sich um einen Roboter handeln, nicht um ein Lebewesen.

„Ja, wir haben ihm dann den Kopf aufgebohrt, damit der ganze Baaz und Dreck herauslaufen kann. Nicht, dass es ihm vor lauter Druck noch die Schädeldecke wegsprengt!", höre ich meine Gedankenstimme.

Mir schwirrt der Kopf. Jetzt ist es endgültig mit meiner Beherrschung vorbei. Ich empfinde mit einem Mal so eine gewisse Leichtigkeit, nicht angenehm, eher wie benebelt. Ein Gefühl wie leichter Schwindel, kurz bevor es dir die Füße wegzieht. Es ist aber auch furchtbar stickig hier drinnen, kein Wunder. Auf einer Intensivstation wird wahrscheinlich auch gar nicht gelüftet, sonst könnten diese ganzen maroden Häufchen Elend ja vom nächsten Windhauch dahingerafft werden, oder sich an einem Staubflusen verschlucken.

Egal, ich muss hier sofort raus, das weiß ich genau, sonst kann es passieren, dass ich mir die Bettpfanne vom Kainzbauer schnappe und zweckentfremde. Wobei, ganz so fremd wäre der Zweck ja nicht, weil, ob es jetzt oben rauskommt oder unten, ist eigentlich egal.

Ich fasse mir hektisch an die Hosentasche und ziehe mein Handy heraus. Hoffentlich schaut das einigermaßen glaubwürdig so aus, als wäre der Vibrationsalarm losgegangen.

„Sorry", unterbreche ich den Arzt in seinen detailgetreuen Ausführungen. „Ein ganz dringender Einsatz!"

Ich lasse den verdutzten Weißkittel stehen und mache, dass ich wegkomme. Nix wie raus hier! Auf dem Krankenhausflur begegnet mir eine Frau. Kopflos renne ich an ihr vorbei, doch im nächsten Moment halte ich inne. War das nicht ...?

„Frau Brunner?"

Was macht denn die Sekretärin vom Kainzbauer hier?

Überrascht bleibt sie stehen. „Ach, Frau Meisinger? Was machen Sie denn hier? Sie sehen aber nicht gut aus. Ist mit Ihnen alles in Ordnung?"

Schon im nächsten Moment spüre ich, wie die Übelkeit zurückkehrt. Es ist mir gerade völlig egal, weswegen sie hier ist, ich muss schleunigst an die frische Luft. Keine Minute bleibe ich länger in diesem Krankenhaus. „Alles gut, alles bestens!", winke ich ab. „Dringender Einsatz!", ruf ich und hetze weiter.

Es dauert einige Minuten, bis ich mich im Auto so weit erholt habe, um zu fahren. Einige Minuten sitze ich bei geöffnetem Fenster im Wagen und atme die frische kühle Luft ein. Tut das gut. Nicht, dass es in einem Polizeiauto besser riecht als in einem Krankenhaus. Das absolut nicht. Es riecht halt anders, vertrauter. Nach Angstschweiß, Ärger, manchmal auch nach Kotze, wenn dir wieder so ein besoffener Arsch die Rückbank vollgekotzt hat. Es riecht einfach nach Leben. Jedenfalls nicht nach Krankheit, Tod und Desinfektionsmitteln.

Für heute bin ich absolut bedient, darum melde ich mich beim Hafner ab und sage, dass ich ein Problem mit meinem Magen hätte, was nicht einmal gelogen ist, denn übel ist mir tatsächlich immer noch. Ich würde gerne früher Feierabend machen. Der Hafner befiehlt mir sogar, dass ich morgen noch zu Hause bleiben solle, falls ich mich krank fühle. Eine Magen-Darm-Grippe sei das Letzte, was er hier gebrauchen könne, mahnt er eindringlich.

Wenn der wüsste.

Am Standl ist das Tagesgeschäft gelaufen und daher nicht mehr viel los.

Auf meine Frage nach einem Schnaps schaut mich der Heinz prüfend an. „Bist du dienstlich da oder privat?", will er wissen.

„Macht das einen Unterschied?"

„Einen gewaltigen sogar", erwidert er. „Offiziell gibt es bei uns keinen Alkohol am Standl. So halte ich mir die Penner vom Hals. Die sollen sich ihren Fusel woanders kaufen."

„Schau ich aus wie ein Penner?"

„Sagen wir mal so. Du hast schon besser ausg'schaut als heute! Spaß beiseite. Für medizinische Zwecke hab ich immer eine Notfallflasche im Kühlschrank."

„Das ist ein Notfall. Ich habe mir irgendwo den Magen verdorben", jammere ich und halte meine Hand auf den selbigen. Die beiden müssen ja nicht unbedingt was von meiner Macke erfahren.

„Aber nicht bei mir am Standl!", schreit die Hilde aus dem Hintergrund nach vorn.

„Nein, natürlich nicht", beschwichtige ich sie.

„Vorsicht! Mit einer Lebensmittelvergiftung ist nicht zu spaßen", meint die Hilde fürsorglich und kommt zu mir nach vorne. „Du solltest vielleicht besser zum Arzt gehen."

„Von da komme ich ja gerade", wäre mir fast herausgerutscht. Ich nicke. „Wenn es mit dem Schnaps nicht besser wird, gehe ich hin. Versprochen."

„Von wegen Vergiftung. Überfressen, oder?", ruft der Heinz frech. Aber er zieht zumindest eine kleine Flasche Kräuterlikör hervor. „Für Notfälle und nur zu rein medizinischen Zwecken", meint er mit einem Augenzwinkern.

Gott sei Dank, ein Likör! Klare Schnäpse vertrage ich nämlich genauso wenig wie Krankenhäuser. Wobei, heute hätte ich sogar einen Obstler getrunken.

In der darauffolgenden Nacht habe ich Albträume, das kann sich kein Mensch vorstellen. Der Hafner steht vor meinem Schreibtisch, der überfüllt ist mit Aktenordnern. Baupläne und Kontoauszüge türmen sich chaotisch übereinander. Der Knogl bringt immer mehr Ordner herbei. Er läuft und schleppt, ich habe gar nicht gewusst, dass der Knogl so laufen kann. Völlig unvermittelt fährt ein Kieslader mitten durch die Wand der PI. Die Schaufel des Laders ist tonnenschwer mit Papier beladen. Das kippt der Fahrer mit einem Schwung einfach im Zimmer auf den Boden. Mitten im Raum schwebt der Kainzbauer in seinem Krankenbett. Er ist an mehrere Apparate und Monitore angeschlossen, die surrend und piepend neben ihm her fliegen.

„Ermitteln, immer nur ermitteln, Sie müssen den Täter finden!", feuert er mich an. Dabei wirkt er, im Vergleich zu dem Kainzbauer vom Nachmittag, kerngesund, bis auf seinen dicken Verband um den Kopf.

Dazwischen höre ich die Mama verzweifelt schreien: „Aufhören! Hört sofort damit auf. Dem armen Mädi zerreißt es doch den Schädel vor lauter Arbeit!"

Der Hafner hat plötzlich eine Bohrmaschine in der Hand, die er immer wieder aufheulen lässt. Wie der Terminator steht er da, im Kampfanzug und mit Sonnenbrille, und plärrt dazwischen: „Wir müssen ihr den Kopf anbohren. Damit sie mehr Platz hat für Informationen!" Er setzt mit dem Bohrer über meinem Ohr an.

Ich fühle den Druck der Bohrmaschine an meinem Kopf. „Nein!", schreie ich panisch. Ich will weglaufen, kann mich aber nicht bewegen. Wie gelähmt sitze ich auf meinem Stuhl im Revier und kann mich gegen nichts und niemanden wehren. „Hört auf damit, ich will das nicht!" Ich schreie wie am Spieß und fühle schon die Hitze des Bohrers an meiner Schläfe. Dazu das schrille, surrende Geräusch, dicht am Ohr.

Mit einem Schlag werde ich wach. Ich bin schweißgebadet, stehe mental völlig neben mir. Dieses surrende Geräusch ist immer noch laut und deutlich zu hören. Langsam komme ich zu mir. Jetzt merke ich, dass es nicht die Bohrmaschine ist, die surrt, sondern mein Wecker. Das Klingeln ist die reinste Erlösung. Mir brummt der Schädel, als hätte ich weiß Gott was für einen Kater. Ja wäre das ein Wunder? Nach so einer Nacht!

Erst eine kalte Dusche lässt meine Lebensgeister erwachen, und nach einem starken Kaffee kann ich auch endlich wieder einen klaren Gedanken fassen.

Auf dem Weg zum Revier mache ich einen Umweg über den Sedlmaier. Bepackt mit frischen Brezen und Wienerwürstchen, komme ich wenig später auf der Dienststelle an.

Der Knogl, das alte Trüffelschwein, hebt sofort den Kopf, als ich unser gemeinsames Büro betrete. „Brezen!", gibt er genüsslich von sich und leckt sich über die Lippen. „Sind die vielleicht sogar noch warm?"

„Mhm!" Ich grinse überlegen.

Man kann direkt zuschauen, wie ihm das Wasser im Mund zusammenläuft. Entweder bekommt der daheim nichts zu essen, oder er hat ein Loch im Bauch. Keine Ahnung, aber der Knogl hat irgendwie immer Hunger und einen gesunden Appetit dazu.

Ich lasse mich in meinen Bürostuhl fallen, lege die Füße auf den Tisch und angle mir eine Breze aus der Tüte. Sie ist so resch, dass man es hört, wie ich langsam und genüsslich hineinbeiße.

Der Knogl verfolgt das alles mit weit aufgerissenen Augen. Da muss man ja direkt Mitleid haben. Na dann will ich mal nicht so sein.

„Fang!", rufe ich ihm zu und werfe gleichzeitig das Objekt der Begierde in seine Richtung.

Ein gutes Arbeitsverhältnis soll man pflegen. Im Allgemeinen verstehe ich mich mit dem Knogl ja ganz gut, obwohl wir nicht besonders viel miteinander reden, oder vielleicht gerade deshalb.

Er strahlt dankbar und verspeist genüsslich sein zweites Frühstück. „Wie steht es mit dem Kainzbauer-Fall?", fragt er zwischen zwei Bissen.

„Na ja, so recht komme ich da nicht weiter", muss ich gestehen. „Ein Motiv hätten mehrere, aber eine wirklich heiße Spur ist bislang nicht dabei."

„Hast du einen Verdacht?"

Ich überlege. „Eigentlich", grüble ich laut vor mich hin, „spricht alles dafür, dass es der Geier gewesen sein muss. Der wird vom Kainzbauer erpresst und hat einiges zu verlieren, wenn er nicht kooperiert. Aber der schaut jetzt gar nicht so aus, als könne er ein Auto reparieren, geschweige denn die Bremsen manipulieren. Der wirkt wie der typische Schreibtischhengst ohne handwerkliche Ambitionen. So einer wie der, der lässt sogar zum Glühbirnen wechseln einen Elektriker kommen", mutmaße ich.

„Und wenn er für den Anschlag einen Komplizen gehabt hat? Jemanden, bei dem er die Reparatur in Auftrag gegeben hat?", spinnt der Knogl den Gedanken für mich in eine andere Richtung weiter.

An diese Theorie glaube ich aber nicht. „Sehr unwahrscheinlich. Das macht ihn ja dann schon wieder erpressbar. Das packt der nervlich nicht, dazu ist er zu wenig abgebrüht. Der hat ja von meinem Besuch in der Bank schon das Flattern bekommen."

„Scheidet also aus", bringt es mein Kollege auf den Punkt. Er wischt sich die Krümel vom Mund, während er sehnsüchtig den Beutel mit den restlichen Brezen betrachtet.

„Magst noch eine?" Ich halte die Tüte hoch. „Würstl hab ich auch mit dabei."

Er springt sofort auf, kommt herüber und angelt sich beides heraus.

„Magst einen Kaffee?", fragt er freundlich.

„Warum nicht?"

„Blond und süß?", schreit er aus der Küche und meint damit den Kaffee.

„Schwarz wie das Verbrechen!", gebe ich zurück.

Während der nächsten Stunde resümieren wir gemeinsam, was ich über den Fall gesammelt habe.

„Ja da schau her! Draußen läuft ein Mörder frei herum und die Kollegen halten Siesta, oder wie?", kommt es unvermittelt vom Hafner, der unbemerkt den Raum betreten hat und jetzt mit vorwurfsvoller Miene vor uns steht. Wahrscheinlich fuchst es ihn, dass er zu unserer gemeinsamen Brotzeit nicht eingeladen worden ist.

Der Knogl verschluckt sich fast an seinem Kaffee und nimmt sofort die Füße vom Tisch.

„Erstens", sage ich langsam und knülle nebenbei die leeren Tüten zusammen, „lebt der Kainzbauer noch, darum gibt es zu diesem Fall keinen Mörder", damit werfe ich das Papierknäuel provokant am Hafner vorbei in den Eimer an der Tür. Treffer!

„Aber es ist eindeutig ein Mordversuch!", unterbricht mich der Hafner barsch.

„Zweitens", fahre ich unbeirrt fort, „machen wir hier taktische Ermittlungsarbeit."

„Das sieht man!"

„Und drittens dient eine kleine Stärkung nur der geistigen Leistungsfähigkeit." Erst jetzt nehme auch ich die Füße vom Tisch. Der Hafner soll ruhig merken, dass nicht jeder vor ihm kuscht. Außerdem macht es mir inzwischen Spaß, ihn zu provozieren.

„Und? Wie geht es jetzt weiter?"

„Abwarten." Ich zucke mit den Schultern.

„Wie? Abwarten!"

Was ist jetzt daran nicht zu verstehen? „Es gibt in diesem Fall derzeit keine konkreten Anhaltspunkte, wer den Kainzbauer ums Eck bringen will. Darum müssen wir warten, ob der Täter noch mal zuschlägt."

Das ist keinesfalls ernst gemeint, sondern soll lediglich den Hafner ein wenig provozieren und es klappt.

Der fällt fast aus allen Wolken. „Ja sind Sie wahnsinnig geworden?", poltert er los. „Sie können den Kainzbauer doch nicht als Köder auslegen."

„Davon ist auch nicht die Rede, aber solange wir keinen Tatverdächtigen haben, können wir nicht mehr machen, als wir eh schon unternehmen. Ich kann doch nicht jeden, der irgendwann einmal mit dem Kainzbauer zu tun hatte, in U-Haft nehmen."

„Das sagt ja auch niemand, aber Sie sind sich dessen schon bewusst, um wen es sich bei unserem Opfer handelt?" Damit spielt er wieder einmal auf die Prominenz vom Kainzbauer an.

„Ich glaube, das ist mir mittlerweile mehr bewusst als Ihnen!", kontere ich doppeldeutig. Ende der Diskussion. Für mich macht das Gespräch an diesem Punkt keinen Sinn mehr. Das zeige ich dem Hafner klar und deutlich, indem ich mich umdrehe und am PC arbeite.

Ich finde es einfach nur zum Kotzen, dass man sich mit genügend Geld und der einen oder anderen Großzügigkeit das Ansehen der Stadt erkaufen kann. Du darfst in dieser scheinheiligen Welt die größte Sau sein, Hauptsache du machst bei passender Gelegenheit den Geldbeutel weit genug auf. Es juckt mich brutal unter den Nägeln, den Fall aufzulösen. Nicht nur von Rechts wegen her, sondern schon allein deshalb, weil mich persönlich interessiert, wie viel Dreck dieser Scheinheilige von Schnaipfing noch am Stecken hat.

„Ich brauche einen Durchsuchungsbefehl für die Geschäfts- und Privaträume vom Kainzbauer!" Ohne anzuklopfen, marschiere ich schnurstracks ins Büro des Dienststellenleiters.

Überrumpelt hebt er den Kopf. „Sind Sie jetzt völlig übergeschnappt, Meisinger? Der Kainzbauer ist das Opfer, nicht der Tatverdächtige."

„Das ist mir absolut klar, aber wenn das Motiv im beruflichen Bereich liegt, was durchaus möglich ist, dann muss ich Bescheid wissen, womit oder besser mit wem der Kainzbauer die letzte Zeit zu tun gehabt hat."

„Meisinger, treiben Sie es nicht auf die Spitze." Er ist total angespannt. „Wir sind hier nicht in Frankfurt. In Schnaipfing spricht sich so etwas schneller herum, als uns lieb ist. Es würde einen völlig falschen Verdacht auf die Sache werfen."

„Aber ..."

Er lässt mich nicht zu Wort kommen und winkt sofort ab. „Einen Durchsuchungsbefehl bekommen Sie auf gar keinen Fall durch. Da müssen Sie sich schon etwas anderes einfallen lassen."

Dann eben nicht! Ich überlege. Wer ist neben dem Chef die wichtigste Person in der Firma? Die Chefsekretärin!

„Ich bin unterwegs!", ruf ich dem Knogl zu. Dann schnappe ich mir ohne weitere Erklärungen die Schlüssel vom Dienstwagen und fahre damit auf direktem Wege zum Büro des Bauunternehmers.

Kapitel 14

Ein regelrechter Prunkbau erhebt sich am Stadtrand. Hast du Töne! Die komplette Fassade ist dunkel verglast. Wie die Fenster einer Luxuslimousine. Von außen kann man nur schwer hineinsehen. Von innen muss man dagegen einen gigantischen Ausblick über das gesamte Umland haben. Wer sich so ein Schloss leisten kann, muss mächtig Umsatz machen. Auf den Hof des Firmengeländes gelangt man nur durch eine Schranke, die von einem Wärter bewacht wird.

Als ich mit dem Dienstwagen davor anhalte, kommt er aus seinem Häuschen heraus, begleitet von einem schwarzen Schäferhund, der jedoch angeleint ist. Obwohl er absolut ruhig ist, wirkt das Tier doch sehr respekteinflößend. Dem möchte ich nicht alleine gegenüberstehen.

Ich zeige meinen Dienstausweis durchs Fenster und informiere ihn darüber, dass ich zur Sekretärin vom Kainzbauer will. Nach einem kurzen Telefonat, vermutlich mit der Sekretärin, lässt er mich passieren.

Eine automatische Glasschiebetür gibt mir den Weg in die Empfangshalle frei. Es wirkt alles kühl und distanziert und es blitzt nur so vor Sauberkeit. Kein Stäubchen am Boden, nichts. Eine elegant gekleidete Dame jüngeren Alters sitzt am Empfangstresen. Hinter ihr an der Wand hängen riesige Buchstaben, die den Namen des Unternehmens darstellen.

Ginge es nach mir, müsste da „Protzbauer" stehen anstatt „Kainzbauer". Das würde viel besser passen.

„Bitte? Wie kann ich Ihnen helfen?", fragt die Elfe vom Empfang.

So wirkt sie nämlich auf mich. Wie eine Elfe, gefangen in einem großen dunklen Glaskäfig.

„Ich möchte zur Privatsekretärin vom Herrn Kainzbauer." Ich lege meinen Dienstausweis auf den Tresen, um die Sache zu beschleunigen. Die Elfe schaut mich erschrocken an.

„Um Gottes willen! Es ist doch hoffentlich nicht wieder was mit dem Chef, oder?" Sie hat ein zartes Stimmchen. Das passt zur ganzen Erscheinung.

Ich winke beruhigend ab. „Ich brauche nur ein paar Informationen."

Sichtlich erleichtert greift sie zum Hörer, um mich in der Chefetage anzumelden. „Im obersten Stock", sagt sie und kommt um den Tresen herum. Dabei weist sie mit der Hand einladend den Weg zum Aufzug.

„Danke, aber ich finde den Weg alleine", sage ich.

Sie lacht. „Das glaube ich nicht", gibt sie zurück. „In den obersten Stock kommen Sie nur mit dem passenden Schlüssel." Selbstgefällig lässt sie ihn an ihrem Zeigefinger vor meinen Augen baumeln.

Was soll jetzt das? Sind wir hier bei einem Bauunternehmer oder im Rapunzelturm? Wozu bitte schön braucht man einen Schlüssel, um in das oberste Stockwerk zu gelangen? Das ist doch hier kein Hochsicherheitstrakt im Gefängnis oder die Nationalbank.

Das Elfchen öffnet die Tür zum Lift und steckt den Schlüssel in ein Schloss neben dem Etagentableau. Dann drückt sie den Knopf neben dem Lautsprecher und kündigt uns an: „Wir kommen jetzt nach oben."

Ich schaue sie verwirrt an. „Machen Sie das immer so?", frage ich verwundert.

„Das wird so gewünscht. Strikte Anordnung von Herrn Kainzbauer."

„Und wieso ist der Zugang nur mit einem Schlüssel möglich?"

„Der Chef lässt nicht jeden hinauf in sein Büro. Geschäftskunden trifft er meistens im Konferenzraum im dritten Stock."

Ein kurzer Summton zeigt an, dass wir angekommen sind. Die Tür öffnet sich und die Empfangsdame lässt mich hinaustreten. Dann schließt sich die Tür wieder hinter mir und der Aufzug fährt mit ihr nach unten.

Das Penthouse ist im Gegensatz zum restlichen Gebäude rund! Hier ist es wesentlich heller, als ich es bei den getönten Fensterscheiben erwartet habe. Dicke cremefarbene Teppiche liegen auf dem dunklen Holzboden. Der Lift endet mittig im Raum. Vor mir erstreckt sich eine atemberaubende Aussicht auf die Stadt und die Donau. Es ist unbeschreiblich schön!

„Frau Meisinger?" Ich drehe mich um. Vor mir steht Silke Brunner in einem eleganten Kostüm.

Der Empfangsbereich bzw. Arbeitsplatz der Privatsekretärin ist beim Eintritt in die „Heiligen Hallen" nicht sichtbar, weil er seitlich hinter dem Lift verborgen liegt. Eine äußerst raffinierte Planung, denn so kann die Empfangsdame den Besucher bereits in Augenschein nehmen, während der noch durch die grandiose Aussicht abgelenkt ist.

„Was kann ich für Sie tun?"

„Ich wollte mich im Zuge der Ermittlungen erkundigen, an welchen Bauprojekten die Firma derzeit beteiligt ist."

Sie hebt überrascht eine Augenbraue. „Welche Ermittlungen?"

Hä? Was ist das denn für eine Frage? Bin ich im falschen Film oder hat die Dame keine Kenntnis darüber, dass ihr Chef nach einem Mordversuch im Krankenhaus liegt?

„Die Ermittlungen zum Unfallhergang Ihres Arbeitgebers?", helfe ich ihr auf die Sprünge.

„Aber das war doch ein Verkehrsunfall. Selbst verschuldet. Wegen einer ‚den Straßenverhältnissen nicht angepassten Fahrweise‘. So heißt das doch im Amtsdeutsch, oder irre ich mich?"

„Nicht ganz", widerspreche ich. „Unseren Ermittlungen zufolge hat da jemand gewaltig nachgeholfen, damit es zu diesem Unfall kam."

Sie lacht. „Das glauben Sie doch nicht wirklich? Wer um alles in der Welt sollte denn einen Grund haben, Herrn Kainzbauer etwas anzutun?"

„Das versuche ich gerade herauszufinden."

„Ich fürchte, da bemühen Sie sich umsonst", sagt sie. „Herr Kainzbauer ist bekannt für eine, sagen wir mal, rasante Fahrweise. Dieses Mal dürfte er seine Fahrkünste wohl etwas überschätzt haben. Das ist alles."

„Ihr Chef wurde vor wenigen Wochen in seinem eigenen Haus brutal zusammengeschlagen", frische ich ihre Erinnerung auf.

„Das eine hat doch mit dem anderen nichts zu tun", wiegelt sie ab.

„Und jetzt", fahre ich unbeirrt fort, „liegt er auf der Intensivstation im Krankenhaus, weil jemand nachweislich die Bremsleitung seines Wagens manipuliert hat. Und Sie wollen mir allen Ernstes weismachen, dass er zu schnell gefahren ist? Sind Sie wirklich so naiv oder haben Sie ein ganz persönliches Interesse daran, dass ich das glauben soll?"

Für einen kurzen Moment blitzt es zornig in ihren Augen auf, doch sie hat sich sofort wieder unter Kontrolle.

Mit einem Schlag ändert sie ihre Haltung. „Setzen wir uns doch in sein Büro." Sie öffnet eine Tür und ich stehe im modernen, aber äußerst geschmackvoll eingerichteten Arbeitszimmer des Kainzbauers. Sie bietet mir einen Platz auf der hellen Wildledercouch an. „Kaffee?", fragt sie und zeigt auf ein luxuriöses Gerät, das alle möglichen Kaffeegetränke im Nu zubereiten kann.

„Danke, nein", lehne ich ab.

In der Wand ist eine Tür.

„Wohin geht es da?", erkundige ich mich, während ich mich setze.

„In ein Badezimmer mit angrenzendem Schlafraum."

„Wozu braucht Ihr Chef ein Schlafzimmer in der Firma, wenn er ganz in der Nähe wohnt?", wundere ich mich.

„Frau Meisinger, wir führen mittlerweile ein sehr großes Unternehmen. Sie können die Firma Kainzbauer nicht mit jedem x-beliebigen Bauunternehmen der Region vergleichen. Wir betreuen Projekte in ganz Europa und haben Partner in Asien. Kleine Bauprojekte, wie das Erstellen eines Einfamilienhauses, fallen längst nicht mehr in unser Resort."

Ich drehe mich um und studiere nun genauer die imposanten Bilder in den edlen Silberrahmen. Anfangs hatte ich sie für Kunstobjekte gehalten. Bei näherer Betrachtung fällt aber auf, dass es sich ausschließlich um Bauten beziehungsweise Baustellen handelt, die von einem Könner kunstvoll in Szene gesetzt worden sind.

Frau Brunner bemerkt meine Überraschung und nickt zustimmend. „Es ist bei uns nicht unüblich, dass Verhandlungen oder Telefonkonferenzen bis spät in die Nacht hinein dauern. Teils schon wegen der Zeitverschiebung. Außerdem ist Herr Kainzbauer ein Workaholic. Und ja, es kommt auch gelegentlich einmal vor, dass man einen neuen Geschäftsabschluss feiert. Das ist ja nichts Verwerfliches, wenn man ein neues, lukratives Großprojekt mit Champagner begießt. Der Chef ist noch nie alkoholisiert Auto gefahren. Er übernachtet dann hier. Aus diesem Grund, Frau Meisinger, hat er hier ein Schlafzimmer. Das er dann jederzeit nutzen kann."

„Kommt das oft vor?"

„Gelegentlich. Erst vor Kurzem haben wir eine Auszeichnung für ein architektonisch ausgefallenes und gut durchdachtes Projekt erhalten. Da wurde dann natürlich gefeiert."

„Damit macht man sich aber nicht nur Freunde", halte ich dagegen. „Sicher gibt es da den einen oder anderen, der mit manchen Projekten nicht einverstanden ist. Naturschützer, Anlieger etc."

„Wir sind lediglich die Planer und Ausführer des Auftrages. Bauherr oder Auftraggeber sind andere. Verstehen Sie nun, warum es für mich nur schwer nachvollziehbar ist, dass jemand Mordgedanken gegen meinen Chef hegt?"

„Könnten Sie sich vorstellen, dass es im privaten Umfeld Personen gibt, die ihm schaden wollen?"

„Bei einem Arbeitstag von durchschnittlich vierzehn bis sechzehn Stunden bleibt für ein privates Umfeld kaum Zeit, das können Sie mir glauben. Familie hat Herr Kainzbauer nicht, außer natürlich seinen Bruder, wie Sie sicher schon wissen, aber zu dem pflegt er keinen Kontakt."

„Gibt es eine Frau Kainzbauer?"

„Der Chef ist Single. Kann ich sonst noch etwas für Sie tun oder war es das? Ich müsste mich jetzt langsam wieder meiner Arbeit widmen."

„Nein", sag ich, „fürs Erste war es das. – Eines noch!", fällt mir ein, als wir zusammen den Raum verlassen. „Wer vertritt Ihren Chef für die Dauer seiner Genesung?"

„Ich."

„Sie?" Ich stutze.

Die Chefsekretärin als Vertretung des Chefs ist sehr ungewöhnlich.

Sie findet das scheinbar nicht. „Ich arbeite seit fünfzehn Jahren für die Firma, bin in alle Bauprojekte und Planungen involviert. Ich kenne die Vorgaben genauestens. Außerdem bin ich zeichnungsbefugt und verfüge über eine Vollmacht des Geschäftskontos."

„Das ist aber ungewöhnlich", spreche ich meine Gedanken laut aus.

„Es ist der ausdrückliche Wunsch des Chefs und ein großer Vertrauensbeweis mir gegenüber. Das ist sogar notariell beurkundet."

Nach der Verabschiedung entlässt sie mich hinunter. Auf dem Weg nach draußen bleibe ich kurz am Empfang stehen.

„Wer besitzt alles einen Schlüssel für den Aufzug?"

„Der Chef, Frau Brunner und der Empfang. Wir vom Empfang dürfen aber nur nach telefonischer Anmeldung hinauf."

„Gilt das auch für die Frau Brunner?"

„Nein. Sie hat jederzeit Zutritt. Sie ist ja die engste Mitarbeiterin vom Chef und genießt sein vollstes Vertrauen."

„Gibt es einen Grund für diese strenge Regelung?"

Das sind ja Sicherheitsverhältnisse wie beim Vatikan.

Die Dame überlegt kurz. „Mei, das ist eben so. Anordnung vom Chef."

Ja wenn es so ist, dann ist es halt so. Wer zahlt, schafft an!

Als ich den Hof verlasse, kommt mir der Brunner mit seinem Wagen entgegen.

Richtig, der arbeitet ja auch hier. Vielleicht holt er seine Frau zum Essen ab. Ein Blick auf die Uhr zeigt mir, dass es auf die Mittagszeit zugeht. Ich komme einfach nicht weiter. Das macht mich wahnsinnig. Kein privates Umfeld, keine Feinde. Ich stehe wieder oder immer noch am Anfang. Am besten fahre ich zurück zum Revier und arbeite noch einmal akribisch durch, was ich bisher herausgefunden habe.

Auf dem Weg in die Stadt komme ich an einer Autowerkstatt vorbei. „Das Kundendienstheft!", schießt es mir durch den Kopf. Wenn die Privatsekretärin in alles involviert ist, wie sie so schön sagt, dann weiß sie doch sicher auch, wo das Auto vom Chef gewartet wird und wann die letzte Reparatur vorgenommen wurde.

Bei der nächsten Gelegenheit wende ich und fahre zurück zum Firmengelände. Die Schranke ist verschlossen, und weit und breit ist niemand zu sehen. Selbst nachdem ich mehrfach hupe, öffnet keiner. Das erscheint mir sonderbar. Mir bleibt nichts anderes übrig, als vor dem Tor zu parken und zu Fuß weiterzugehen.

Schon beim Aussteigen kann ich hören, dass hier gewissermaßen die Kacke am Dampfen ist. Im Foyer des Rapunzelturmes – tut mir leid, aber mir fällt einfach keine bessere Bezeichnung für das Gebäude ein – scheint ein heftiger Streit entbrannt zu sein. Stimmen schreien durcheinander, dazwischen ist das Gebell eines Hundes zu hören. Wahrscheinlich handelt es sich hierbei um den Schäferhund vom Sicherheitsdienst, darum ist der auch nicht auf seinem Posten.

Eilig sprinte ich über den Hof zur Eingangshalle. Der Brunner steht vor dem Tresen der Empfangsdame und brüllt sie an: „Sie lassen mich jetzt augenblicklich nach oben!"

„Jetzt beruhigen Sie sich doch!", versucht diese, ihn zu beschwichtigen. Erfolglos.

„Schlüssel her! Geben Sie mir den verdammten Schlüssel!"

Da sie nicht reagiert, marschiert er um den Tresen herum und reißt ihr den Liftschlüssel fast mühelos aus der zur Faust geballten Hand.

Jetzt tritt auch endlich der Wachmann mit seinem Hund in Aktion, um ihn auf seinem Weg zum Lift aufzuhalten. Er fletscht knurrend in Angriffsstellung die Zähne und zerrt laut bellend an der Leine – also der Hund, nicht der Wachmann. Wäre er nicht angeleint, würde er den Brunner wahrscheinlich zerfleischen.

Der aber steht nun mitten im Foyer und brüllt weiter herum wie ein Wahnsinniger: „Geh mir aus dem Weg! Ich drehe der Schlange den Hals um und diesem Schwein breche ich das Genick!"

Es sieht also ganz danach aus, dass die liebe Frau Brunner einen Geliebten hat. Der Auslöser dieses Wahnsinns hier ist also eine ganz banale Ehekrise. Warum die beiden ihre Probleme nicht zu Hause diskutieren und er jetzt hier so ausrastet, verstehe ich nicht.

Die Empfangselfe greift verzweifelt zum Telefon. Falls sie die Polizei um Amtshilfe bitten will, kann sie sich die Mühe sparen, ich bin ja schon da. Das bemerkt nur in diesem Tumult niemand. Obwohl ich wie verrückt dazwischenschreie, scheint das keinem aufzufallen.

Eigentlich ist das auch kein Wunder, denn in dieser Hölle aus Glas und Marmor hallt der Lärm von den Wänden zurück, dass es kaum auszuhalten ist. Machtlos ziehe ich meine Waffe und versuche dazwischenzugehen. Was sich aber äußerst schwierig gestaltet, weil der Brunner wie wild um sich schlägt und keinen an sich heranlässt. Und mittendrin dieser wütende Köter, bereit, unbarmherzig zuzubeißen, sobald jemand in seine Reichweite kommt.

Mir bleibt praktisch gar nichts anderes übrig, als einen Warnschuss abzugeben, der dem Ganzen ein Ende setzen soll. Aber wohin soll ich schießen, um niemanden in Gefahr zu bringen? Die Zimmerdecke ist problematisch, ein Querschläger könnte ungezielt jemand treffen. Kurz hätte ich Lust, auf den Hund zu schießen, weil mich sein Gebell mittlerweile fast wahnsinnig macht, aber das geht natürlich auf keinen Fall! Es bleibt nur noch eine Möglichkeit über. Gekonnt ziele ich auf die überdimensionale Vase, die mit tiefroten Ingwerblüten und Strelitzien gefüllt seitlich neben dem Lift platziert ist. Leider der einzige Farbtupfen in diesem sonst so kühl gehaltenen Raum.

Mit einem ohrenbetäubenden Knall explodiert das edle Gefäß. Zu allen Seiten ergießt sich Wasser auf den edlen Steinfußboden. Wie lange dünne Leichen liegen die langstieligen Exoten nun auf dem kalten Steinboden. Nichts zeugt mehr von ihrer Schönheit.

Ich bin total fasziniert. Wie im Kino! Ehrlich gesagt, wollte ich so was immer schon einmal machen. Ich muss mich echt zurückhalten, denn am liebsten würde ich jetzt, wie in einem kitschigen Wildwestfilm, über den Rand der Pistole pusten.

Schlagartig herrscht Stille im Raum. Alle wenden sich entsetzt in meine Richtung. Nur der Hund liegt winselnd am Boden, obwohl ich den gar nicht getroffen haben kann, aber ich glaube, ihn schmerzt nur der Knall in seinen empfindlichen Ohren.

Die Empfangselfe ist überraschenderweise die Erste, die ihre Sprache wiederfindet. Oder sollte man besser sagen, die die Fassung verliert? Sie zeigt jedenfalls als Erste eine Reaktion und lässt sich hysterisch heulend auf den Boden sinken. Ein einziges Häufchen Elend. Der Brunner steht da wie ein begossener Pudel und der Wachmann, scheinbar der Einzige, der noch Nerven besitzt, außer mir natürlich, brüllt zur Abwechslung jetzt mich an: „Sind Sie wahnsinnig geworden? Sie können doch nicht hier herumballern, wie es Ihnen gefällt!"

„Sachte, junger Mann", ich hebe beschwichtigend die Hand. „Wenn Sie es nicht schaffen, die Situation unter Kontrolle zu bekommen, muss ich das übernehmen." Betont lässig stecke ich meine Pistole zurück in den Halfter.

„Es hat Sie aber niemand dazu aufgefordert oder wurden Sie gerufen und um Hilfe gebeten?" Er kocht.

Wahrscheinlich fühlt er sich einfach übergangen, aber das ist mir egal. Bevor ich etwas erwidern kann, öffnet sich der Aufzug und die kreidebleiche Gestalt der Brunnerin erscheint in der Tür. Mit Sicherheit hat man den Schuss bis hinauf ins Penthouse gehört und sie rechnet nun mit einem Blutbad im Foyer. Rasch überblickt sie den Raum und eilt dann auf die völlig aufgelöste Empfangsdame am Boden zu.

„Um Himmel willen, was ist denn passiert? Sind Sie verletzt?" Dabei versucht sie, die Elfe auf die Beine zu ziehen, was ihr jedoch nicht gelingt. „Jetzt helfen Sie mir doch endlich!", fährt sie mich wütend an.

Gemeinsam haken wir die Frau unter und ziehen sie zu ihrem Bürostuhl. Sie weint immer noch.

„Alles in Ordnung", beruhige ich sie, wie ein kleines Kind.

„Alles in Ordnung?!" Verständnislos deutet sie mit dem Finger auf die kläglichen Überreste der zerstörten Vase. „Alles in Ordnung?" Mit einem Mal schreit sie mich hysterisch an. Jetzt hat sie so gar nichts mehr von einer Elfe an sich. Ihre Stimme hat massiv an Schärfe gewonnen.

„Sind Sie irre, Sie verrücktes Weib? Sie schießen hier wie wild in der Gegend herum und sagen dann, es ist alles in Ordnung?"

Ich habe das Gefühl, dass sie mir gleich an die Gurgel springt. Meine Hand ballt sich instinktiv zur Faust. Ich habe keine Skrupel, ihr einen Haken zu versetzen, sollte sie mich angreifen. „Das war doch nur eine Vase und kein

Mensch. Außerdem gab es gar keine andere Möglichkeit, um dem Wahnsinn hier ein Ende zu setzen, und wie Sie sehen, war ich erfolgreich, im Gegensatz zu Ihrem Wachmann!", verteidige ich mich mit einem Seitenhieb auf den werkseigenen Schutz, der in meinen Augen total versagt hat. „Außerdem kann so ein windiges Porzellangefäß auch jederzeit anderweitig kaputtgehen", bagatellisiere ich den Vorfall. „Da braucht nur zum Beispiel ihre Putzfrau einmal ordentlich mit dem Schrubber dagegenhauen! Dann darf man eben nicht so was Fragiles rumstehen haben." Mein Versuch, die Situation aufzulockern, geht total daneben.

Sie schaut mich an, als hätte ich nicht alle Tassen im Schrank. „Haben Sie eine Vorstellung, was das windige Porzellan wert ist?", fragt sie fassungslos.

„War! Wert war!", korrigiere ich besserwisserisch, denn jetzt werde ich ebenfalls ziemlich wütend.

Anstatt froh zu sein, dass die Situation jetzt dank mir unter Kontrolle ist, dreht man nun den Spieß um und macht mich zum Sündenbock?

Sie schüttelt ungläubig den Kopf.

Die Brunnerin beweist Nerven und dirigiert: „Sie nehmen sich jetzt ein Taxi und fahren nach Hause." Damit drückt sie der Elfe deren Handtasche in die Hand. „Um dieses Chaos hier kümmere ich mich. Und Sie gehen auch wieder an Ihren Posten und kümmern Sie sich um Gottes willen um den Hund!", zischt sie den Wachmann an. Es ist erstaunlich, wie sie mit dieser außergewöhnlichen Situation umgeht. Auf dem Weg zum Scherbenhaufen muss sie an ihrem Mann vorbei. „Und das alles deinetwegen, verdammt noch mal! Fahr nach Hause und lass mich endlich zufrieden!", faucht sie ihn an.

„Ich wollte doch nur ...", stammelt er.

„Hau ab!", schnauzt seine Frau. „Wir reden später. Und

Sie verziehen sich jetzt auch besser!"

Damit bin ich gemeint. „Sie haben hier wirklich genug angerichtet."

„Kommen Sie", sage ich zum Brunner, hake ihn unter und führe ihn hinaus zu meinem Dienstwagen. „Ich bringe Sie nach Hause."

Dorthin fahren wir aber nicht gleich. Ich habe so den Verdacht, dass es besser ist, den Brunner in seinem jetzigen Zustand nicht allein zu lassen. Unterwegs halte ich spontan vor einem Wirtshaus an.

„Also ich brauche jetzt erst mal eine kleine Pause, nach diesem Zinnober. Wie schaut es bei Ihnen aus?"

Er nickt.

Gemeinsam begeben wir uns hinein. Drinnen bestelle ich einen Schnaps für jeden, dazu eine halbe Bier für den Brunner und für mich eine Apfelschorle. Wir prosten uns zu. Er kippt den Kurzen mit einem Zug hinunter. Ich trinke nicht, weil ich ja noch fahren muss. Stattdessen stelle ich ihm mein Glas auch hin. Das leert er ebenfalls. Alkohol lockert ja bekanntlich die Zunge, darum nutze ich die Gunst der Stunde und bohre nach, was denn der Grund für diesen Aufruhr gewesen ist. Er schweigt. Ich habe Zeit. Entspannt trinke ich von meiner Schorle und warte. Auf einmal sprudelt es nur so aus ihm heraus.

„Ach Scheiße!", sagt er und fährt sich mit den Händen durchs Haar. Das steht jetzt kreuz und quer in alle Richtungen von seinem Kopf ab, aber egal. „Ich habe mir ja schon lange gedacht, dass die Silke was mit dem Kainzbauer am Laufen hat." Er trinkt.

„Wie kommen Sie darauf?"

„Weil ich das weiß. Fertig!"

„Vermuten Sie es, oder gibt es dafür auch Beweise?"

„Beweise! Logisch hab ich Beweise. Jede Menge Beweise hab ich!" Er leert in einem Zug das halbe Glas.

„Und die wären?"

„Sie ist immer später aus der Firma gekommen. Erst nur eine Stunde, dann zwei. Irgendwann war sie dann die halbe Nacht nicht daheim. Überstunden!" Er hört sich an wie eine eifersüchtige Ehefrau. „Dann, auf einmal, hat sie sich auch äußerlich verändert. Eine andere Frisur, schicke Kleidung, Schmuck. Sachen, so teuer und edel, die hätte sie sich von ihrem Gehalt als Sekretärin nie leisten können."

„Ja, aber als Chefsekretärin muss man schon was hermachen. Vielleicht wurde sie ja vom Kainzbauer gesponsert. Der setzt das vom Spesenkonto ab."

„Ja freilich hat der sie gesponsert!", schreit er auf einmal unvermittelt los. „Und dafür ist sie mit ihm in die Kiste gesprungen, die Schlampe! Mit mir ist nichts mehr gelaufen. Früher, da waren wir wie die Karnickel. Da ist die Post abgegangen im Bett. Ach was heißt im Bett, überall, am See, im Auto, in der Umkleidekabine." Er schaut mich an. „Haben Sie schon einmal in der Umkleidekabine gevögelt?", fragt er mich.

Ich verneine.

„Und jetzt. Nix mehr, Finente, Game over! Sie ist müde, hat Migräne oder sie ist nicht daheim. Tote Hose eben!" Er winkt dem Wirt um Nachschub und leert den Rest im Glas. Wieder nur ein Zug.

„Wechseljahre?", vermute ich.

„Mit achtunddreißig?" Er schüttelt den Kopf. Dann fängt er plötzlich an zu lachen. „Ja logisch, Wechseljahre. Sie wechselt den Mann. Den Alten schiebt sie ab, damit für den Neuen Platz ist. Nur dass der Alte der Neuere von den beiden ist, wenn Sie verstehen, was ich meine." Er trinkt wieder von seinem Bier.

Logisch weiß ich, was er damit sagen will. Der Kainzbauer ist gut und gerne Mitte fünfzig. Aber Geld macht ja bekanntlich attraktiv.

„Haben Sie sie darauf angesprochen?"

„Sicher. Immer wieder."

„Und? Wie hat sie reagiert?"

Der Wirt kommt und will das frische Glas auf den Tisch stellen, aber der Brunner nimmt es ihm einfach aus der Hand. Diesmal ext er das Bier auf einmal und drückt das leere Glas dem Wirt wieder in die Hand, was der mit einem mahnenden Gesichtsausdruck quittiert. Ich zucke die Schultern. Der Hausherr lässt uns allein und der Brunner verfällt, bedingt durch den Alkohol, in einen leichten Dämmerzustand.

Darum wiederhole ich meine Frage: „Also, wie hat Ihre Frau darauf reagiert, als Sie sie auf das Verhältnis mit dem Kainzbauer angesprochen haben?"

„Reagiert." Er lacht spöttisch. „Ausgelacht hat sie mich. Hat natürlich alles abgestritten, dass ich mich lächerlich mache, hat sie gesagt. Dass ich eifersüchtig sei. Es sei alles ausgemachter Blödsinn. Sie hätte halt einfach einen wahnsinnigen Stress in der Firma, seitdem sie die rechte Hand vom Chef ist." Er haut mit der Faust auf den Tisch und tobt.

„Und mit der Linken krault sie ihm den Sack, damit der Esel fleißig Geld spuckt!"

„Woher wissen Sie, dass die beiden ein Verhältnis haben? Wenn sie alles abstreitet. Es könnte doch tatsächlich sein, dass sie als Chefsekretärin ein überbezahltes Gehalt bekommt. Oder einen Sonderzuschuss für Kleidung." Ich lasse nicht locker, suche für ihn nach einer einleuchtenden Erklärung.

„Weil ich sie gesehen habe." Jetzt ist es raus.

„Wann? Wo?"

„In der Firma. In seinem Glasturm. Da haben sie es miteinander getrieben. Ich hab sie dabei beobachtet." Er lässt seinen Kopf erschöpft auf die Tischplatte sinken.

Der Wirt wirft böse Blicke zu uns herüber. Besser, wenn wir den kleinen Zwischenstopp hier beenden und das Gespräch woanders fortsetzen.

Ich lege einen Schein auf den Tisch und ziehe den Brunner auf die Füße. Widerstandslos lässt er sich von mir zum Wagen führen.

„Adresse?", frage ich.

„Eichendorffweg 10." Er schläft fast ein.

Alkohol macht eben nicht nur gesprächig, sondern auch müde.

„Also noch mal von vorne", versuche ich, das Gespräch in Gang zu halten. „Sie haben die beiden im Turm gesehen. Aber das geht ja überhaupt nicht. In das Penthouse kommt man doch nur hoch, wenn man den Schlüssel zum Etagentableau hat. Das habe ich ja selbst mitbekommen", überlege ich laut.

Er reagiert nicht, ist eingeschlafen.

Ich rüttle ihn an der Schulter und muss dabei aufpassen, dass ich nicht von der Straße abkomme. „Hallo, aufwachen! Sie waren oben im Penthouse?"

„Nein." Er ist genervt über die Störung.

Ich schüttle ihn noch mal, so lange, bis er wieder wach ist.

„Von draußen hab ich sie gesehen."

Total unglaubhaft. Der Schreibtisch seiner Frau steht hinter dem Aufzug. Von außen ist das überhaupt nicht zu sehen und schon gar nicht bei der Höhe des Gebäudes. Da müsste man ja direkt vor der Glasscheibe stehen, und dafür bräuchte man Flügel.

„Sie ist nach der Arbeit wieder einmal nicht heimgekommen. Hat irgendetwas von einem Mädelsabend erzählt. Alte Schulfreundinnen und so. Hab ich ihr aber nicht geglaubt. Da fährt man doch vorher heim, zieht sich um, duscht, was weiß ich. Ich bin dann zur Firma gefahren, aber da war alles abgeschlossen. Das Tor war zu, im Gebäude alles dunkel, bis auf das Penthouse, da war noch Licht zu sehen. Ihr Auto stand auf dem Parkplatz und das vom Chef direkt daneben. Seite an Seite!", höhnt er. „Der Wachmann und alle anderen waren schon weg, aber der blöde Köter, der ist frei herumgelaufen. Der hat einen Radau gemacht!" Ungläubig schüttelt er bei der Erinnerung daran den Kopf. „Ich bin gleich wieder in mein Auto gestiegen und weggefahren."

„Ein abgestelltes Auto auf dem Firmenparkplatz ist aber kein Beweis für Untreue", stelle ich fest. „Sie kann ja wirklich gearbeitet haben oder mit jemandem mitgefahren sein."

Inzwischen sind wir an seiner Wohnadresse angekommen. „Kann ich kurz mit reinkommen und Ihre Toilette benutzen?" Wenn er jetzt aussteigt, erfahre ich nie, wie es weitergegangen ist. Seinen redseligen Zustand muss ich unbedingt ausnutzen.

„Logisch!" Er steigt aus und sucht umständlich in der Jackentasche nach dem Haustürschlüssel. „Treppe hoch, zweite Tür links", lallt er und wankt in sein Domizil.

Ich muss wirklich aufs Klo und so ganz nebenbei schaue ich mich ein wenig um. Es ist ein sehr gepflegtes Haus, nicht mehr ganz neu, aber schön. Im Badezimmerschrank liegen Rasierzeug, Schminke und eine Packung Schlafmittel. Schlaftabletten? Die nehme ich besser an mich. Sicher ist sicher! Wieder zurück im Erdgeschoss, folge ich dem Lichtschein.

Der Brunner sitzt auf der Couch und hält ein Glas Whiskey in der Hand. „Magst einen?"

Gemeinsames Saufen verbindet. Wahrscheinlich duzt er mich deshalb.

Er hebt sein Glas: „Auf den edlen Spender!", trinkt und schmettert es dann mit voller Wucht an die Wand.

Es fliegt nur haarscharf an meinem Kopf vorbei. Zudem landet ein Teil des wertvollen Inhalts dabei auf meiner Kleidung.

„Spinnst du?", fahre ich ihn an. „Was soll das?" Ich nehme ein Taschentuch aus meiner Jacke und tupfe die Spritzer ab.

„Weihnachtsgeschenk vom Chef!", erklärt der Brunner.

„Du solltest besser beim Bier bleiben", rate ich ihm.

Er steht auf, wankt zum Kühlschrank und holt zwei Flaschen heraus. Er öffnet sie mit einem gekonnten Faustschlag am massiven Esstisch in der Küche, ohne Rücksicht auf Schäden im Holz, und gibt eine davon an mich weiter.

Was soll's!

„Du hast gesagt, du bist dann wieder in dein Auto gestiegen und weggefahren", setze ich unser Gespräch von vorhin fort.

Er schaut mich verständnislos an.

„Vom Firmengelände, wo du den Wagen deiner Frau gesehen hast", helfe ich ihm auf die Sprünge.

„Ach ja", es fällt ihm wieder ein. „Ich bin dann planlos durch die Stadt gefahren, weil ich nicht gewusst habe, was ich machen soll. Auf meine Anrufe am Handy hat nur die Mailbox reagiert. Dann bin ich heim und habe die Schlaftabletten geholt."

„Wozu das denn?"

„Für den Köter. Ich musste doch den blöden Hund ruhigstellen. Sonst wäre ich ja nie auf das Firmengelände gekommen. Der hätte mich doch sofort gepackt."

Das leuchtet mir durchaus ein. „Warum habt ihr überhaupt Schlaftabletten im Haus?", frage ich nach.

„Ich kann nachts oft nicht schlafen, wache immer wieder auf und fühle mich dann den ganzen Tag wie gerädert. Stress. Darum hat mir mein Hausarzt diese Dinger verschrieben."

„Wie ging es dann weiter? Der Hund wird die Tabletten ja nicht so ohne Weiteres gefressen haben."

„Natürlich nicht. Ich habe aus dem Gefrierschrank ein Stück Fleisch genommen und in der Mikrowelle aufgetaut. Das habe ich dann mit den Tabletten gespickt. Der Hund hat das Steak weggeputzt, so schnell schaust du gar nicht. Dann musste ich nur noch abwarten, bis es ihm die Beine weggezogen hat. Ich bin dann über den Zaun geklettert. Dabei habe ich mir an dem Scheiß Stacheldraht das Bein aufgeschlitzt", lallt er, lässt zur Bestätigung seine Jeans herunter, und weist auf eine lange Narbe am rechten Unterschenkel.

Wie alt die ist, lässt sich für mich nicht beurteilen.

„Ich habe geblutet wie ein Schwein. Dann bin ich um das Haupthaus herumgelaufen und nach hinten zu den hohen Lagerhallen."

Ich erinnere mich an die mehrstöckigen Gebäude.

„Von ganz oben hat man eine gute Sicht auf das Büro vom Chef. Da hab ich sie dann gesehen."

Kapitel 15

Als ich am nächsten Morgen aufwache, merke ich gleich, dass etwas nicht stimmt. Alles ist warm und kuschelig und es riecht - anders. Ich strecke die Hand aus und taste um mich. Plötzlich fühle ich einen Körper neben meinem. Mit einem Schlag öffne ich die Augen und schaue mitten in das Gesicht vom Brunner. Es ist nur wenige Zentimeter von meinem entfernt.

„Guten Morgen." Er schaut mich verschlafen an.

Verdammte Scheiße, totaler Filmriss.

„Wir haben jetzt aber nicht ...?", stottere ich. So besoffen kann ich doch gar nicht gewesen sein, dass ich mit dem Nächstbesten ins Bett steige?

Der Brunner hebt die Bettdecke und schaut darunter. „Ich hab meine Unterhose noch an, und du?"

Ein kurzer Griff. „Gott sei Dank!" Ich bin vollständig bekleidet.

„Na dann." Für ihn ist die Sache damit erledigt.

Ich ziehe mich an und gehe nach unten. Der Brunner folgt mir. Der unerwartete Klang einer Frauenstimme lässt mich zusammenzucken.

„Du hast ja nicht lange rumgefackelt! Hast dich schnell getröstet, alle Achtung!" Seine Frau sitzt mit einer Tasse Kaffee am Tisch und schaut uns beiden mit einem spöttischen Lächeln entgegen.

Was sich die jetzt wohl denken mag. Andererseits, wenn die wüsste, was ich gestern alles über sie erfahren habe, dürfte ihr diese morgendliche Begegnung nicht weniger peinlich sein als mir.

Ich mache mich schleunigst aus dem Staub, setze mich in den Dienstwagen und fahre erst einmal zu mir nach Hause. In der Dusche fällt mir dann auch der gestrige Abend wieder ein. Der Brunner hat mir alles bis ins kleinste Detail erzählt. Wir haben da einige Gemeinsamkeiten festgestellt, weil es mir vor nicht allzu langer Zeit ähnlich ergangen ist. Ich wurde ja auch ohne Vorwarnung einfach ausgetauscht wie eine alte Couch. Vorheriges Probeliegen inbegriffen. Die Neue könnte seine Tochter sein. Ich kann nicht sagen, woran es liegt, dass manche Frauen urplötzlich eine Schwäche für ältere Männer entwickeln. Ist es das Geld, der Hang zur Prostitution? Die Spannung beim Sex, ob er einen Herzinfarkt bekommt beim Vögeln wegen seines Viagrakonsums, oder liegt es am Caritas-Komplex? Hilfe für Rentner in sexuellen Notlagen. Keine Ahnung.

Fakt ist, betrogen zu werden von dem Menschen, den man liebt, verbindet den Brunner und mich. Darauf haben wir zusammen die eine oder andere Flasche Bier geleert. Wie viele es am Ende waren, weiß ich nicht mehr. Anschließend sind wir dann zusammen im Bett gelandet. Um den Rausch auszuschlafen, wohlgemerkt.

Wegen diesem Schmarren komme ich heute über eine Stunde zu spät ins Revier. Der Knogl verzieht vielsagend das Gesicht und macht eine Kopfbewegung in Richtung Büro vom Hafner.

„Dicke Luft!", sagt er. „Wo warst du denn so lange?"

Ich winke ab. „Das erkläre ich dir später. Ich brauche jetzt zuallererst einen sehr starken Kaffee." Just in dem Moment, wie ich in die Küche verschwinden will, kommt der Hafner ins Zimmer.

„Ah, Frau Meisinger geruhen auch wieder einmal, bei der Arbeit zu erscheinen."

„Ja, tut mir leid. Es ist heute ein bisschen später geworden." Ich will eigentlich nur meine Ruhe und einen Muntermacher. Eine Standpauke ist das Letzte, was ich an diesem Morgen gebrauchen kann. Mir brummt der Schädel. Nur Koffein in hoher Dosierung kann mir helfen, um einigermaßen einen freien Kopf zu bekommen.

Leider lässt der Hafner nicht locker. Er wirkt extrem angepisst: „Ein bisserl spät geworden? Jetzt hören Sie mir einmal gut zu, Kollegin Meisinger." Seine Stimme hat einen drohenden Unterton. Mit dem ist heute nicht gut Kirschen essen, wie man so schön sagt. „Sie verschwinden gestern Nachmittag einfach so von Ihrem Arbeitsplatz, ohne sich anständig abzumelden oder mich zu informieren, wohin Sie fahren. Dann kommt mir zu Ohren, dass es auf dem Firmengelände vom Kainzbauer zu einer Schießerei gekommen ist, bei der Sie beteiligt waren. Sie bringen weder den Dienstwagen zurück, noch machen Sie Meldung über Ihren Verbleib, geschweige denn über den Vorfall von gestern. Und heute spazieren Sie dann so mir nichts, dir nichts total verspätet ins Revier und tun so, als wäre nichts gewesen. Haben Sie Ihre Tage oder womit begründen Sie diesen Totalausfall?" Im Laufe seines Monologes ist er immer lauter geworden. Jetzt brüllt er mich an und hat einen dermaßen roten Schädel, dass ich denke, es zerreißt ihn gleich.

„Erstens", beginne ich meine Verteidigung, „habe ich zum Knogl gesagt, dass ich weg bin." Ich schaue abwartend den Knogl an. Dem steigt auch die Farbe ins Gesicht, aber nicht ganz so stark wie dem Hafner, sagen tut er nichts, die feige Nuss. Ich kneife feindselig die Augen zusammen und funkle ihn böse an.

„Stimmt", gibt er schließlich zu und zieht verlegen den Kopf ein. Dann gruschelt er ganz geschäftig auf seinem Schreibtisch herum, als wenn er noch so viel Arbeit hätte.

Ich gehe jede Wette ein, dass er nur so tut und unserem Disput aufmerksam zuhört.

„Zweitens gab es keine Schießerei auf dem Firmengelände, sondern ich habe unter Zuhilfenahme meiner Dienstwaffe eine Auseinandersetzung beendet, die ansonsten eskaliert wäre."

Der Knogl bringt vor lauter Staunen den Mund nicht mehr zu, weil ich dem Hafner absolut selbstbewusst Kontra gebe und mich von ihm nicht einschüchtern lasse. Vielleicht auch, weil ich mich dabei so gewählt ausdrücke.

„Drittens hab ich es unendlich satt, dass Sie mich, nur weil ich eine Frau bin, nicht als vollwertige Kraft ansehen."

Der Hafner will meine Aufzählungen unterbrechen und setzt jetzt ebenfalls zum Reden an.

Ich lasse mich aber nicht aus dem Konzept bringen, denn ich bin mit meinem Kontra noch lange nicht am Ende angekommen. Jetzt komme ich erst richtig in Fahrt. „Ich bin noch nicht fertig!", fahre ich daher gleich dazwischen, als er zum Reden ansetzt. „Viertens!" Mir fällt immer mehr ein, was ich loswerden will. „Den Dienstwagen habe ich zur Beförderung einer psychisch instabilen Person mit anschließender Vernehmung im häuslichen Umfeld gebraucht. Das hat dann länger gedauert als erwartet, und darum habe ich den Wagen erst heute zurückgebracht."

Ich werde mit meiner Argumentation immer besser. Ich bin selbst ganz begeistert von mir. Jetzt habe ich richtig Auftrieb bekommen und der Kopfschmerz ist wie weggeblasen.

„Und fünftens, brauchen Sie wegen dieser einen Stunde Verspätung überhaupt keinen solchen Wirbel veranstalten, denn für die Überstunden, die ich wirklich oft genug schiebe, interessiert sich hier auch keiner!" Fertig, das war's. „So! Und jetzt hole ich mir eine Tasse Kaffee und dann kümmere ich mich wieder um meinen Fall!"

Es wäre ein absolut grandioser Abgang geworden, echt, das können Sie mir glauben, wäre da nicht auf einmal die Tür aufgegangen und der Brunner ins Zimmer gekommen.

„Draußen war niemand", sagt er entschuldigend, „und hier drinnen habe ich Stimmen gehört." Er schaut in meine Richtung und kommt dann geradewegs auf mich zu. „Da, die hast du letzte Nacht in meinem Schlafzimmer vergessen. Lagen heute Morgen neben dem Bett." Damit drückt er mir meine Handschellen in die Hand, dreht sich um und geht wieder Richtung Tür. „Meldest dich halt, wenn ...", er zögert, „wenn dir wieder danach ist", beendet er den Satz und verschwindet.

Scheiße, die Handschellen habe ich noch gar nicht vermisst. Irgendwie müssen sie aus meiner Tasche gefallen sein. Na super! Jetzt kann ich mir bestimmt gleich die nächste Standpauke vom Hafner anhören. Ich ärgere mich maßlos über mich selbst und warte auf das Gebrüll des DSL. Aber es kommt nichts.

Als ich mich umdrehe, steht er sprachlos da. Er schaut, als hätte er gerade ein Ufo gesehen. Sein Mund klappt auf, dann wieder zu, er blinzelt und schüttelt dann den Kopf, als müsse er erst wieder zur Besinnung kommen. Dann setzt er an: „Ich erwarte eine Erklärung", brüllt der Hafner so laut, dass der Knogl vor Schreck seine Tasse umwirft.

„Wie gesagt, Vernehmung im häuslichen Umfeld." Zugegeben, ein wenig kleinlaut, suche ich nach einer plausiblen Erklärung.

„Und dabei mussten Sie den Verdächtigen in Ketten legen? Nachts im Schlafzimmer? Haben Sie gedacht, er stöhnt Ihnen das Geständnis vor!" Er lacht wissend auf.

„Ha! Vielleicht ermittelt man ja in Frankfurt im Liegen, bei uns nicht!"

„Hafner, Sie glauben doch nicht wirklich ...", setze ich an, doch er unterbricht mich.

„Was ich gerade gesehen und gehört habe, reicht, um mir eine Meinung zu bilden. Verdammt noch mal, Meisinger, reißen Sie sich zusammen, und bringen Sie mir endlich vernünftige Ermittlungsergebnisse." Damit dreht er sich um und verschwindet in sein Büro.

Als die Tür hinter dem Hafner zuknallt, fällt mein Blick auf den Knogl, der mit offenem Mund alles beobachtet hat. „Warst du wirklich mit dem im Bett? So sadomasomäßig?"

„Ach Knogl, jetzt fang du nicht auch noch mit dem Schmarren an", sage ich genervt und hole mir den lang ersehnten Kaffee. „Das Ganze war eine saublöde Geschichte."

„Lass hören", fordert er mich auf.

Und weil ich eh gerade keine Lust habe zum Ermitteln und Recherchieren, erzähle ich sie ihm.

„Wahnsinn!", gibt sich der Knogl beeindruckt, als ich fertig bin.

„Mist!" Jetzt fällt mir auf, dass ich den Brunner nicht gefragt hab, wann er das Schäferstündchen im Rapunzelturm beobachtet hat. Das muss ich schleunigst nachholen und rufe ihn gleich an.

„Am Tag vor seinem Unfall", sagt er. „Warum? Bin ich jetzt tatverdächtig?"

„Schaut so aus. Ein Motiv hättest du damit auf jeden Fall."

„Auch schon wurscht! Frau weg, Job weg, vielleicht geht auch noch das Haus drauf. Was macht es da, wenn ich jetzt auch noch einen Mordversuch an der Backe hab."

„Wieso Job weg?", hake ich nach.

„Ich bin doch beim Kainzbauer beschäftigt. Du glaubst doch nicht, dass ich für das Arschloch arbeite, das meine Frau bumst?"

Nein, das glaube ich wirklich nicht. „Aber warum gestern dieser Ausraster, wenn du schon so lange weißt, dass sie ein Verhältnis miteinander haben?"

„Gestern hat sie mir einen Zettel auf den Tisch gelegt, dass sie auszieht. Bisher hab ich noch geglaubt, es wäre eine Affäre und sie käme irgendwann wieder zur Vernunft."

Ich lege auf.

Der Knogl schaut mich erwartungsvoll an: „Und – wann?" Er ist ja jetzt über alles voll informiert. Logisch, dass ihn da Details interessieren.

„Am Tag vor dem Unfall!", sage ich bedeutungsvoll.

„Also tatverdächtig", sagt er.

„Ganz eindeutig tatverdächtig, würde ich sagen", bekräftige ich und nicke.

„Meisinger?" Der Hafner schaut zur Tür herein. Sein Tonfall ist mir gegenüber wieder normal. „Schauen Sie doch bitte einmal zu mir heraus." Er nickt mit dem Kopf in Richtung Nebenraum. „Das könnte Sie interessieren."

Ich steh auf und folge ihm gespannt. In der Amtsstube steht eine Frau Mitte fünfzig, elegant gekleidet.

„Sie will eine Vermisstenanzeige aufgeben", raunt mir der Hafner zu.

Ja und? Was soll mich daran interessieren? Ich werfe dem Dienststellenleiter einen fragenden Blick zu.

„Sie ist die Frau vom Geier. Stadtrat Geier, verstehen Sie jetzt, warum ich Sie gerufen hab?", flüstert er mir zu.

Soso, der Geier wird vermisst. Das ist in der Tat sehr interessant.

„Sie vermissen Ihren Mann?", wende ich mich nun an die Dame. „Seit wann ist er abgängig?"

Äußerlich wirkt sie ruhig und gefasst. „Seit heute Morgen", erwidert sie und schaut mir dabei fest in die Augen.

Ich schaue auf meine Armbanduhr. Es ist später Vormittag.

„Es ist jetzt Viertel nach elf", sag ich. „Verstehen Sie mich nicht falsch, aber da kann ich beim besten Willen keine Vermisstenanzeige aufnehmen. Vierundzwanzig Stunden sind das Mindeste, dass jemand abgängig sein muss, verstehen Sie?" Und damit sie es auch wirklich versteht, wiederhole ich es noch mal. „Also einen ganzen Tag lang muss Ihr Mann schon weg sein, damit es Sinn macht, eine Anzeige zu erstatten."

„Er ist aber nicht in der Bank angekommen. Und an sein Mobiltelefon geht er auch nicht." Sie lässt sich nicht abwimmeln.

„Vielleicht braucht er einfach mal seine Ruhe. Oder er ist bei einem Kundentermin und will dabei nicht gestört werden."

„Ruhe hat er daheim genug und einen Kundentermin hat er heute auch nicht. Ich habe in seinem Kalender nachgesehen. Die Kollegen in der Bank wissen auch nichts von einem kurzfristig anberaumten Außer-Haus-Termin." Sie argumentiert ruhig und sachlich und macht auf mich ansonsten einen gefassten Eindruck. Nur an der Art, wie sie die Griffe ihrer Handtasche umklammert, erkennt man, wie aufgewühlt sie tatsächlich ist.

„Vielleicht ist er ja im Puff? Könnte ja sein", denke ich mir. Frei nach dem Motto eines bekannten Sängers: „Ein bisschen Spaß muss sein!" Wo das scheinbar gerade groß in Mode ist, dass sich alte Säcke junge Miezen schnappen. Wieso sollte nicht auch der Geier dazugehören? Natürlich behalte ich diesen Gedanken für mich. Ich bin ja nicht lebensmüde!

„Wann hat er denn heute das Haus verlassen?", frage ich stattdessen nach.

„Er ist morgens um halb acht mit seinem Wagen losgefahren, so wie jeden Tag."

„Und an seinem Arbeitsplatz in der Bank ist er nicht angekommen?"

„Nein, das sagte ich ja bereits. Frau Motz hat um neun Uhr bei uns angerufen und nachgefragt, ob mit meinem Mann alles in Ordnung sei."

Vermutlich ist Frau Motz der Hungerhaken. Ich muss mir ein Grinsen verkneifen. Der Name passt ja wie die Faust aufs Auge.

„Ich habe zuerst gar nicht verstanden, was sie meint. Dann hat sie gesagt, dass mein Mann heute nicht zur Arbeit erschienen sei, und weil er doch einen wichtigen Termin hätte, wollte sie nachfragen, wo er bleibe."

„Also gibt es doch einen Termin?" Langsam kenne ich mich nicht mehr aus.

„Schon, aber der wäre in der Bank gewesen."

„Vielleicht trifft er sich mit dem Kunden ja woanders."

„Eben nicht. Den Termin hat er bei einem seiner Vorgesetzten und der versteht auch nicht, wo mein Mann abgeblieben ist. Er hat sich nicht bei ihm abgemeldet. Keiner weiß, wo er ist."

„War er irgendwie anders, als er das Haus verlassen hat? Ist Ihnen etwas seltsam vorgekommen?"

„Ein wenig nachdenklich hat er schon gewirkt", überlegt sie laut. „Ich dachte, er ist mit seinen Gedanken schon bei der Arbeit. Ansonsten war er wie immer."

Ich würde ihr ja wirklich gerne helfen, aber Vorschriften müssen nun einmal eingehalten werden. Solange die gesuchte Person nicht mindestens vierundzwanzig Stunden unauffindbar ist, kann und darf ich keine Anzeige aufnehmen. So ist nun einmal das Gesetz. Außer natürlich, es handelt sich um ein Kind, das vermisst wird, eine geistig verwirrte Person oder jemand mit suizidalen Absichten, dann ist Gefahr in Verzug und es muss unverzüglich gehandelt werden. Aber all dies trifft beim Geier nicht zu.

Vorsichtig versuche ich, das seiner Frau zu erklären. Sie zuckt hilflos die Schultern.

„Wissen Sie was? Gehen Sie nach Hause und kochen Sie sich eine schöne Tasse starken Kaffee. Vielleicht ist Ihr Mann inzwischen wieder zurück. Haben Sie schon bei seinem Hausarzt nachgefragt?"

Sie schüttelt verneinend den Kopf. Daran habe sie noch gar nicht gedacht. Ihr erster Weg sei zu uns gewesen. Denn falls er einen Unfall gehabt hätte, müssten wir es ja als Erste wissen.

Einen Unfall gab es heute aber nicht. Zumindest keinen, zu dem man uns gerufen hat.

„Wenn Ihr Mann bis, sagen wir mal, dreizehn Uhr nicht aufgetaucht ist, dann fragen Sie doch bei seinem Arzt oder im Krankenhaus nach", rate ich ihr. Ich notiere mir vorsorglich das Kennzeichen und den Modelltyp vom Wagen des Geiers sowie die Farbe. Abschließend verspreche ich der Frau, dass wir bei unseren Streifenfahrten die Augen offen halten werden. Das ist aber auch das Einzige, was ich vorläufig für sie tun kann.

„Ich bin überzeugt, dass alles völlig harmlos ist", lächle ich ihr aufmunternd zu.

Sie schaut aber nicht so aus, als würde sie das ebenfalls glauben. Trotzdem bleibt ihr nichts anderes übrig, als meinen Rat zu befolgen und wieder nach Hause zu gehen.

Der Geier bleibt den ganzen Tag über verschwunden und kommt auch am folgenden nicht nach Hause. Dazu aber später.

Mittags gehe ich, wie fast immer, zum Standl. „Pflanzerl in der Semmel, bitte!", gebe ich meine Bestellung auf.

Dann stelle ich mich zum Essen an einen der mollig warmen Stehtischöfen.

In den kalten Wintermonaten tauscht der Heinz seine herkömmlichen Bistrotische gegen alte Blechtonnen aus. Diese besitzen eine Holzabdeckung und werden von innen mit Holz befeuert. Das wärmt einem die Füße, solange man sein Essen in der Kälte verspeist. Viele lassen sich ihr Mahl jedoch einpacken und nehmen es mit, um es in der warmen Stube zu genießen.

Mir ist es so, wie gerade eben, lieber. Die frische Luft macht einen herrlich klaren Kopf, und außerdem ist am Standl kein Knogl, der mir alles wegfrisst. Der packt im Revier meistens brav die Tupperbox aus und isst, was ihm seine Holde eingepackt hat.

Nach dem Essen bleibt manchmal noch ein wenig Zeit, um mit Hilde und Heinz zu ratschen. So ein kleiner Informationsaustausch kann hin und wieder recht praktisch sein. Ganz nebenbei bekommt man beim Essen am Standl auch so einiges mit, was rundherum geratscht und getratscht wird. Das kann manchmal auch ganz nützlich sein.

„Ihr kennt doch sicher den Geier?", beginne ich heute mein Gespräch. Eigentlich könnte ich mir diese Frage sparen und gleich zum Wesentlichen kommen, denn in einer Kleinstadt wie Schnaipfing kennt jeder irgendwie jeden.

„Meinst du den Stadtrat?", schreit die Hilde nach vorne, während sie im hinteren Teil des Standls für Ordnung sorgt und emsig hin und her wuselt.

„Genau den meine ich. Kannst du mir über den ein bisschen was erzählen?"

Die Hilde überlegt laut vor sich hin. „Da gibt's nicht viel, was ich dir erzählen könnte. Er ist Filialleiter in der Bank, seit Jahren im Stadtrat, verheiratet, keine Kinder ..."

„Das hab ich alles selber schon herausgefunden. Ich meine, wisst ihr was über ihn, was ich noch nicht weiß?"

„Denkst du, wir sind Hellseher? So ein Schmarren! Woher sollen wir denn wissen, was du noch nicht weißt?", mischt sich jetzt der Heinz ein.

„Anders gefragt. Habt ihr den heute schon gesehen?"

„Der kommt nicht zu uns ans Standl. So einer wie der Geier, der isst im Gasthaus. Warum interessierst du dich denn gar so sehr für ihn? Hat er was ausgefressen?"

„Das kann ich nicht sagen, aber abgängig ist er. Seine Holde wollte ihn heute suchen lassen."

„Seit wann ist er weg?", erkundigt sich der Heinz, nun doch neugierig geworden.

„Erst seit heute Morgen. Darum kann ich ja nichts machen."

„Der kommt schon wieder!", schreit die Hilde. „Der Geier ist ein ehrlicher Bandit."

„Warum ist er für dich ein Bandit?", hake ich nach. „Gibt es da vielleicht doch etwas, was ich wissen sollte?"

„Weil sie bei der Bank alle Verbrecher sind. Dafür, dass sie mit deinem Ersparten arbeiten können, zahlen sie dir nix, aber wehe, wenn du Geld von ihnen brauchst, dann ziehen sie dir das letzte Hemd aus. Gell, Heinz."

„Mhm", brummt er.

Das mit dem ehrlich lasse ich einmal so dahingestellt. Mittlerweile habe ich dazu eine eigene Meinung, was ich aber den beiden nicht sagen darf. „Sollte er euch heute zufällig über den Weg laufen, oder ihr bekommt mit, wo er sich aufhält, gebt mir doch bitte Bescheid."

Ich lasse mir für den Nachmittagskaffee auf dem Revier eine Tüte mit Nusshörnchen einpacken. Für mich, den Knogl, und der Hafner darf heute ausnahmsweise auch mitessen, obwohl er so ein Kotzbrocken ist, doch den bekomme ich gar nicht zu Gesicht, als ich wieder in der Polizeiinspektion ankomme. Dafür treffe ich dort den Ferdi an. Er unterhält sich gerade angeregt mit dem Knogl, wie ich das Büro betrete.

„Servus, Ferdi." Ich freue mich, ihn zu sehen.

„Servus", grüßt er cool zurück und hebt leger die Hand. „Was gibt's?"

„Ich komme wegen meinem Referat, weil ich dich fragen wollte, wann du dafür mal Zeit hast."

„Wofür?" Ich stehe ein bisschen auf der Leitung.

Er merkt es. „Ja zum Erklären halt! Ich muss mir doch aufschreiben, was man bei der Polizei macht, und überhaupt, alles halt. Wo ein Polizist arbeitet. Wie lange er arbeitet. Ob man immer Polizist ist oder nur, wenn man im Dienst ist. Halt alles, was für mein Referat wichtig ist."

„Jetzt im Moment hätten wir schon ein wenig Zeit, gell, Meisinger?", wirft der Knogl eifrig ein. Scheint, dass er sich mit dem Referat gleich mitangesprochen fühlt, und den Ferdi findet er auch recht putzig.

„Und was machen wir mit dem Chef?", frage ich vorsichtig nach. Der Ärger vom Morgen reicht mir noch.

„Der Hafner ist unterwegs. Einsatz! Das kann dauern." Er grinst.

„Ja dann", sag ich und lass den Ferdi hinter die Theke. „Packen wir es an. Was willst du denn alles wissen?"

Wir setzen uns an meinen Schreibtisch. Der Knogl bringt für den Ferdinand sogar einen Extrastuhl herbei. Er selber setzt sich mit seinem zu uns an meinen Schreibtisch. Egal.

Der Ferdi bekommt vor Eifer rote Ohren und packt emsig sein Schreibzeug aus dem Rucksack. „Als Erstes, wie wird man Polizist?" Er schaut mich erwartungsvoll an.

Bevor ich aber zu einer Erklärung ansetzen kann, gibt ihm bereits der Knogl alle Informationen, die er braucht. Der Ferdi schreibt begeistert mit. Ich fühle mich fast überflüssig.

Plötzlich fällt mir siedend heiß etwas ein. „Halt!", schrei ich dazwischen. Beide sehen mich überrascht an.

„Warum?", fragt der Knogl verwirrt. „Es stimmt doch. Haupt- oder Realschule, für den gehobenen Dienst Hochschulreife."

„Das meine ich ja gar nicht." Mein Blick ruht auf dem Ferdi. „Weiß deine Mama überhaupt, dass du hier bist?"

Natürlich weiß sie es nicht, denn der Ferdi hatte ja gar nicht die Absicht hierzubleiben. Er wollte ja lediglich mit mir einen Termin ausmachen, wann wir uns für sein Referat treffen könnten. Man sieht ihm das schlechte Gewissen deutlich an.

Deshalb greife ich zum Telefon und läute kurz bei der Anna durch. „Nicht, dass heute noch eine Vermisstenmeldung bei uns eingeht", sag ich augenzwinkernd.

„Wieso? Wer wird denn vermisst?" So was ist für den Ferdi mindestens genauso spannend wie die Infos zur Polizeiausbildung.

„Der Stadtrat Geier. Kennst du den?"

„Ach so!", er winkt enttäuscht ab. „Den braucht ihr nicht zu suchen. Den hab ich heute gesehen." Gelangweilt kritzelt er auf dem Schreibblock herum.

„Echt? Wo?" Überrascht leg ich den Hörer noch mal zurück. Das will ich jetzt schon genauer wissen.

„Auf der Großbaustelle hinter unserer Schule. In der ersten Pause hab ich gesehen, dass da der Geier rumläuft."

„Und du bist dir wirklich absolut sicher, dass es der Geier war und nicht jemand anderes?"

„Glaubst du vielleicht, ich kenne den Geier nicht", gibt er großspurig zurück. „Der kommt doch jedes Jahr zum Schulfest mit seinem Glücksrad von der Bank. Da gibt es immer super Preise zu gewinnen. Umsonst!"

Also das merkt sich bestimmt jedes Kind, wenn es von jemandem Geschenke bekommt. Darum glaube ich dem

Ferdi auch, dass er den Geier auf der Baustelle erkannt hat. Demnach hatte er doch einen Auswärtstermin. Nur hatte davon scheinbar niemand in der Bank Kenntnis. Das ist zwar sonderbar, aber so wird es wohl gewesen sein. Ich habe es seiner Frau ja gesagt, der kommt wieder heim.

Dann rufe ich die Anna an. Sie ist erleichtert, dass der Ferdi bei uns auf der Wache ist, denn mittlerweile war sie schon ein bisschen besorgt, weil er noch nicht zu Hause war. Dann machen wir uns an die Arbeit.

Der Knogl und der Ferdi verstehen sich bestens. Eben erklärt mein werter Kollege lange und breit den Aufgabenbereich der Polizei.

„Die Polizei schützt, hilft, bekämpft, klärt auf ..." Der Ferdi schreibt alles fleißig mit.

„Das kann ich mir gut merken, da hab ich eine prima Eselsbrücke dafür", bemerkt der Ferdi nebenbei, während er sich Notizen macht.

„Aha, und welche?", frage ich neugierig nach.

„Das hört sich genau an wie bei der Fernsehwerbung für diesen komischen Pickelstift", erklärt er arglos.

Ich muss mir fast auf die Lippen beißen, um nicht laut loszulachen.

„Der hilft auch, bekämpft Pickel und schützt vor neuen Pickeln. Außerdem klärt er die Haut, sagen die in der Werbung."

Der Knogl schüttelt ungläubig den Kopf: „Zu viel Fernsehen ist gar nicht gut", brummt er. „Außerdem senden die nur Schmarren!"

„Ein super Vergleich." Ich könnte mich gerade wegschmeißen, vor Lachen, wenn ich mir das bildlich vorstelle. Man dreht an einer überdimensionalen Hülse und heraus kommt - der Knogl und schreit: „Hände hoch!"

„Was grinst denn du so blöd?", mault er beleidigt, als könne er meine Gedanken lesen. „Also noch einmal von

164

vorne", wendet sich der Knogl jetzt etwas unwirsch an den Ferdi: „Die Polizei bekämpft natürlich keine Pickel, sondern das Verbrechen", belehrt er ihn mit erhobenem Zeigefinger. Und dann erklärt er es dem Buben noch einmal ganz ausführlich und im Einzelnen, wie vielfältig die Aufgaben der Polizei sind.

Der Ferdi kriegt fast den Mund nicht mehr zu vor lauter Bewunderung, und der Knogl genießt und schweigt. Wobei ich persönlich den Vergleich mit dem Pickelstift super finde, weil, sind wir doch mal ehrlich: Verbrecher sind die Pickel der Gesellschaft und die muss man bekämpfen und den Rest der Welt vor ihnen schützen. Der Knogl erklärt soeben ausführlich, dass man, wenn man Polizist werden will, sehr diszipliniert und sportlich sein muss.

„Haben sie da bei dir eine Ausnahme gemacht?", fragt der Ferdi und schaut den Knogl dabei treuherzig an. Er meint es mit Sicherheit nicht boshaft oder gemein. Nein, die Frage scheint er völlig ernst zu meinen.

„Wieso?", fragt der Knogl und gerät dabei leicht ins Stottern.

„Ja weil besonders sportlich schaust du nicht aus", erklärt der Ferdi mit einem Blick auf den kleinen Bierbauch vom Knogl.

Bevor die Stimmung kippt, ziehe ich meine Tüte mit dem Gebäck vom Standl hervor. Es ist höchste Zeit für eine kleine Unterbrechung: „Kleine Stärkung gefällig?"

„Danke, aber mir ist der Appetit vergangen!" Jetzt ist er tatsächlich eingeschnappt, der Herr Hauptwachtmeister, und zieht sich beleidigt an seinen eigenen Schreibtisch zurück. Dabei könnte ich schwören, dass ihm das Wasser im Munde zusammenläuft, seitdem ich mit der Tüte durch die Tür gekommen bin. Außerdem riecht es verführerisch nach Selbstgebackenem.

Der Ferdi legt sofort das Schreibzeug beiseite und folgt meiner Einladung. „Wo kann ich mir bitte die Hände waschen?"

Ich zeige ihm, wo die Toilette ist.

„Gut erzogen, der Kleine, gell?"

„Geht schon. Das mit der Ausnahme hätte er sich gerne sparen können", gibt er beleidigt zurück.

„Er hat es doch nicht böse gemeint. Da", ich halte ihm auffordernd die Tüte entgegen. „Bedien dich!"

„Danke, aber ich faste." Er ist tatsächlich eingeschnappt.

Der Ferdi kommt zurück. „Ui! Nusshörndl. Von der Hilde?" Begeistert nimmt er eines der Gebäckteilchen aus der Tüte und beißt hinein.

„Von wem denn sonst? Oder kennst du jemanden, der bessere bäckt?"

Er schüttelt den Kopf, sagen kann er im Moment nichts. Dann schaut er verwundert zum Knogl hinüber: „Magst du keine?"

Der winkt schweigend ab und steckt den Kopf tief in seine Akten.

„Er ist ein bisschen eingeschnappt", flüstere ich dem Buben zu, „weil du denkst, er sei unsportlich." Ich drücke ihm die Tüte in die Hand und deute mit dem Kopf zum Knogl.

Er kapiert sofort, was ich meine. „Es war nicht böse gemeint", sagt er mit schuldbewusstem Gesichtsausdruck. „Magst du nicht doch eine probieren? Die schmecken echt saugut!" Dabei schaut er ihn mit großen Augen an. Wer kann da noch beleidigt sein?

Im nächsten Moment springt die Tür auf und der Hafner kommt vom Einsatz zurück. „Ah, die Kollegen sind wieder einmal bei der Brotzeit! Schon komisch, gell, aber ich sehe Sie beide immer nur essen, nie arbeiten."

„Das können Sie jetzt wirklich nicht behaupten", verteidigt uns der Knogl vehement. „Wir betreiben hier aktive Nachwuchsförderung."

„Mit Schmalzgebäck?" Das glaubt uns der Dienststellenleiter nun nicht wirklich.

„Nein, mit Unterstützung eines Schulprojektes." Ich halte dem Hafner die Tüte unter die Nase. „Bitte schön, greifen Sie zu. Es ist genug für alle da." Was tut man nicht alles für ein gutes Betriebsklima. Heute verzichte ich dafür sogar auf Kuchen.

„Ein Polizist berät den Bürger und gibt Tipps rund um die Uhr", sagt der Ferdi mit erhobenem Zeigefinger.

„Das hat mir der Herr Hauptwachtmeister genau erklärt." Er deutet auf den Knogl, der damit endgültig versöhnt ist.

Es wird ein recht kurzweiliger Nachmittag. Der Hafner und der Knogl haben es sich zur Aufgabe gemacht, dem Ferdi alles genau zu erklären, damit er für sein Referat eine Eins bekommt. Ich habe somit nichts mehr zu melden, ist mir auch recht. Daher erledige ich so lange ein wenig lästige Schreibarbeit. Als sich der Ferdi dann, bepackt mit Infomaterial sowie etlichen Werbeluftballons, auf den Heimweg macht, informiere ich den Hafner noch darüber, dass der Geier heute gesichtet wurde.

„Na also, er hatte wohl doch einen Außentermin", teilt er meine Meinung. Somit ist die Sache für uns beide vom Tisch, denke ich mir so. Doch erstens kommt es anders und zweitens ...

Kapitel 16

Am nächsten Morgen erscheine ich überpünktlich auf der Dienststelle. Es kann ja nicht schaden, wieder etwas Boden gutzumachen. Schon beim Betreten der Amtsstube sehe ich die Frau Geier wieder auf der Bank sitzen. Man hat ihr eine Decke um die Schultern gelegt, und sie hält eine Tasse mit einem dampfenden Gebräu zwischen den Händen. Dem Duft nach handelt es sich um Kaffee.

„Guten Morgen", grüße ich allgemein und frage dann den Hafner leise, was passiert ist.

„Der Geier ist tatsächlich abgängig", raunt er mir zu. „Er ist die ganz Nacht nicht nach Hause gekommen. Sein Handy ist aus, er ist nicht erreichbar." Er deutet mit dem Kinn in Richtung der Frau. „Seit einer halben Stunde sitzt sie da, ist nervlich fix und fertig. Sie sagt, sie geht hier nicht eher weg, als bis wir ihren Mann gefunden haben." Hilflos kratzt er sich am Kopf.

„Was ist denn mit der Baustelle? Der Ferdi hat doch erzählt, dass er den Geier gestern auf dem Gelände neben der Grundschule gesehen hat. Er war sich sicher, und es klang für mich absolut glaubhaft."

„Der Knogl ist schon unterwegs dorthin, um nachzuschauen. In der Bank haben wir ebenfalls bereits nachgefragt. Nur, von einem Termin auf der Baustelle wusste dort niemand etwas."

„Schöne Scheiße!", denke ich mir. Wer hätte das gedacht. Vielleicht hätten wir der Sache gestern doch besser auf den Grund gehen sollen. Aber Vorschriften müssen nun einmal eingehalten werden, und nach der Aussage vom Ferdi schien der Fall für mich gelöst.

Wir stehen beide ein wenig ratlos herum, bis nach einiger Zeit endlich die Tür aufgeht und der Knogl hereinhetzt. Er ist vor lauter Eile völlig außer Atem, und wir warten gespannt auf seine Rückmeldung.

„Nix! Absolut rein gar nix! Nicht die geringste Spur von Ihrem Mann. Leider."

Die Frau Geier war erwartungsvoll aufgestanden, jetzt sinkt sie mutlos wieder zurück auf die Bank.

„Dann nehme ich jetzt erst mal die Vermisstenanzeige auf", sage ich mitfühlend und greife nach einem Kugelschreiber.

„Ach jetzt auf einmal geht es?", fährt sie mich vorwurfsvoll an. „Gestern wollten Sie keine Anzeige aufnehmen."

„Ich habe Ihnen doch gestern ausführlich erklärt, wie die Vorschriften sind", verteidige ich mich.

Nun wird sie aber richtig sauer und poltert los: „Ich kenne meinen Mann. Der verschwindet nicht einfach so grundlos. Es muss ihm etwas passiert sein, aber das wollten Sie ja gestern absolut nicht wahrhaben. Wissen Sie, wie kalt es nachts draußen ist?" Ihre Verzweiflung ist mittlerweile einer handfesten Wut gewichen. „Er kann irgendwo verletzt herumliegen oder mittlerweile vielleicht sogar erfroren sein. Dann sind Sie schuld, weil Sie ihn nicht suchen wollten." Sie fängt an zu weinen. Ein Auf und Ab der Gefühle.

Der Hafner reicht ihr stumm ein Taschentuch, das sie dankbar entgegennimmt. Sie schnäuzt sich hörbar. Danach herrscht eine bedrückende Stille im Raum.

Als mit einem Mal das Telefon läutet, sind wir beinahe erleichtert. Eine willkommene Ablenkung. Bevor ich aber die Chance habe abzuheben, hängt schon der Knogl an der Strippe. So ein Wichtigmacher!

„Aha ... aha ... wo?" Ein aufschlussreiches Gespräch.

„Eine Wasserleiche hätten wir!", schreit er quer durch den Raum zum Hafner hinüber.

Ich schüttle fassungslos den Kopf, verdrehe die Augen und zeige dem Knogl den Vogel. Geht es noch unsensibler? Da sitzt eine Frau im Zimmer, nervlich am Ende, weil sie ihren Mann vermisst, und der Knogl schreit in einer Lautstärke herum, dass der ganze Stadtplatz wackelt, „dass wir eine Wasserleiche haben." Sind wir hier auf dem Basar? „Wasserleiche, ganz frisch, heute im Angebot!" Der spinnt doch komplett!

Der Hafner ist ganz meiner Meinung, weil er fährt den Knogl an: „Knogl, sind Sie wahnsinnig geworden?" Dann aber anschließend ein wenig leiser und höchst interessiert: „Wo?"

„Wo?", schreit daraufhin der Knogl in den Hörer. „Passau!"

Der Hafner schaut mich an, ich schaue den Hafner an. Das wären mehr als sechzig Kilometer Entfernung.

Dann schütteln wir beide den Kopf, denn das kann fast nicht der Geier sein. Berücksichtigt man die derzeitige Fließgeschwindigkeit der Donau, ist diese Entfernung fast unmöglich. Und sollte sich in Schnaipfing jemand in die Fluten werfen, bleibt er im Normalfall erst mal für eine Zeit unter Wasser, bis ihn die Verwesungsgase wieder aufsteigen lassen. Am Grund der Donau liegt so einiges, worin man sich verfangen könnte.

„Unwahrscheinlich!", lautet daher mein Urteil. „Das ist er nicht."

Der Hafner mutmaßt das Gleiche und darum gibt der Knogl diese Erkenntnis sofort an den Anrufer weiter: „Das ist er nicht", sagt er und legt auf. „Warum ist er das nicht?", richtet er die Frage an uns und kommt herüber.

Der Hafner erklärt es ihm: „Eine Wasserleiche wird ja nicht unbedingt sofort mit den Fluten mitgerissen. Außerdem haben wir extremes Niedrigwasser, was bedeutet, dass die Donau langsamer fließt als sonst und sich jemand, der ins Wasser springt, ganz leicht im Morast verfangen kann. So eine Wasserleiche kann wochenlang am Boden liegen, bis sie wieder auftaucht."

„Ah! Physik!", geht dem Knogl jetzt ein Licht auf.

„Oder Chemie!", gebe ich meinen Senf dazu: „Bei der aktuellen Fließgeschwindigkeit kommt ein Körper vielleicht zehn bis fünfzehn Kilometer weit. Höchstens, allerhöchstens zwanzig, denke ich."

„Vielleicht ist er ja ein Stück geschwommen?", überlegt der Knogl.

Wie kann man nur so blöd sein? „Jemand, der sich umbringen will, der springt doch nicht ins Wasser und schaut, wo es am schönsten ist zum Untergehen!", fahre ich ihn genervt an. Der Mensch macht mich heute Morgen wahnsinnig.

„Er könnte ja auch hineingefallen sein und wollte vielleicht wieder herausschwimmen und dabei ist er dann leider ersoffen."

Das wäre allerdings möglich. Ich bin automatisch von einem Suizid ausgegangen. Einen Unfall habe ich gar nicht erst in Erwägung gezogen. Warum eigentlich? Aus dieser Sicht schaut die Sache natürlich wieder ganz anders aus.

Auch der Hafner nickt überzeugt: „Sehr gut, Knogl. Das wäre eine Möglichkeit!"

Die Frau vom Geier erhebt sich langsam von ihrem Sitzplatz und legt sorgfältig unsere Decke zusammen. Dann legt sie dieselbe ordentlich auf der Bank ab, nimmt den leeren Kaffeebecher und stellt ihn mit einem lauten Knall vor uns auf den Tresen. „Wissen Sie", sagt sie, „Sie haben mich überzeugt. Ich gehe wieder nach Hause und warte dort auf eine Nachricht. Ich habe gedacht, ich wäre in einer Polizeistation, aber das hier, das ist ja ein Irrenhaus!" Damit dreht sie sich um und verlässt grußlos das Revier.

„Die haben wir jetzt völlig vergessen", meint der Hafner mit betretener Miene. Sein schlechtes Gewissen ist aber nur von kurzer Dauer. „Wir gehen der Sache mit der Wasserleiche noch einmal nach", bestimmt er und verschwindet in seinem Büro. Dort telefoniert er höchstpersönlich mit den Kollegen von der Wasserschutzpolizei. Kurze Zeit später kommt er zurück. „Das ist er nicht!", erklärt er sehr bestimmt mit einem äußerst vorwurfsvollen Blick auf den Knogl.

„Wie konnten Sie das jetzt so schnell feststellen?", frage ich. Wasserleichen sind nicht immer auf den ersten Blick zu identifizieren. Je nachdem, wie lange sie im Wasser lagen. Außer der Tote trägt persönliche Papiere bei sich und auch dann ist nichts gewiss.

„Weil es sich um eine weibliche Leiche handelt!" Der Hafner lässt dabei den Knogl nicht aus den Augen. „Das hätten die Kollegen dem Herrn Kollegen auch unmissverständlich mitgeteilt. Wasserleiche, weiblich! Aber der Herr Kollege Knogl hat diese nicht unwesentliche Information scheinbar überhört!"

Ein Blick sagt mehr als tausend Worte, aber der Knogl leidet heute nicht nur an einer Hör-, sondern auch an einer Sehschwäche. „Ja mei", meint er nur unbeeindruckt. „Soll ich der Frau Geier Bescheid geben, dass die Wasserleiche nicht ihr Mann ist, sondern eine Frau?"

„Auf keinen Fall! Knogl, Sie machen da gar nichts! Verstanden?" Der Hafner ist der Verzweiflung nahe.

„Meisinger", wendet er sich an mich. „Sie geben eine Meldung an alle Kollegen der umliegenden Dienststellen heraus. Haben wir eine exakte Beschreibung vom Geier? Fotos, Angaben über seine Kleidung?"

Das muss ich leider verneinen. Außer dem Kennzeichen und der Automarke habe ich mir nichts notiert.

„Gut", sagt der Hafner. „Dann fahre ich jetzt zum Haus der Geiers, besorge die restlichen Informationen und bitte seine Frau um ein aktuelles Foto."

„Warum wollen Sie ein Foto von der Frau Geier?" Der Knogl wieder.

Jetzt schwillt dem Hafner endgültig der Kamm. „Vom Herrn Geier!", schreit er ihn an.

„Knogl, bitte setz dich wieder an deinen Schreibtisch und sortiere Bleistifte oder zähl Büroklammern. Mach, was du willst, aber geh ins Büro und lass uns hier arbeiten!", flehe ich ihn an. „Du bist heute so neben der Spur, dass man dich zu nichts gebrauchen kann."

Er schaut mich zwar ein bisschen beleidigt an, macht aber dann doch das, worum ich ihn gebeten habe. Ich möchte wirklich wissen, was mit dem los ist, aber erst einmal muss ich mich um den Geier kümmern.

Die Fahndung kann ich fürs Erste nur in abgespeckter Form herausgeben, weil ja noch das Foto fehlt und ich eine genaue Beschreibung seiner Kleidung brauche. Dann suche ich meine Aufzeichnungen heraus, die ich bisher über den Vermissten gemacht habe. Habe ich da vielleicht irgendetwas Wichtiges übersehen? Doch ich kann beim besten Willen nichts finden.

Der Geier wird vom Kainzbauer erpresst, aber der liegt ja immer noch im Krankenhaus und kann ihm zurzeit nicht gefährlich werden. Welche Informationen genau zwischen den beiden geflossen sind, hat er mir gegenüber nicht erwähnt. Ich muss noch einmal zum Kies-Kainz. Irgendwie habe ich den Verdacht, dass der um einiges mehr weiß, als er mir gegenüber zugegeben hat.

„Ich fahre zum Kies-Kainz", informiere ich den Knogl. „Wenn es was Neues in Sachen Geier gibt, meldest du dich bitte gleich bei mir, ja?" Er nickt und ich düse los.

Der Kies-Kainz kommt mir gerade mit einem Laster entgegen, als ich in die Straße zum Werk einbiege. Ich schalte das Blaulicht ein und stelle mich ihm mit meinem Wagen mitten in den Weg. Wild gestikulierend, zeigt er mir durch die Windschutzscheibe an, dass ich ihn durchlassen soll. Das interessiert mich null. Ich steige aus dem Dienstwagen, gehe langsam nach vorn und lehne mich entspannt an die Motorhaube. Sichtbar genervt dreht er das Seitenfenster herunter.

„Mensch, jetzt fahren Sie endlich zur Seite, ich habe eine Fuhre, die rausmuss!", fordert er mich unfreundlich auf.

„Und ich habe einen Fall, den ich lösen muss!", gebe ich in gleichem Tonfall zurück.

„Ich habe Ihnen doch gesagt, dass mir der Theo egal ist. Und dass ich mich wegen dem nicht in den Knast setze. Ich war auch seit dem einen Mal nicht mehr im Krankenhaus. Was wollen Sie denn noch von mir?"

„Es geht jetzt nicht mehr nur um Ihren Bruder, sondern auch um den Stadtrat Geier. Der Hinweis auf den Geier kam von Ihnen."

„Dann fragen Sie doch den Geier selbst und lassen mich mit diesem Unsinn in Ruhe. Ich habe für so was wirklich keine Zeit."

„Den würde ich ja gerne fragen, aber er ist leider seit gestern spurlos verschwunden."

„Dann wird er wohl genügend Dreck am Stecken haben."

Ich reagiere nicht auf diesen Vorwurf.

„Denken Sie vielleicht, ich hätte was mit dem Verschwinden vom Geier zu tun?"

Ich zucke mit den Schultern. „Sagen Sie es mir."

„Ich habe weder mit den dreckigen Machenschaften von dem Theo was zu tun, noch habe ich den Geier verschwinden lassen. Ist das klar?"

„Sie parken jetzt erst mal Ihren Laster und dann werden Sie mir genau erzählen, was Sie über die Geschäfte der beiden wissen. Ist das klar?" Jetzt ist einmal Schluss mit dem Spielchen *lieber Bruder, böser Bruder*! „Vorher fahren Sie nämlich nirgendwohin!", unterstreiche ich meine Forderungen.

Mag er auch noch so fluchen, dem Kainz bleibt nichts anderes übrig, als seinen Laster zurückzusetzen und zu parken.

„Gehen wir in mein Büro", sagt er.

Dafür bin ich ihm wirklich dankbar, weil mittlerweile friere ich gewaltig in dieser Eiseskälte.

Sein Büro hat mit dem Prunkbau seines Bruders nicht die geringste Ähnlichkeit. Da liegen Welten dazwischen. Flachbau, ebenerdig, es gibt ein Vorzimmer mit Kaffee-Nische, eine Toilette und das Büro vom Chef, sonst nichts. Es erinnert viel mehr an einen Container als an ein Firmengebäude.

Auch die Sekretärin schaut hier mehr nach Kieswerk als nach Baufirma aus. Also nicht, dass wir uns jetzt falsch verstehen. Sie ist nicht etwa so ein Mannweib, vor dem man Angst bekommt. Nein, die Sekretärin vom Kainz ist eine adrette Frau mittleren Alters, die sich aber kleidungsmäßig an ihr berufliches Umfeld angepasst hat, was vermutlich pragmatische Gründe hat. Sie trägt Jeans, einen groben Strickpulli und Stiefeletten. Mit einem schicken Kostüm und Pumps wäre sie hier auch irgendwie deplatziert.

„Was wollen Sie jetzt genau von mir?" Er wirkt wesentlich gemäßigter als vorher, aber immer noch genervt.

„Welchen Dreck hat der Geier am Stecken und wer könnte etwas mit seinem Verschwinden zu tun haben?"

„Genau weiß ich das auch nicht", gibt der Kainz zu. „Ich kenne den Geier kaum. Fakt ist nur, dass es mit der Baufirma steil bergauf geht, seit der Theo mit dem Geier, sagen wir einmal, besser befreundet ist. Anfangs hat er Einfamilienhäuser gebaut, wenn es gut lief, einen Supermarkt. Auf einmal wurden daraus ganze Firmenkomplexe und Straßenzüge. Anfangs vermehrt in Schnaipfing und Umgebung. Mittlerweile kommen die Aufträge aus ganz Deutschland und halb Europa, was ich mitbekomme. Bei allem, was unsere Stadt betrifft, bekommt automatisch der Theo den Zuschlag, außer wenn es sich um kleinere Sachen handelt, die fallen dann kurioserweise an Fremdfirmen. Da ist doch hundertprozentig etwas faul."

„Wann ist das mit den Großprojekten ungefähr losgegangen?"

„Vor etwa acht bis zehn Jahren." Er überlegt kurz. „Ziemlich genau zu der Zeit, nachdem er dem Geier das Haus vom Ferdinand zugeschanzt hat. Ab da war es bei mir mit der Freundschaft aus, wie man so schön sagt."

„Wie war Ihr Verhältnis zum Ferdinand? Haben Sie ihn gut gekannt?" Hatte ich mit meinem Verdacht doch nicht falschgelegen.

„Der Ferdinand war unser bester Mann. Wir kannten uns schon ewig. Sein Vater hat schon bei uns gearbeitet. Der Ferdinand ist quasi in der Firma aufgewachsen und hat dann logischerweise die Lehre bei uns gemacht. Er war fleißig und kompetent. Auf den konnten wir uns blind verlassen. Jeder wusste, was der Ferdinand angreift, das hat Hand und Fuß. Bis zu der Geschichte mit dem maroden Baugerüst."

„Was ist passiert?"

„Konkursware aus irgendeiner Betriebsauflösung. Der Theo hat es gekauft, ohne es sich vorher genauer anzuschauen. Als er dann bemerkt hat, dass einige Teile nur Schrott waren, hat er es dem Ferdinand billig angedreht. Hauptsache, er war den Krempel los."

„Ich dachte, er hat es ihm geschenkt? Das behauptet jedenfalls die Witwe."

Er lacht auf. „Ha! Der Theo hat nichts zu verschenken, wenn für ihn nicht ein Vorteil dabei entsteht, das können Sie mir glauben. Der war schon immer geldgeil. Das Gerüst hat er gegen Überstunden verrechnet."

„Was ich nicht verstehe, wenn der Ferdinand so ein erfahrener Mauerer war, dann muss er doch bemerkt haben, dass das Gerüst nicht mehr zu gebrauchen war. Wieso hat er es trotzdem benutzt?"

„Glauben Sie mir, dieselbe Frage habe ich mir selbst immer wieder gestellt. Ich habe nur die eine Erklärung, dass der Ferdinand dem Theo und mir blind vertraut hat. Und es waren ja auch nicht alle Teile des Gerüstes schlecht. Beim Aufbau hätte er in jedem Fall die defekten Platten erkennen und aussortieren müssen. Vielleicht hat er gedacht, für dieses eine Mal halten sie noch und er wirft sie nach seinem Hausbau weg? Wenn jemand was wissen könnte, dann höchstens der Theo, und der wird den Teufel tun und etwas sagen, was ihn belasten könnte."

„Wie haben Sie sich nach dem Unfall verhalten?"

„Ich habe den Theo zur Rede gestellt, ihm die Hölle heiß gemacht."

„War das der Grund, warum er sich der Anna gegenüber so großzügig erwiesen hat? Er soll ihr ja finanziell sehr unter die Arme gegriffen haben."

„Es haben damals alle Mitarbeiter zusammengelegt, um der Anna fürs Erste über die Runden zu helfen. Eine Bestattung kostet ja einiges und die Anna war damals noch dazu hochschwanger. Das war eine schöne Summe, die dabei zusammengekommen ist."

„Die Anna hat mir erzählt, dass Ihr Bruder die gesamten Beerdigungskosten übernommen hätte. Es hat sich für mich nicht so angehört, als wüsste sie etwas von einer Sammelaktion der Kollegen."

Die Zornesröte schießt dem Kainz ins Gesicht. „Sehen Sie!", brüllt er los, „das meine ich damit. Sogar das hat dieser Drecksack für sich ausgenutzt. Wir haben uns alle gewundert, weil nie eine Reaktion, ein persönliches Dankeschön von ihr kam, nur vom Theo. Wir dachten, es wär wegen den dramatischen Umständen und allem. So bekommt das Ganze natürlich einen anderen Sinn." Er schüttelt den Kopf.

„Sie haben gesagt, der Theo geht über Leichen. Das war aber erst eine. Gibt es da noch etwas, was mir in diesem Fall weiterhilft?"

„Ich bin mir nicht sicher, ob ich Ihnen überhaupt weiterhelfen will. Aber vielleicht ist es endlich an der Zeit, dass der Theo für das alles die Quittung präsentiert bekommt."

„Könnten Sie damit leben, wenn Sie wüssten, Ihr Bruder wurde ermordet und Sie hätten es verhindern können? Damit machen Sie sich mitschuldig."

Er zuckt die Schultern und zündet sich eine Zigarette an. Dabei schaut er lange aus dem Fenster. „Der Theo hat dem Geier das Haus vom Ferdinand vermittelt. Ein paar Monate später hat er dann die feuchten Wiesen vom Schachtner gekauft. Die waren absolut wertlos. Jahrelang hat sich kein Mensch für diesen Flecken Erde interessiert. Kurz nach dem Notartermin, als der Grund offiziell dem Theo gehörte, wurde daraus Bauland."

„Netter Zufall."

„Klingelt es da nicht bei Ihnen? Geier - Stadtrat - Bauausschuss! Ich glaube nicht an Zufälle."

„Reden wir hier vom selben Schachtner, der vor einigen Wochen tödlich verunglückt ist?"

Der Kainz dreht sich zu mir um und schaut mich ernst an. „Gestorben ist der Schachtner schon lange. Das war nur noch sein erbarmungswürdiger Körper, der existiert hat. Die Seele und seine Lebensfreude hat er spätestens mit dem Tod seiner Frau verloren." Da ich nichts erwidere, fährt er fort. „Der Schachtner hatte früher einen Bauernhof mit Milchkühen. Er hatte Arbeit ohne Ende, aber nie Geld. Seine Wiesen waren wertlos und kaum, dass sie verkauft waren, wurden sie zu Bauland und damit ein Vermögen wert. Davon hat er aber nichts mehr abbekommen. Seine Frau, die immer schon nervlich angeschlagen war, wurde danach hochgradig depressiv. Irgendwann ist sie mitten unter der Arbeit raus aus dem Stall und runter zur Bahnlinie. Sie hat sich einfach vor einen Zug geworfen. Das hat der alte Schachtner nicht gepackt. Hat bis zum Schluss gesoffen wie ein Loch."

Bei mir fällt jetzt endlich der Groschen. Sicher hatte das seine Mutter gemeint mit: „Die haben ihn umgebracht!"

„War der Suizid vor oder nach dem Verkauf der Wiesen?"

„Danach."

„Und Sie denken, das hängt damit zusammen?"

„Möchten Sie so ein Leben führen? Von früh bis spät buckeln und schuften und das Geld reicht trotz allem hinten und vorne nicht. Nie Urlaub machen können, kein Ausschlafen am Wochenende und trotzdem niemals ein sorgenfreies Leben führen können. Und dann kommt so ein Anzugträger und bietet dir ein bisschen Geld für einen wertlosen Grund, den er im Anschluss als teures Bauland weiterverkauft. Ich glaube, da würde jeder verzweifeln."

Da stimme ich ihm zu. So ein Leben möchte keiner führen. Nur leider ist das heutzutage das Los vieler Kleinbauern, dass die Arbeit mit der Landwirtschaft nicht mehr ausreichend Geld abwirft, um eine Familie ernähren zu können.

Für heute habe ich genug Informationen gesammelt. Ich will mich gerade verabschieden, da läutet mein Handy.

Der Knogl ist dran: „Sie haben den Geier gefunden!", informiert er mich aufgeregt. „Der Hafner ist schon vor Ort."

„Lebend oder tot?"

„Noch lebt er, aber an deiner Stelle würde ich mich beeilen. Schaut so aus, als könnte sich das demnächst ändern."

Der ist lustig!

„Sorry, aber mir pressiert es jetzt", verabschiede ich mich eilig vom Kainz und renne hinaus zu meinem Wagen.

„Pressiert hätte es mir auch, aber das interessiert ja niemanden!", schreit er mir nach, aber das höre ich schon gar nicht mehr.

Ich schalte das Blaulicht an und die Sirene und flitze mit einem Affenzahn quer durch die Stadt, so was hast du noch nicht gesehen. Die Blaulichter blinken mir schon von Weitem entgegen.

Wie ich bei der Baustelle neben der Grundschule eine Vollbremsung hinlege, spritzt der Kies nur so auf alle Seiten. Der Geier ist nämlich doch hier, das hat mir jedenfalls der Knogl am Telefon erzählt. Die Feuerwehr ist vor Ort, der Hafner sowieso und den Sanka-Fritze sehe ich auch mit seinem Rettungswagen. In der benachbarten Schule ist an Unterricht nicht mehr zu denken. Sämtliche Kinder und Lehrer kleben mit ihren Gesichtern an den Fensterscheiben. So einen Großeinsatz sieht man schließlich nicht alle Tage.

Ich begebe mich schnurstracks zum Hafner hinüber. „Wo ist er?", frage ich außer Atem.

„Da oben." Er deutet mit dem Finger hinter mich hoch in die Luft.

Ich muss meine Augen zusammenkneifen, weil mich das Sonnenlicht blendet. Als ich mich an die Helligkeit gewöhnt habe, sehe ich ihn. Zumindest denke ich auf die weite Entfernung hin, dass es der Geier sein könnte. Er sitzt nämlich hoch oben im Fahrerhaus eines Baukranes.

Darum konnte ihn der Knogl auch nicht finden, als er hier war. Der hat nur hier unten am Boden Ausschau gehalten. Bemerkt haben muss ihn zuallererst einer der Schüler. Dem wollte aber niemand Glauben schenken. Als dann später der Kranführer seine Arbeit aufnehmen wollte und zur Kanzel hinaufgeklettert ist, hat er gesehen, dass diese bereits besetzt war. Nachdem der Geier auf seine Aufforderung, das Feld zu räumen, nicht reagiert hat, hat er den Bauleiter informiert und dieser dann uns, erklärt mir der Hafner, was er bisher in Erfahrung bringen konnte.

„Der muss schon ewig da oben sitzen." Er ist ratlos. Dann nimmt er die Flüstertüte zur Hand und schreit hoch zur Kabine. „Geier! Sie kommen jetzt sofort von da oben runter! Haben Sie mich verstanden?"

Trotz seiner freundlichen Aufforderung regt sich dort oben nichts.

„Er will nicht." Neben dem Hafner hat sich mittlerweile der Kranführer mit einem Fernglas postiert. Kopfschüttelnd schaut er zum Geier hoch. Aus dieser Entfernung kann man ohne Sehhilfe weder die Person noch deren Reaktion eindeutig erkennen.

„So ein sturer Bock!", flucht er und drückt dabei das Fernglas fest an die Augen, um ja nichts zu verpassen.

„Was machen wir?" Der Kommandant der Feuerwehr wartet auf weitere Anweisungen vom Hafner, der die Einsatzleitung übernommen hat. Die Anordnung kommt prompt und unmissverständlich: „Holt ihn runter!", befiehlt der Hafner und zuckt hilflos die Schultern. Was soll er auch sonst sagen.

„Drehleiter!", beschließt der Feuerwehrler. Dann dreht er sich zu seinen Kameraden um und brüllt: „Fahrt's die Leiter aus!"

Eine Traube von Schaulustigen hat sich mittlerweile am Gelände eingefunden. Darunter auch ein Vertreter der örtlichen Presse. Der ist eifrig damit beschäftigt, Fotos zu schießen, und stört dabei die Arbeit der Feuerwehr. Der Hafner stellt sich unauffällig in Positur. Brust raus, Bauch rein, Schultern zurück. Schließlich möchte man als Einsatzleiter morgen in der Zeitung möglichst vorteilhaft dargestellt werden.

„Schleicht's euch!", blaffe ich die Menge an, aber die bewegt sich keinen Zentimeter zur Seite. Darum leihe ich mir kurz die Flüstertüte vom Hafner und brülle hinein: „Wer nicht in einer Minute vom Gelände ist, bekommt ein Bußgeld aufgebrummt, das sich gewaschen hat!"

Ob es jetzt die Lautstärke war oder der drohende Bußgeldbescheid, kann ich nicht sagen. Fakt ist, dass sich die Gruppe murrend von der Baustelle trollt. Allerdings nur bis zum gegenüberliegenden Bürgersteig, aber da behindern sie zumindest keinen bei der Arbeit.

Der Sanka-Fritze stößt mich anerkennend in die Rippen: „Gut gemacht!"

„Blöde Gaffer!", kommentiere ich und meine damit die neugierigen Städter.

„Sie reicht nicht." Die Feststellung des Feuerwehrkommandanten holt mich wieder zurück zur aktuellen Lage. Die Drehleiter ist zu kurz, um bis an das Führerhaus zu gelangen. Der Kranführer steht immer noch neben dem Hafner.

„Die Kanzel ist auf fünfunddreißig Meter", sagt er und meint damit zugleich die Höhe, in welcher der Geier seit Stunden festsitzt.

„Unsere Leiter hat nur dreißig Meter", entgegnet der Kommandant mit einem Bedauern, als sei es seine Schuld, warum die Leiter zu kurz ist.

„Und jetzt?" So einen Fall hat der Hafner bisher noch nie erlebt. „Sprungtuch?" Er schaut fragend in die Runde.

„Sprungkissen", meint der Feuerwehrler. „Bei dieser Höhe richtet man mit einem Tuch nichts mehr aus. Damit kann man nur noch den Baz zudecken, der übrig bleibt." Er grübelt. „Könnte auch mit einem Sprungkissen äußerst kritisch werden." Trotzdem erteilt er seinen Kameraden den Befehl zum Aufbau desselben.

„Ihr glaubt doch nicht im Ernst, dass der Geier da hineinspringt?", frage ich entgeistert. Das kann ich mir absolut nicht vorstellen. Die meisten Menschen haben schon Probleme, vom Zweimeterbrett im Hallenbad zu springen. Erst recht ein Mensch wie der Geier. Der springt doch nie im Leben aus fünfunddreißig Metern Höhe auf ein kleines Luftkissen in die Tiefe. Hätte er sich umbringen wollen, dann läge er schon längst vor uns auf dem Boden und säße nicht da oben in schwindelerregender Höhe, da bin ich mir absolut sicher. „Und was, wenn er daneben springt?", sinniere ich weiter.

„Vielleicht sollte man doch einen Pfarrer holen, vorsorglich", mischt sich jetzt der Sanka-Fritze ins Gespräch mit ein. Der hat sich mittlerweile zu uns herüber gesellt und gibt nun ebenfalls seinen Senf dazu. „Weiß überhaupt seine Frau schon Bescheid, was hier los ist?", erkundigt er sich.

Der Hafner schüttelt abwehrend das Haupt. „Die können wir hier jetzt wirklich nicht gebrauchen."

„Ah, vielleicht doch", sinniert der Fritze. „Das könnte durchaus eine psychologische Wirkung auf den Geier haben. Bestenfalls kommt er dann freiwillig herunter, wenn er sein Eheweib sieht, wer weiß?"

„Ach so, ja dann." Der Hafner überlegt kurz und willigt schließlich ein. Er kann jede Unterstützung gebrauchen, damit der Geier sein Nest verlässt. Weil ich aber jetzt auf gar keinen Fall die Baustelle verlassen will und der Knogl die Stellung auf der PI halten muss, wird kurzerhand ein Kollege vom Fritze beauftragt, die Frau vom Geier herbeizuholen. „Dann hat sie auch gleich medizinische Betreuung, falls sie einen hysterischen Anfall bekommt", meint der Hafner pragmatisch.

Die Feuerwehr will sich nun doch nicht so ganz auf die Sache mit dem Sprungkissen verlassen und fordert Unterstützung aus dem Nachbarlandkreis an. Die Kollegen dort haben nämlich ein nigelnagelneues Löschfahrzeug mit einer Drehleiter, die man bis auf eine Länge von zweiundvierzig Metern ausfahren kann.

„Das sind halt die Vorteile einer Großstadt", bedauert der Kommandant sichtlich. Er hätte selbst gerne ein solches Fahrzeug in seinem Fuhrpark, aber in Schnaipfing sind halt auch die Häuser kleiner.

Mittlerweile ist es arschkalt geworden. Jeder, der hier ausharren muss, friert erbärmlich. Ich frage mich, wie es dem Geier da oben in seinem Kabuff wohl gehen mag. Vermutlich ist er schon längst erfroren und wir könnten uns das ganze Trara hier sparen.

Ich leihe mir kurz das Fernglas vom Kranführer, der es nur sehr widerwillig herausrückt. Dann schaue ich zum ersten Mal selbst hindurch und mache mir mein eigenes Bild von der Situation.

Der Geier starrt stur in eine Richtung am Horizont, aber er atmet noch. Zumindest hat es den Anschein, als würde sich sein Brustkorb leicht bewegen. Irgendjemand ist auf die glorreiche Idee gekommen, vom amerikanischen Schnellimbiss eine Ladung Kaffee und Hamburger zu holen, und so stehen wir einträchtig mit Bechern und Burgern beladen beisammen und warten auf die Unterstützung der Nachbarwehr. Es entsteht eine rege Unterhaltung über dies und jenes, sodass wir alle fast schon die Dramatik der Situation vergessen. Erst als man nach gut zwanzig Minuten ein sich schnell nahendes Martinshorn vernehmen kann, wird uns wieder bewusst, warum wir alle überhaupt hier sind. Relativ zeitgleich mit der Nachbarwehr trifft auch die Frau vom Geier bei uns ein.

Sie steigt mit wackeligen Beinen, weiß wie die Wand, aus dem Wagen und kommt stolpernd zum Einsatztrupp. Dabei muss sie von einem Sani gestützt werden.

„Er mag einfach nicht herunterkommen", informiert sie der Hafner vorwurfsvoll, so als würde es sich um ein bockiges Kleinkind handeln, das sein Zimmer nicht verlassen will.

„Kann ich mit ihm reden?", bittet sie mit zittriger Stimme.

„Wie wollen Sie denn das anstellen? Der versteht Sie doch von hier unten gar nicht und sein Mobiltelefon ist aus!", entgegnet der Hafner.

Sie deutet auf das Megaphon. „Was ist damit?"

Davon ist der Hafner jedoch wenig begeistert. „Auf keinen Fall!", entgegnet er energisch.

„Doch, gib's ihr!", hetzt ihn der Fritze auf. Der ist richtig sensationssüchtig. „Runter muss er, so oder so." Was immer er damit meint. „Außerdem friert es mich so dermaßen und ich will jetzt endlich wieder zurück zum Stützpunkt."

Damit spricht er uns allen aus der Seele. Jeder hier ist mittlerweile ziemlich durchgefroren. Die Apotheken dürfen sich in den nächsten Tagen auf ein florierendes Geschäft freuen. Heute haben sich mit Sicherheit einige eine fette Erkältung eingefangen.

Der Hafner überlegt noch immer, wie er als Nächstes vorgehen soll. Weil aber auch er mit seinem Latein am Ende und die Feuerwehr gerade dabei ist, die Leiter auszufahren, drückt er der Frau vom Geier kapitulierend das Megaphon in die Hand. „Machen Sie, was Sie wollen!"

Ich zeige ihr, wie sie es bedienen muss. Der Hafner, der Feuerwehrkommandant und sogar der Fritze haben in der Zwischenzeit Ferngläser aufgetrieben, keine Ahnung woher. Alle Augen sind fest nach oben gerichtet.

„Franz, ich bitte dich, komm von da oben runter! Hörst du? Komm runter. Was es auch ist, wir schaffen das gemeinsam." Sie fleht ihn förmlich an.

Mit einem Mal kommt Bewegung in die Sache.

Der Kranführer muss vom ständigen Nach-oben-Schauen mittlerweile schon einen ganz steifen Hals haben. Doch plötzlich schreit er: „Er bewegt sich!"

Ringsum recken alle die Hälse. Ein Raunen geht durch die aufgewühlte Menge und dann geht alles ganz schnell.

Der Geier senkt den Kopf und schaut nach unten. Vermutlich erkennt er zwischen all den vielen Menschen seine Frau. Dann richtet er sich auf, öffnet das Kabinenfenster und klettert wie in Trance hinaus.

Hektik bricht bei den Einsatzkräften aus.

Der Kommandant brüllt: „Schickt euch!", und will damit seine Kollegen, die für die Drehleiter zuständig sind, zur Eile antreiben.

Ringsum wird es mucksmäuschenstill. Man könnte eine Nadel fallen hören. Jeder, ob groß, ob klein, hält die Luft an.

Doch kurz bevor ein Feuerwehrmann mit der rettenden Leiter den Geier erreicht, stürzt dieser ab.

Ein ohrenbetäubender Aufschrei ertönt. Es muss in der ganzen Stadt zu hören sein. Die Zuschauer, die Schulkinder, alles kreischt und schreit vor Entsetzen über das, was gerade passiert. Einige halten sich die Hände vor die Augen, andere filmen die Szene mit ihrem Handy, und die Frau vom Geier wird vor Aufregung ohnmächtig. Ein dumpfer Aufprall ist zu hören, dann ist es still.

Blitzschnell hilft man dem Sanka-Fritze, auf das Sprungkissen zu klettern. Stille! Dann hebt er die Hand und schreit: „Er lebt!"

Das ganze Szenario könnte man gut für Aufnahmen zu einem Actionfilm halten, denn mit einem Mal bricht lauter Jubel los. Die Menge johlt und klatscht enthusiastisch.

Der Schnaipfinger Feuerwehrkommandant reibt sich die Hände. „Fünfunddreißig Meter!" Er platzt fast vor Stolz und meint damit die Sprunghöhe, der das Kissen standgehalten hat.

Die Kollegen aus dem Nachbarlandkreis fahren enttäuscht und unverrichteter Dinge die Leiter wieder ein. Sie bedauern es, nicht die Helden dieses Spektakels gewesen zu sein.

Ich wandere hinüber zum Fritze, der jetzt wieder festen Boden unter den Füßen hat. „Und?", frage ich ihn, „wie geht's ihm?"

„Ein bisschen ramponiert ist er halt", meint der Fritze. „Den fahren wir jetzt erst einmal ins Klinikum, damit sie ihn wieder zusammenflicken, danach kommt er nach Mainkofen in die Psychiatrie."

„Und was machen wir mit ihr?", frage ich weiter und deute auf die Frau Geier, die gerade wieder zu sich kommt.

„Die nehmen wir auch gleich mit. Das schadet ihr bestimmt auch nicht, nach dieser Aufregung."

Zurück auf der Wache ist die Freude über den Ausgang des Dramas etwas verhalten. Der Knogl ärgert sich furchtbar, als wir ihm die Geschichte bis ins Detail schildern, weil da wäre er auch gerne dabei gewesen, sagt er. Das glaube ich ihm.

Kapitel 17

Gott sei Dank ist Wochenende! Der Geier liegt im Krankenhaus und soll im Laufe der kommenden Woche nach Mainkofen in die Psychiatrie verlegt werden. Aber das war nach seiner verrückten Aktion auf der Baustelle auch nicht anders zu erwarten. Noch dazu, wo nicht auszuschließen ist, dass es nicht doch ein Suizidversuch gewesen sein könnte.

Ich für meinen Teil habe beschlossen, an diesem Wochenende ausgiebig - nichts zu tun! Absolut und überhaupt gar nichts, außer ausschlafen, frühstücken, duschen, faulenzen, Mittag essen, faulenzen ... den lieben langen Tag lang.

Es ist kaum zu glauben, wie viel Kraft und Nerven mich diese Woche gekostet hat. Mit kannenweise heißem Tee und ein paar Aspirin konnte ich eine Erkältung gerade noch so abwehren. Trotzdem brauche ich auch wieder einmal ein paar ruhigere Tage, und die sollen es an diesem Wochenende für mich werden. Wer weiß, was die kommende Woche wieder alles an unliebsamen Überraschungen auf Lager hält.

Den ersten Teil, den mit dem Aufstehen, habe ich bereits hinter mich gebracht. Ich bin gerade dabei, mir die Zähne zu putzen, als ich meine zu hören, dass jemand meine Haustür aufschließt, was aber völlig unmöglich ist, denn ich bin ja Single. Deshalb widme ich mich weiter meiner Morgentoilette.

„Huhu, Mädi! Überraschung!"

Die Mama! Das darf doch nicht wahr sein. Was zum Teufel macht die denn hier, und wieso besitzt sie überhaupt einen Schlüssel zu meinem Haus? Es ist zum Aus-der-Haut-Fahren. Kann ich denn nicht einfach heute bitte einmal meine Ruhe haben?

Gefrustet wische ich mir die Reste der Zahnpaste vom Mund und schlurfe, wie ich bin, im Schlafanzug die Treppe nach unten.

Freudestrahlend und mit ausgebreiteten Armen steht sie im Vorraum zur Haustür. „Gell, da schaust du. Damit hast du jetzt nicht gerechnet", sagt sie, womit sie den Nagel exakt auf den Kopf trifft.

„Was tust du hier?", erwidere ich nicht besonders freundlich.

„Ihr. Was tut ihr hier?", ertönt es trocken hinter mir.

Ich fahre herum.

Das hätte ich mir ja denken können, dass die Tante Rosa auch mit von der Partie ist. Die beiden sind ja fast so was wie siamesische Zwillinge.

„Haben wir dich aufgeweckt", ergänzt sie in ihrer bekannt direkten Art. Es ist keine Frage, sondern die Erkenntnis nach einem Blick auf meine Nachtbekleidung.

„Nein", raunze ich, „ich war gerade im Bad. Darf ich jetzt wissen, was ihr hier macht? Und warum hast du überhaupt einen Schlüssel, Mama?"

„Den Schlüssel hab ich noch von der Fanny, Gott hab sie selig. Und den behalte ich auch, nur, dass du es weißt!", betont sie sehr bestimmt.

Na toll. Dann werde ich wohl oder übel das Türschloss auswechseln müssen, um mich zukünftig vor solchen Eskapaden zu schützen.

„Ich hab's dir doch gesagt, dass du es ihr vorher sagen musst!", ertönt es jetzt von der Tante Rosa.

Mir schwant Fürchterliches.

„Was hätte sie mir sagen müssen?", frage ich scharf nach.

„Wir haben eine ganz wunderbare Überraschung für dich", frohlockt die Mama, kein bisschen eingeschüchtert.

„Du weißt ganz genau, dass ich Überraschungen hasse. Die enden meistens ganz böse."

„Heute nicht. Heute ist dein Glückstag. Die Rosa und ich nehmen uns heute den ganzen Tag für dich Zeit und helfen dir."

„Aha. Und wobei genau wollt ihr mir helfen?"

Während ich auf die Antwort dieser Frage warte, weiß ich, dass sie mir ganz und gar nicht gefallen wird. Alle meine schönen Faul-sein-Pläne lösen sich gerade im Nichts auf. Gegen diese beiden Frauen bin ich machtlos. Egal, was immer sie für heute geplant haben, sie werden es gnadenlos ohne Rücksicht auf Verluste oder jegliche Einwände meinerseits durchziehen. Aber mit dem, was jetzt auf mich zukommt, hätte ich im Leben nicht gerechnet.

„Wir werden heute dein Haus entrümpeln! Vom Keller bis zum Dach. Und, was sagst du?", verkündet die Mama enthusiastisch. Dabei klatscht sie energiegeladen und voll Vorfreude die Hände zusammen.

„Auf gar keinen Fall!", protestiere ich, aber das überhört sie. Wie immer, wenn ich anderer Meinung bin als sie.

„Alles kommt raus. Wir schmeißen den ganzen alten Krempel weg, damit du dir alles so einrichten kannst, wie es dir gefällt."

Entsetzt postiere ich mich vor der Wohnzimmertür und versperre den Durchgang mit meinen Armen. „Mir gefällt es so, wie ich wohne. Ein Entrümpeln, wie du es nennst, ist also absolut nicht nötig."

„Papperlapapp! Eine junge fesche Frau wie du kann doch nicht in diesem alten Mief hausen. Schau dich doch einmal um. Das ganze alte Zeug von der Fanny ist doch ganz unmodern und abgewohnt. Nein, nein, wir machen es dir jetzt so richtig gemütlich in deinem neuen Heim, gell, Rosa!"

Beifall heischend blickt sie zu ihrer Schwester, doch diese ist nicht ganz ihrer Meinung.

„Ich hab es dir ja gleich gesagt, die Maxi freut sich kein bisschen, wenn wir sie damit so überrumpeln."

„Exakt! Mama, ich weiß euer Engagement wirklich zu schätzen, aber es ist alles bestens in Ordnung, so wie es ist. Ich fühle mich sehr wohl hier, trotz der alten Möbel von der Tante Fanny. Ich will keine neuen. Weißt du was, wir drei trinken jetzt noch eine schöne Tasse Kaffee zusammen und dann könnt ihr getrost wieder heimfahren und den Tag anderweitig nutzen."

„Zu spät, es ist alles schon organisiert", erwidert die Mama und während sie ihre Jacke auszieht und sich auf den Weg ins Wohnzimmer macht, beginne ich die Tragweite dessen, was auf mich zukommen wird, langsam zu begreifen. Wenn die Mama was „organisiert", macht sie keine halben Sachen.

„Und Kaffeetrinken können wir dann hinterher!", ruft sie mir im Vorbeigehen zu.

„Ihr zwei rührt nichts an, bis ich wieder bei euch unten bin", schreie ich ihr hinterher. Dann flitze ich ins Schlafzimmer, um mich anzuziehen.

Während ich in meine Jeans schlüpfe, höre ich aus dem Erdgeschoss: „Das kommt alles raus, und das auch, und das!"

Mir wird schlecht.

Wieder unten, erklärt mir die Mama, dass sie in der vergangenen Woche die Vorankündigung vom Sperrmüll gelesen habe. Worauf sie schnurstracks zum Telefon gegriffen und selbigen für mich angemeldet hat. Sie ist durch kein Bitten und Betteln davon abzubringen und selbst als ich richtig wütend werde, ignoriert sie das. Zumindest einigen wir uns darauf, dass ich ein Mitspracherecht habe, was entsorgt wird. Wie großzügig von ihr.

Ich fühle mich echt wie im falschen Film. Die ganze lange Woche sehne ich diesen Samstag herbei, und dann wird das der schlimmste Tag von allen. Die Mama flitzt von Zimmer zu Zimmer und dirigiert, was in ihren Augen entsorgt werden muss. Ginge es nach ihr, käme restlos alles raus.

„Ja willst du denn ewig im Mief der Fanny hausen?", bringt sie es auf den Punkt, womit sie ja irgendwie recht hat.

In Frankfurt hatte mir eine Studentenbude gereicht. Ein Bett, ein Schrank, ein Tisch, zwei Stühle. Die letzten Monate war ich außerdem mehr bei meinem Freund als zu Hause. Darum gibt es auch keine Möbel, die ich hier aufbauen muss. Alles, was ich brauche, ist bereits vorhanden. Allerdings ist das Mobiliar der Großtante abgewohnt und völlig unmodern. Das hat mich aber bisher nicht gestört. Praktisch muss es für mich sein und bequem. Ob modern oder nicht ist mir im Grunde egal. Eine Wohnung einzurichten oder zu dekorieren gehört nicht gerade zu meinen Stärken. Außerdem ist so was immer mit Kosten verbunden. Nicht dass ich jetzt am Hungertuch nagen würde. Aber warum soll ich mein sauer verdientes Geld sinnlos verpulvern. Das investiere ich viel lieber in meine Chopper für ausgedehnte Fahrten im Sommer, egal wie hoch der Spritpreis ist.

Nach einigen Diskussionen und der unerwarteten Unterstützung vonseiten meiner Tante Rosa einigen wir uns für heute darauf, einige Möbelstücke sowie die Kleidung der Tante Fanny, denn die hängt tatsächlich noch in einem Schrank im Obergeschoss, wegzugeben.

Die Mama meint süffisant, ob ich von den Kostümen und der Miederwäsche nicht doch noch was gebrauchen kann.

Aus reiner Sentimentalität hebe ich mir tatsächlich ihr schwarzes Kostüm und den geliebten alten Gartenhut auf. Und die Mama erlaubt es sogar. Alles andere an Kleidung, Decken, Kissen und Teppichen wird von ihr beschlagnahmt und landet im Flur beziehungsweise vor dem Haus.

„Den restlichen Sperrmüll", damit meint sie die verbleibenden Möbel, „lassen wir dann im Frühling abholen", bestimmt sie.

Ich empfinde es wie eine Drohung. Bis dahin habe ich ein neues Türschloss, schwöre ich mir, ein einbruchsicheres. Das Beste vom Besten.

Ich beginne damit, die Kleidung im Flur zu stapeln, wo sie Tante Rosa fein säuberlich zusammenlegt und in die mitgebrachten Kisten verstaut. Dann tragen wir zusammen die wenigen Möbelstücke, von denen ich mich mit einem guten Gewissen trennen kann, aus dem Haus.

So ganz unrecht hatten die beiden mit der Räumaktion nicht, muss ich zugeben. Aber ich hasse es einfach, bei wichtigen Dingen übergangen zu werden. Die Mama wollte sogar den alten Ohrensessel aus dem Wohnzimmer entsorgen, doch das konnte ich gerade noch verhindern.

Auf ihrem Kontrollgang durchs Haus findet sie immer noch das eine oder andere Stück, das unbedingt und sofort an irgendwelche notleidenden Seelen verschenkt werden muss. Gegen die beiden habe ich keine Chance. Der ganze Spuk nimmt erst ein Ende, als die Jungs vom Sperrmüll vor der Haustür halten. Es ist die reinste Erlösung für mich.

Die Truppe besteht überwiegend aus jungen Burschen. Sie fahren mit einem Traktor vor und laden unseren Trödel auf den Anhänger. Ein undankbarer Job, mitten im Winter und bei diesen Temperaturen.

Die Buben und Mädel sind dick vermummt in Jacken und Mützen gepackt und arbeiten flott. Zwei stehen unten und heben den Sperrmüll hoch und ich helfe tatkräftig mit, um den Abtransport zu beschleunigen. Nur bei den Altkleidern gibt es ein Problem, denn die gehören zu einer anderen Sammlung und die findet erst wieder im nächsten Jahr statt. Ich befürchte schon, dass ich die ganzen Kartons jetzt wieder ins Haus schleppen kann, doch die Tante Rosa hat auch dafür eine Lösung und so landen die Schachteln im Auto von der Mama.

Jetzt muss nur noch der schwere Teppich aufgeladen werden, doch dafür brauche ich Hilfe. Darum winke ich den Fahrer aus der Kabine und frage ihn, ob er kurz mit anpacken könnte.

Irgendetwas irritiert mich an ihm, ich weiß nur nicht, was es ist. Der Bursche ist mir völlig unbekannt und doch hat er etwas an sich, das mir bekannt vorkommt. Verflixt noch mal, was war es doch gleich. Egal, wir laden den Teppich auf und ehe ich's mich versehe, sitzt er auch schon wieder in seiner Fahrerkabine.

Die Mama steckt den Jungs einen Schein zu. „Für eine Brotzeit", sagt sie, dann zieht der Tross weiter.

Mittlerweile friert es mich ziemlich an den Händen und ich freue mich auf ein warmes Zimmer. Das Haus wirkt irgendwie kalt und leer. Schon allein deshalb, weil der große Teppich im Wohnzimmer fehlt und die alten Kissen auf dem verschlissenen Sofa. Es überrascht mich selbst, denn obwohl die Sachen uralt waren und alles andere als schön oder modern, haben sie eine heimelige Atmosphäre verbreitet.

„Vielen Dank, liebe Mama", grummele ich laut vor mich hin, während ich mich maßlos darüber ärgere, die Sachen weggegeben zu haben. Meine Stimmung erreicht gerade den Nullpunkt. Abgesehen davon, dass mein kompletter Tag aus dem Rhythmus ist, bin ich in meinen eigenen vier Wänden nicht einmal sicher vor der lieben Familie, die sich in mein Privatleben einmischt.

„Aber das haben wir doch gerne gemacht, Mädi." Die Mama steht hinter mir.

Das hatte ich gar nicht bemerkt. Doch anstatt mein Gemotze ernst zu nehmen oder in den falschen Hals zu bekommen, ist sie lieb und nett, wie eh und je. Ich weiß ja auch, dass sie es nur gut mit mir meint, darum kann ich ihr für gewöhnlich nie lange böse sein.

„Die Tante Rosa hat dir einen Marmorkuchen gebacken. Jetzt trinken wir zusammen noch eine schöne Tasse Kaffee und dann bist du uns wieder los", sagt sie und streichelt mir dabei über meine struppigen Dreadlocks, so als wäre ich immer noch ihr kleines Mädi.

Der Tag ist fast wie im Flug vergangen und obwohl es erst später Nachmittag ist, hole ich mir, nachdem die beiden abgereist sind, eine Flasche Pils aus dem Kühlschrank und fläze mich beleidigt in den alten Fernsehsessel meiner Großtante. Heute lasse ich keinen mehr ins Haus, das schwöre ich mir. Und selbst wenn es die Feuerwehr ist, weil der Dachstuhl brennt, die Tür bleibt zu!

Ich wetze genervt hin und her, von einer Seite zur anderen. Der Sessel ist mit einem Mal furchtbar unbequem. Kunststück, so ganz ohne Kissen.

Lustlos zappe ich durchs Fernsehprogramm. Es ist zum Heulen, welcher Schrott am Nachmittag gesendet wird. Zur Wahl stehen ein schottisches Melodram, die zünftige Blasmusik vom Königssee und eine Horde verrückter Frauen, die in vier Stunden ein komplettes Outfit finden müssen. Außerdem gäbe es noch völlig überforderte Hundebesitzer, die es vor lauter Tierliebe übersehen haben, ihren Köter zu erziehen. Gott sei Dank gibt es dafür professionelle Hilfe vom Tierpsychiater. Sinnvoller wäre es allerdings, in solchen Fällen das Frauchen zum Psychologen zu schicken und nicht den Hund. Weil es mir schwerfällt zu entscheiden, welcher dieser anspruchsvollen Sendungen ich meine kostbare Freizeit widmen soll, springe ich wahllos zwischen allen Programmen hin und her.

„Der Hund ist zu fett!", kritisiert der Hundetrainer, was die Besitzerin aber nicht einsieht und vehement bestreitet.

Wie auch, sie wiegt ja selbst mindestens zwanzig Kilo zu viel.

Auf einem anderen Programm schaut es nicht viel besser aus. Weil ich befürchten muss, vor der Glotze zu verblöden, schalte ich lieber ab. Das Sonnenlicht blitzt durch die Fenster und taucht den Raum in ein warmes goldenes Licht. Ich stehe auf und schaue nach draußen. Es ist herrlich. In der letzten Stunde hat es begonnen zu schneien und überall liegt eine feine weiße Schneedecke. Es zieht mich förmlich hinaus in die Natur.

Die frische Luft macht einen erfrischend klaren Kopf. Überraschenderweise entspannt das Spazierengehen mehr als das Faulenzen im heimischen Wohnzimmer. Überall in der Stadt herrscht Weihnachtsstimmung. Aus den Läden dringt weihnachtliche Musik, die Beleuchtung in den Straßen und Gassen erstrahlt im Dämmerlicht, und am Stadtplatz duftet es verführerisch nach gebrannten Mandeln und Gewürzen. Die Buden am Christkindlmarkt sind bereits gut besucht. Eine Tasse Glühwein wäre jetzt genau das Richtige, um meine kalten Hände und mich aufzuwärmen.

Gesagt, getan. Langsam schlürfe ich das süßliche Getränk und fühle bei jedem Schluck, wie mir die wohlige Wärme in meine steifen Glieder fährt. Am Nebenstand geht es schon recht lustig zu. Gerade kommt eine Horde junger Leute an. Die schauen auch so aus, als hätten sie das Aufwärmen bitter nötig. Ein paar von ihnen erkenne ich wieder. Es sind die Jungs und Mädels von der Kleidersammlung.

Erneut überlege ich, woher mir der Fahrer bekannt sein könnte. Unauffällig pirsche ich mich ein paar Schritte näher an ihn heran. Während ich in meinen Becher puste, werfe ich immer wieder verstohlene Blicke auf die Leute und versuche, etwas von ihrem Gespräch zu erhaschen, doch die Geräuschkulisse ringsum macht das fast unmöglich.

Langsam verlagere ich meinen Standort zur Gruppe und drehe mich dort mit dem Rücken zu ihnen, um nicht neugierig zu erscheinen. Dann widme ich mich zur Tarnung wieder meinem Heißgetränk. Das Gerede ist aber belanglos, Musik, Kinofilme und ganz alltägliche Dinge. Eigentlich könnte ich meinen Horchposten aufgeben und weiter über den Markt schlendern, aber mein Gefühl sagt mir, dass das falsch ist.

Ich überlege gerade, wie ich mit jemandem von ihnen ins Gespräch kommen könnte, als ich plötzlich ziemlich unsanft angerempelt werde. Durch den Schubs aus dem Gleichgewicht gekommen, kippe ich versehentlich meinen Glühwein über die Jacke meines Nachbarn.

„Oh verdammt, das tut mir leid!", rufe ich und stelle die Tasse auf der nahen Theke ab. Vom Verursacher des Chaos ist weit und breit nichts zu sehen.

Ich greife in die Jackentasche und ziehe ein Päckchen Taschentücher hervor. Erst jetzt sehe ich, wen ich beschmutzt habe. Bingo! Danke, liebes Schicksal. Es ist einer der Sperrmüllsammler.

Er nimmt den Vorfall gelassen hin. „Das Zeug muss eh in die Waschmaschine", lacht er, „da kommt es auf ein paar Flecken mehr oder weniger nicht drauf an."

„Darf ich dich zur Entschädigung auf einen Glühwein einladen?", frage ich.

Er stimmt bereitwillig zu. „Kann es sein, dass ich dich heute schon mal gesehen habe?", erkundigt er sich.

„Ihr habt heute meinen Sperrmüll abgeholt", gebe ich unumwunden zu.

Mein Gegenüber nickt. „Coole Frisur", meint mein Gegenüber mit einem Fingerzeig auf meine Rastalocken, die unter der Mütze herausragen.

„Danke." Ich will jetzt aber nicht über Haare reden, sondern viel lieber etwas über diese Clique erfahren. „Sieht man hier wohl nicht so häufig?", vermute ich.

Er schüttelt lachend den Kopf.

„Macht ihr das öfter? So eine Sammelaktion, meine ich?"

„Wenn es sich vermeiden lässt, nicht. Wobei, so schlecht war es gar nicht, wenn ich an das Trinkgeld denke. Es hätte uns auch schlimmer treffen können." Er dreht sich zu seinen Kollegen um und hält die Tasse in die Höhe.

„Hey, Andy! Wie schaut's aus? Ist noch einer drin?"

Der, der sich nun angesprochen fühlt, ist der Traktorfahrer. Zumindest kenne ich nun schon mal den Vornamen. Er nimmt eine Handvoll Münzen und einen Schein aus der Jackentasche und zählt kurz nach. Dann nickt er zustimmend und bestellt am Tresen eine weitere Runde Glühwein für alle. Eine der Tassen reicht er meinem Nachbarn und stellt sich dann zu uns dazu. „Wer ist das?", richtet er die Frage an seinen Freund.

Ich antworte für ihn. „Eine Zufallsbekanntschaft. Ich bin die Maxi."

„Andy."

Wir prosten uns zu. Sein Kumpel heißt Ralf.

Ich greife das Gespräch wieder auf: „Wir haben eben von eurem Job am Nachmittag gesprochen", setze ich den Andy ins Bild.

„Hört sich an, als wäre das keine freiwillige Aktion gewesen."

„Das waren hart verdiente Sozialstunden", klärt mich der Andy grinsend auf, „wegen illegaler Autorennen. Aber beim nächsten Mal erwischen sie uns nicht."

„Schnellere Autos?"

„Nein, eine andere Lokation. Privatgrund, da können wir tun und lassen, was wir wollen." Er klopft seinem Kumpel auf den Rücken. „Ich hau ab."

„Viel Spaß heute Nacht!", grinst der vielsagend.

„Hat er eine Freundin?", hake ich nach.

„Ja, das muss eine heiße Braut sein. Von uns kennt sie niemand, aber seit er mit der in die Kiste steigt, ist er immer ganz relax. Hat eh nichts zu lachen daheim. He, Schachtner!", schreit mein Gesprächspartner seinem Freund hinterher und ich spucke vor Überraschung beinahe den Glühwein aus. „Immer schön sauber bleiben!"

Jetzt macht alles einen Sinn. Das war der Schachtner Andy aus der Autowerkstatt.

Ich versuche, einen Blick auf seine Füße zu erhaschen. Zwei verschiedenfarbige Schuhbänder. Sie leuchten neongelb und orange, während sie sich immer weiter entfernen.

Die Schuhe kannte ich bereits, denn ich hatte sie schon einmal unter einer Familienkutsche hervorlugen sehen. Und zwar in der Autowerkstatt, die den Wagen vom Kainzbauer abgeschleppt hat. Jetzt habe ich auch ein Gesicht zu diesem Namen.

Andy dreht sich um und zeigt Ralf grinsend den gestreckten Mittelfinger. Kurz darauf verschwindet er in der Menge. Nachdenklich blicke ich ihm hinterher. Das also ist der Sohn des Bauers, den der Kainzbauer über den Tisch gezogen hat. Ein nicht uninteressantes Teil in meinem ganz persönlichen Ermittlungspuzzle.

Kapitel 18

Der nächste Tag verläuft endlich so, wie ich ihn geplant habe. Ich kann ausschlafen, lange frühstücken, eigentlich alles genau so machen, wie ich es schon gestern vorgehabt hatte. Das versöhnt mich wieder einigermaßen mit meinem Schicksal. Gut, ich habe gestern Abend auch noch verschiedene Vorkehrungen getroffen, um heute absolut ungestört zu sein.

Als Erstes hatte ich sofort, als ich von meinem kurzen Ausflug in die Stadt heimkam, die Türklingel abgestellt. Dann nahm ich den Telefonhörer von der Gabel und legte ihn neben das Gerät. Der Akku vom Handy war praktischerweise leer. Den lade ich erst später wieder auf. Wer heute in mein Haus wollte, müsste dafür ein Fenster einschlagen. Mehr Vorsichtsmaßnahmen konnte ich nicht treffen, und es hat ja gut geklappt.

Es ist früher Abend und im Moment genehmige ich mir ein heißes Lavendelvollbad und genieße die Stille. Im wohlig warmen Wasser kann ich wunderbar entspannen und dabei meinen Gedanken freien Lauf lassen. Wie von selbst schweifen sie zu den Vorkommnissen der vergangenen Woche. Ich will das gar nicht, möchte viel lieber an schöne Dinge denken, aber es beschäftigt mich doch mehr, als mir lieb ist.

Warum ist der Geier auf diesen Kran gestiegen? Wollte er Selbstmord begehen und war dann doch zu feige dazu, das Ganze durchzuziehen?

Dass ihm der Kainzbauer vom Krankenhaus aus das Messer an die Brust setzt, ist schier unmöglich. Hat der Geier womöglich doch etwas mit dem Unfall vom Kainzbauer zu tun? Er weiß zumindest, dass er für uns zu den Tatverdächtigen gehört. Eigentlich war er bisher der einzige Tatverdächtige.

So recht glauben will ich das nicht. Der Geier sieht überhaupt nicht aus wie jemand, der technisch versiert ist. Er wirkt auf mich wie der typische Büromensch. Kein Bastler oder Tüftler. Für so ein Vorhaben bräuchte er Komplizen, überlege ich. Doch auch diesen Gedanken verwerfe ich gleich wieder. Dann wäre er ja schon wieder erpressbar. Nein, mein Bauchgefühl sagt mir, dass der Geier mit der Sache nichts zu tun hat. Wenn er sogar für einen Selbstmord zu feige wäre, wie sollte er dann jemand anderes töten.

Der Kies-Kainz hat auch eine Stinkwut auf seinen Bruder. Angeblich besteht zwischen den beiden kein Kontakt mehr. Trotzdem war er im Krankenhaus, wenn auch nur ein einziges Mal, wie er betont. Vielleicht will er mich damit auf eine falsche Fährte locken? Interessant wäre es zu wissen, ob der Kies-Kainz im Testament berücksichtigt wird. Geldgier wäre nicht das erste Mal ein Motiv für einen Mord und auch nicht das schlechteste.

Eifersucht und Rache aber auch nicht, überlege ich weiter und lande damit beim Brunner Stefan. Wenn seine Frau tatsächlich ein Verhältnis mit ihrem Chef hat und er deshalb den Arbeitsplatz aufgeben muss, könnte man durchaus verstehen, dass er den Verstand verliert und versucht, den Kontrahenten auszulöschen.

Wen ich allerdings bis dato überhaupt nicht auf dem Schirm hatte, das ist der junge Schachtner. Stimmt das, was mir der Kies-Kainz in seiner Wut erzählt hat, dann ist diese Familie wegen dem Kainzbauer nicht nur um viel Geld gekommen, sondern der Andy hat seinetwegen beide Eltern verloren. Dem sollte ich dringend einmal einen Besuch abstatten.

Mittlerweile sind meine Finger vom warmen Wasser schon ganz schrumpelig. Es an der Zeit, aus der Wanne zu steigen, denn das Badewasser ist bereits merklich abgekühlt. Weil es aber noch so gemütlich ist und ich jede Menge Zeit habe, lasse ich heißes Wasser nachlaufen. Ich suhle mich regelrecht in der Wanne, schrubbe mir mit der Bürste den Rücken und schwelge in Erinnerungen. Ich könnte heute noch mal auf den Christkindlmarkt gehen. Eventuell schaue ich auf einen kurzen Besuch bei Anna und Ferdi vorbei und frage, ob sie mitkommen wollen. Oder ich zappe quer durchs Fernsehprogramm, wie gestern.

Ein fürchterlicher Krach lässt mich hochschrecken. Verdammt noch mal, was ist denn jetzt wieder los. Wie heißt es so treffend: „Man soll den Tag nicht vor dem Abend loben!"

Vor dem Haus tobt ein Höllenlärm. Rufe sind zu hören, dazu ein lautes Klopfen und Schlagen. Unmöglich, wie sich manche Leute am heiligen Sonntag aufführen, ärgere ich mich. Ich versuche, den Lärm zu ignorieren, doch es gelingt mir nicht. Jetzt habe ich das Gefühl bei mir wird eine Wand eingerissen, so nah hört es sich an. Das muss unmittelbar vor dem Haus sein, oder zumindest gleich nebenan bei den Nachbarn. Na denen werde ich später gehörig die Meinung sagen. Aber vielleicht übernimmt das eh die alte miesepetrige Friedl. Dann dürfte bald Ruhe herrschen.

Verärgert drehe ich den Wasserhahn zu. Wie soll man sich denn da entspannen können. Entnervt setze ich mich auf und versuche, aus der Wanne heraus den Klorollenhalter zu erreichen. Mit nassen Fingern gelingt es mir endlich, ein paar Blätter Papier abzureißen. Diese knülle ich zu kleinen Kugeln, die ich mir fest in beide Ohren stopfe. Das ist gleich viel besser. Der Radau ist zwar immer noch zu hören, allerdings nur mehr ganz leise.

Ich lehne mich wieder zurück und versuche, an etwas Schönes zu denken. An Sonne, tiefblaues Meer und einen weiten weißen Sandstrand. Ich rutsche immer tiefer ins Badewasser und tauche schließlich mit dem Kopf unter Wasser. Es rauscht in meinen Ohren. Der Wind streift über meine Knie, die aus dem Badewasser ragen.

Ich stelle mir gerade vor, durchs warme klare Wasser des Pazifik zu tauchen, als ich plötzlich völlig unerwartet grob von zwei Händen an den Schultern gepackt und aus dem Wasser gerissen werde. Keuchend und prustend, mit einem gehörigen Schreck in den Gliedern, fahre ich hoch und starre direkt in die weit aufgerissenen Augen vom Hafner.

„Sind Sie von allen guten Geistern verlassen!", schreie ich ihn an, nachdem sich der erste Schock ein wenig gelegt hat. „Verschwinden Sie sofort aus meinem Badezimmer!" Ich versuche, meinen nackten Körper so gut wie möglich mit Armen und Händen zu bedecken.

„Ich dachte, Sie sind tot!", keucht der Hafner sichtlich mitgenommen. Er starrt mich schonungslos an, wie ich pudelnackt in der Wanne vor ihm stehe.

„Raus!", brülle ich und er verlässt schleunigst den Raum.

„Ich muss Sie dringend sprechen", ruft er zaghaft.

Wütend steige ich aus dem warmen Wasser und schlüpfe in das Nächste, was ich zu fassen bekomme. Es ist ein dünner Morgenmantel aus dem Nachlass der Tante Fanny. Der hing versteckt hinter der Bad Tür, darum hat ihn die Mama nicht entdeckt, ha, ha, ha. Leider fehlt der Gürtel, deshalb wickle ich das Vorderteil fest um mich und stapfe barfüßig und sehr erbost auf den Flur hinaus. Der Badeschaum tropft von meinen Beinen auf den Boden und hinterlässt dabei kleine Pfützen auf dem Teppich. Das Wasser aus den Haaren durchnässt den Stoff. Aber das alles ist mir gerade ziemlich egal.

Der Hafner ist von der peinlichen Situation in meinem Bad noch ganz aufgewühlt. Ich fordere umgehend eine Erklärung, warum er mitten am helllichten Tage unangemeldet ohne jegliche Erlaubnis bei mir im Bad erscheint.

Meine Haustür steht sperrangelweit offen, es zieht entsetzlich. Ich werde mir hier den Tod holen. Der Hafner steht wie angewurzelt mit hängenden Schultern im Flur vor dem Treppenabgang und dreht mir den Rücken zu. Will er nach unten oder wartet er hier auf mich?

„Verdammt noch mal, Hafner, Sie können doch nicht grundlos mein Haus stürmen!", wettere ich. Nachdem er keinerlei Regung zeigt, schubse ich ihn unsanft mit der Hand gegen die Schulter. Dabei klafft mein Morgenmantel auseinander.

Der Hafner stolpert einen kleinen Schritt nach vorne, gibt aber nach wie vor keinen Ton von sich. Um nicht die Stufen hinunterzufallen hält er sich mit einer Hand am Geländer fest.

„Wir fahren dann wieder." Im Eingang wartet ein Feuerwehrmann in voller Montur.

Toll! Den habe ich in der Aufregung überhaupt nicht wahrgenommen. Wenn Blicke töten könnten.

Schnell ziehe ich den Stoff wieder fest um meinen Körper. Zu spät, wie mir sein hämisches Grinsen verrät.

Erst jetzt sehe ich das Dilemma. In der Hand hält er ein Stemmeisen. Damit hat er freundlicherweise im Auftrag des Dienststellenleiters meine Haustür aufgebrochen. Vermutlich bin ich morgen Stadtgespräch am Standl und überall.

„Geht's noch?", schrei ich den Hafner an. Es ist mir egal, in welcher Position er zu mir steht. Ist dieser Mensch übergeschnappt? „Was wollen Sie, verdammt noch mal, in meinem Haus? Hier findet kein Überfall statt, ich verstecke keine Geiseln, handele nicht mit Drogen und es brennt auch nicht bei mir!" Ich zittere vor Wut und Kälte.

Unglaublich, dass ihn der Anblick einer nackten Frau so aus der Fassung bringt, dass er die Sprache verliert. Als Polizeibeamter muss er schon mehr vertragen. Wer von uns beiden ist da wohl nicht für diesen Beruf geeignet?

Endlich dreht er sich um. „Ihre Mutter", haucht der Hafner fast tonlos.

Ich bekomme schlagartig weiche Knie. Wenn es um die Mama geht, versteh ich keinen Spaß. „Was ist mit meiner Mutter?"

„Sie hat angerufen", stammelt der Dienststellenleiter und fühlt sich dabei sichtlich unwohl.

Ungläubig warte ich ab, was kommt, aber er spricht nicht weiter, zuckt nur hilflos mit den Schultern.

Scheinbar ist dies der einzige Grund, was ich kaum glauben kann, darum bohre ich gereizt nach: „Sie lassen meine Tür aufbrechen, weil meine Mutter angerufen hat? Hafner, sind Sie noch ganz dicht?"

„Ihre Mutter hat heute mehrmals auf der Wache angerufen, weil Sie zu Hause nicht erreichbar waren. Es muss irgendetwas äußerst Wichtiges sein, weshalb sie Sie erreichen wollte."

Das glaube ich gerne. Bei der Mama ist immer alles dringend und wichtig, allerdings hat sie mich bisher nie polizeilich suchen lassen.

„Ja und weiter? Ich war nicht daheim, das soll es geben."
Mir bibbern die Zähne vor Kälte und ich bin immer noch
stocksauer. Nach wie vor tropft Badewasser aus meinen
Dreadlocks und hat am Boden schon eine richtige kleine
Pfütze hinterlassen.

Der Hafner weiß gar nicht, wo er hinschauen soll. Durch
den durchnässten Morgenmantel zeichnen sich meine
Konturen recht gut ab.

„Sie hat es heute immer wieder versucht, Sie zu erreichen, aber Ihr Festnetzanschluss ist tot und am Handy
waren Sie gestern früh das letzte Mal online, haben wir
festgestellt. Darum hat sie uns gebeten nachzuschauen, ob
alles in Ordnung ist. Jedenfalls haben wir uns verpflichtet
gefühlt, bei Ihnen als unserer Kollegin nach dem Rechten
zu sehen. Ihr Motorrad ist da, es brennt Licht im Haus,
aber die Klingel funktioniert nicht und weder auf ein
Klopfen noch unser Rufen kam irgendeine Reaktion. Und
wir waren wirklich laut. Sogar die Nachbarschaft hat diesen Aufstand mitbekommen. Jeder, außer Sie!" Im Laufe
seiner Verteidigungsrede hat er seine alte Form zurück-
bekommen.

Obwohl er mit allen Mittel versucht seine Vorgehensweise zu rechtfertigen, fehlt mir jedes Verständnis dafür.
Ich bin so dermaßen wütend über diese absolut hirnrissi-
ge Aktion, das kann ich gar nicht sagen.

„Da musste ich doch handeln", fährt er fort. „Es hätte
Ihnen ja etwas passiert sein können, und dann?"

Die Sorge um mich in allen Ehren und vielleicht hätte
ich im umgekehrten Fall ähnlich reagiert, aber mit Sicherheit nicht so dramatisch mit Feuerwehr und dem ganzen
Pipapo.

„Es gibt Schlüsseldienste!"

„Gefahr in Verzug! Vergessen Sie nicht, Sie ermitteln
gerade im doppelten Mordversuch an einer bekannten

Persönlichkeit. Vielleicht hat es der Täter vom Kainzbauer auch auf Sie abgesehen, vielleicht sind Sie mit Ihren Ermittlungen näher dran, als wir denken?" Er merkt selbst, wie fadenscheinig das klingt.

Mit der Mama muss ich demnächst dringend ein ernstes Wörtchen reden. So geht das nicht weiter. Die übertreibt ja völlig. Gestern räumt sie mir fast das Haus aus und heute lässt sie meine Tür aufbrechen. Was fällt ihr wohl als Nächstes ein?

„Sie sehen ja, dass alles in Ordnung ist", sage ich deshalb und bin schon nicht mehr ganz so grantig. „Die Klingel habe ich selbst abgestellt, weil ich meine Ruhe haben will. Ja und das Telefon? Da muss mir wohl beim Staubsaugen der Stecker rausgegangen sein."

Eine absolut glaubhafte Erklärung. Vor allem, wenn man sich umschaut und sieht, dass hier seit Längerem nicht mehr geputzt wurde. Der Staub flockt in den Ecken.

„Ja, dann werde ich besser wieder gehen." Der Hafner dreht sich um und will die Treppe hinab.

„Halt!", schrei ich ihm nach. „Wer bezahlt mir denn den Schaden an der Eingangstür?"

„Das müssen Sie Ihre Mutter fragen", sagt er schnell und macht, dass er wegkommt.

Die Haustür ist hinüber, die lässt sich nicht mehr schließen. Ich hole einen Stuhl aus der Küche und klemme ihn unter die Türklinke. Dann sause ich hinauf in den ersten Stock, trockne mich ab und ziehe mir warme Kleidung an. Mir ist so was von kalt, ich spüre regelrecht, wie die Grippeviren Besitz von meinem Körper ergreifen. Vielen Dank, liebe Mama. Wirklich, herzlichen Dank.

Als Nächstes setze ich die Türklingel wieder in Gang, hänge mein Handy an das Ladegerät und lege den Hörer wieder auf die Gabel. Aus Schaden wird man klug, lautet ein altes Sprichwort. Wie wahr!

Mithilfe der Gelben Seiten finde ich einen Handwerker-Notdienst, der mir verspricht, sofort zu kommen, allerdings kündigt er mir gleich am Telefon einen Sonntagszuschlag an. Vorsichtshalber frage ich nach, mit welchem Preis ich zu rechnen habe. Die Summe zieht mir fast die Füße weg. Mindestens dreihundert Euro für die Anfahrt und Reparatur meiner Haustür inclusive Sonntagstarif. Da ich keine Wahl habe willige ich ein und wir vereinbaren einen Pauschalbetrag. Mehr lässt er leider nicht mit sich handeln. Dafür verspricht er aber, innerhalb der nächsten Stunde bei mir einzutreffen.

Das Telefon läutet, kaum dass ich den Hörer aufgelegt habe. Die Mama! Die ist echt mutig, das muss man ihr lassen. Die kann sich jetzt auf was gefasst machen.

„Bist du des Wahnsinns?", lege ich los, aber sie fällt mir mitten ins Wort.

„Gott sei Dank, dass dir nichts passiert ist, Mädi!" Sie redet ohne Punkt und Komma drauflos: „Ich habe mir solche Sorgen gemacht. Seit heute Vormittag habe ich ständig versucht, dich zu erreichen. Jede halbe Stunde habe ich bei dir angerufen. Am Handy, am Festnetz. Weißt du, welche Ängste man aussteht, wenn man sein Kind nicht erreichen kann und nicht weiß, wo es ist?"

Es ist der Wahnsinn. Sie schafft es tatsächlich wieder einmal, mir ein schlechtes Gewissen zu machen. Eigentlich hätte vielmehr ich das Recht, ihr Vorwürfe zu machen.

„Ich bin über dreißig, Mama!", versuche ich hartnäckig ihr beizubringen, dass ich kein Kind mehr bin. „Es wird immer wieder mal Zeiten geben, wo ich nicht erreichbar bin. Du kannst nicht rund um die Uhr über mich verfügen."

„Nein, das stimmt nicht. Bisher hat das immer geklappt."

„Du kannst mir aber nicht jedes Mal die Tür aufbrechen lassen, wenn es einmal nicht hinhaut."

„Haben die das gemacht? Dir die Tür aufgebrochen?" Sie klingt schwer beeindruckt.

„Exakt. Jetzt kann ich auf den Handwerker warten und dreihundert Euro dafür berappen, dass ich meine Haustür wieder abschließen kann. Die ist nämlich nach dieser Aktion total hinüber!" Ich habe gerade Oberwasser. Leider nur für einen kurzen Augenblick.

Die Mama ist einen Moment lang still, dann sagt sie: „Siehst du, das hast du jetzt davon. Das hättest du dir alles sparen können. Wenn ich gewusst hätte, dass es dir gut geht, wäre das alles gar nicht nötig gewesen. Ich finde es übrigens äußerst aufmerksam von deinem Vorgesetzten, dass er extra zu dir fährt und nach dem Rechten sieht."

Es macht keinen Sinn, mit ihr zu diskutieren, aber das wissen Sie ja schon.

„Warum rufst du mich denn überhaupt an? Gestern waren wir fast den ganzen Tag zusammen und heute wolltet ihr doch nach Salzburg fahren, dachte ich."

„Hatten wir auch vor", bestätigt die Mama.

„Ja und, habt ihr den Bus verpasst?"

„Nein, die Rosa liegt im Krankenhaus!" Sie seufzt herzergreifend, und dann erzählt die Mama lang und ausführlich.

In aller Herrgottsfrühe sei es losgegangen, von Straubing nach Salzburg. Der Reiseleiter habe bei der Begrüßung gesagt, dass sie unterwegs eine Pause einlegen würden. Wann das ist, habe er allerdings nicht erwähnt. Sie wären dann immer weiter und weiter gefahren, ohne Stopp von Straubing bis nach Österreich. Irgendwo in der Nähe von Salzburg war dann endlich die lang ersehnte Pause. Bei einer Matratzenfabrik! Die Tante Rosa hätte schon die ganze Zeit dringend aufs Häusl gemusst, weil sie jeden

Morgen Entwässerungstabletten einnimmt. Die Bustoilette blieb aber während der Fahrt verschlossen. Angeblich war der Schlüssel unauffindbar, und die Rosa fieberte der Rast entgegen. Bei der Fabrik wurden sie dann aber alle erst einmal durch die Produktion geschleust.

„Die Gruppe durfte sich nicht trennen", sagt die Mama, „um den Ablauf nicht zu stören."

Im Anschluss daran habe es ein Frühstück gegeben.

„Mit allen Schikanen, die haben sich nicht lumpen lassen", betont die Mama.

Da sei aber die Tante Rosa dann sofort zur Toilette geflitzt. Anschließend ist an jeden Tisch eine Dame gekommen und hat sich Namen und Adresse der Teilnehmer notiert.

„Die hat natürlich Werbung gemacht, für ihre Produkte. Bei denen, die nichts gekauft haben, hat sie angeboten, dass sie daheim vorbeikommen könnten und dass man zu Hause auch gerne einmal probeliegen dürfe, auf dieser wundervollen Matratze", erzählt die Mama weiter.

„Du hast aber hoffentlich nicht deine Adresse angegeben?", frage ich misstrauisch nach.

„Natürlich nicht, wo denkst du hin?", erwidert die Mama entrüstet.

Gott sei Dank, manchmal ist sie doch klüger als gedacht.

„Ich habe deine angegeben!"

Ich könnte sie erwürgen.

„Jedenfalls", fährt sie fort, „haben wir, im Gegensatz zu manch anderen, nichts gekauft. Da kannst du wirklich stolz auf mich sein. Obwohl die sehr weiche Kissen führen und die Matratzen haben eine 1A-Qualität und großzügige Rabatte hätte es obendrein gegeben. Wir haben gesagt, sie sollen uns daheim besuchen, weil wir da mehr Zeit haben und Freunde einladen könnten. Da haben sie uns dann in Ruhe gelassen."

Ganz schön ausgebufft.

„Zum Schluss hat jeder eine Tüte Mozartkugeln geschenkt bekommen", erzählt sie weiter.

Die Rosa und sie sind dann noch einmal zu den Toiletten gegangen. Weil: „Man weiß ja nie, wie lange es dauert, bis man dazu wieder Gelegenheit bekommt." Sie seien schon im Bus gesessen, schildert die Mama, da wäre es der Tante Rosa eingefallen, dass sie ihre Mozartkugeln auf der Ablage im Klo hat liegen lassen und das geht ja gar nicht, weil geschenkt ist geschenkt. Wie der Blitz sei sie aufgesprungen und aus dem Bus gestürmt. Dabei habe sie übersehen, dass der Reiseleiter, der noch draußen war, seine Tasche vor der Bustür abgestellt hatte.

„Die arme Rosa hat es so drüber gehauen", jammert die Mama, „ich habe gedacht, die steht nicht mehr auf!"

Ist sie ja auch nicht. Sie hat sich nämlich bei dieser Hauruckaktion den Fuß gebrochen.

„Jetzt liegt sie in Salzburg im Spital."

„Da ist sie wenigstens gut aufgehoben", seufze ich.

„Eben nicht!", widerspricht die Mama vehement. „Da mag sie nicht bleiben. Sie traut den Österreichern nicht. Die können kein vernünftiges Deutsch, sagt die Rosa. Das ewige *Bitte – Danke* hängt ihr mittlerweile zum Hals heraus und das *Küss die Hand, gnä' Frau* kann sie auch nicht mehr hören. Geschweige denn ein *Baba!*"

Kann ich verstehen, aber da muss sie halt jetzt durch, die liebe Rosa.

Die Mama erklärt mir aufgebracht: „Die Rosa lehnt jede weitere Behandlung kategorisch ab und will unbedingt nach Regensburg zu den Barmherzigen Brüdern, weil dort ihr seliger Herr Pfarrer immer so zufrieden war."

„Hat der auch einen Bruch gehabt?", frage ich.

„Nein, Prostata!"

Was soll man darauf noch sagen?

Gott sei Dank klingelt es an der Haustür und mir bleibt die Antwort erspart. Das muss der Notdienst sein.

„Ich rufe dich später zurück, bis dann!", sage ich erleichtert und will auflegen.

„Halt!", schreit sie noch schnell: „Du kannst mich ja gar nicht erreichen!"

Die Nummer, die sie anschließend diktiert, ist ellenlang.

„Bist du noch in Österreich?", registriere ich anhand der Ländervorwahl. Mein Uraltkasten hat ja leider kein Display, sonst wäre mir das aufgefallen.

„Was denkst du denn? Ich lasse die Rosa doch nicht allein, in ihrem Zustand!", schallt es zurück.

Es klingelt erneut. „Ich melde mich", dann lege ich auf.

Das fehlte noch, dass der Handwerker wieder abhaut, weil keiner öffnet.

Der Hafner ist alles andere als begeistert, als ich ihn anschließend gleich telefonisch um Sonderurlaub bitte. Weil er aber immer noch ein schlechtes Gewissen hat, wegen meiner demolierten Haustür, gibt er mir zähneknirschend für den nächsten Tag frei

Die Mama hat wieder einmal ihren Willen durchgesetzt. Wie könnte es auch anders sein. Sie hat damit gedroht, die Tante Rosa aus dem Krankenhaus zu entführen und per Taxi nach Regensburg fahren zu lassen. Natürlich auf meine Kosten, denn schließlich würde ich sie im Stich lassen, wenn ich nicht augenblicklich losfahren und befreien würde.

Mir reicht im Moment die Rechnung vom Schlüsseldienst. Da ich aber aus Erfahrung sagen kann, dass die Mama keine leeren Versprechungen macht, muss ich mich wohl oder übel fügen und nach Salzburg fahren.

Dafür benötige ich jedoch ein Auto. Ich muss also zuerst sehen, wie ich nach Michlbach komme, um mir den

Wagen der Mama zu holen. Erst dann geht es Richtung Österreich.

Die Tante beschlagnahmt ein Einzelzimmer im Spital. Das liegt aber nicht an ihrer ausgezeichneten Krankenversicherung, sondern vielmehr daran, dass sie ein lautstarkes Problem mit ihren Nasennebenhöhlen hat. Die Tante Rosa schnarcht wie ein Sägewerk. Weil man das keinem anderen Patienten zumuten kann, darf sie ein Zimmer für sich alleine beanspruchen.

Bevor ich zu den Damen ins Krankenzimmer gehe, schaue ich kurz beim behandelnden Arzt vorbei. Er ist ein gemütlich wirkender älterer Herr mit grau meliertem Haar. Allem Anschein nach dürfte er das Rentenalter fast erreicht haben. Auf mich wirkt er, als könne ihn so schnell nichts aus der Ruhe bringen.

Obwohl er gerade seine Kaffeepause macht, nimmt er sich dennoch für mich Zeit. „Es stört Sie doch nicht, wenn ich nebenbei meine Jause einnehme?", fragt er freundlich nach.

Mich stört es ganz und gar nicht. Im Gegenteil, beim Anblick des köstlichen Apfelkuchens auf seinem Teller würde ich gerne mitjausen.

„Nehmens doch bitt' schön Platz", sagt er in einem unverkennbaren österreichischen Dialekt. Er setzt sich ebenfalls und nimmt genüsslich einen Schluck Kaffee zu sich.

Die Frau Tante wäre hier in seinem Haus in den allerbesten Händen, meint er. Sie würde aber bedauerlicherweise jede weitere Behandlung verweigern. Leider, weil man halt kein rein katholisches Krankenhaus sei, sagt sie!

„Allein, dass wir das lädierte Fußerl haben eingipsen dürfen, grenzt schon an ein Wunder", resümiert er gelassen in seinem breiten Dialekt. „Aber was hätt ma machen sollen? Wenn sie sich weiter so arg geweigert hätte, hätten wir sie sedieren müssen. Vermutlich hätt sie da geglaubt, wir würden sie einschläfern", lacht er. „Da ist sie dann doch ein bisserl einsichtig geworden. Gott sei Dank. Aber sie muss den Haxen unbedingt von den Kollegen in Deutschland anschauen und operieren lassen, sonst kann sie, wenn's blöd lauft, nie mehr g`scheid haschen." Er erzählt die Geschehnisse mit einer Seelenruhe, ich könnte ihm stundenlang zuhören. Hin und wieder isst er ein Stück von seinem Apfelkuchen.

Ich schau ihm hungrig zu.

„Gibt's auch einen Schlagobers? Bitte – danke?", fragt er über die Sprechanlage seine Sekretärin.

„Leider nein", tönt es zurück.

Er zuckt bedauernd mit den Schultern. „Na, dann wird es auch so gehen müssen." Er wendet sich wieder an mich.

„Tja", sage ich, „mir wäre es auch lieber, die Tante würde sich hier bei Ihnen behandeln lassen, bis man sie wieder nach Hause holen kann, aber sie will halt unbedingt zu den Barmherzigen Brüdern nach Regensburg."

„Ist sie a Nonne?" Der Weißkittel schaut überrascht zwischen zwei Bissen Kuchen auf.

„Nein, Pfarrerwitwe."

„Und da macht sie bei uns so einen Terz, wann sie eh evangelisch ist?" Er versteht die Welt nicht mehr. In seiner Verwunderung vergisst er dabei sogar das köstliche Gebäck. „Dann kann sie doch ruhig da bei uns bleiben."

Da muss ich ihn nun doch aufklären. Ich erzähle ihm in kurzen Worten, dass die Tante Rosa bis vor wenigen Monaten den Haushalt für einen katholischen Pfarrer geführt hat und daher eine sehr christliche Person ist.

Der Arzt schmunzelt. „Sind Sie sich da so sicher? Die liebe Frau Tante hat da bei uns in der Notaufnahme Flüche von sich gegeben, die ganz und gar unchristlich waren."

Schau, schau, die Tante Rosa. Fluchen kann sie also auch.

215

„Das bleibt aber besser unter uns", schmunzle ich.

Er nickt. „Bleibt natürlich unter uns. Ja, da kann man halt nichts machen. Wenn sie unbedingt will, dann werden wir die Dame auf eigenen Wunsch entlassen." Er nimmt ein Formular aus der Schublade seines Schreibtisches und füllt es aus. „Jetzt brauchen wir nur noch ein Autogramm Ihrer Frau Tante und dann können Sie sie auch schon mitnehmen. Das wird ein bisserl unbequem für sie werden, der Transport mit dem Wagen, aber sie will es ja nicht anders haben."

Ich frage ihn, wo er bei seinem aufreibenden Beruf diese Gelassenheit hernimmt.

„Wissen Sie", sagt er und schaut mich dabei treuherzig wie ein Bernhardiner an. „Ich habe eine Frau, die den lieben langen Tag nichts anderes zu tun hat, als ihre Hund'ln zu verhätscheln. Entsetzliche Köter, die reinsten Wadlbeißer. Drei Töchter, von denen die Erste Afrikanologie studiert, eine brotlose Kunst. Die Zweite hat kurz vor der Matura hingeschmissen, um Schauspielerin zu werden, und die Dritte ist ein Grufti und verweigert jegliche tierische Nahrung. Zu Hause stolpere ich entweder über einen Hund oder über irgendwelche schwarze Gestalten, die mit ihren Särgen in meinem Garten ein Zeltlager veranstalten. Da ist so ein Krankenhaus direkt eine Oase der Entspannung."

„Das kann ich dann schon verstehen", sag ich.

„Sie würden gut bei uns dazupassen", meint er mit einem Augenzwinkern auf meine Haarpracht. Schade, bis eben war er mir sehr sympathisch.

Mit dem Zettel in der Hand mach ich mich, gefolgt vom Onkel Doktor, auf den Weg zur Tante Rosa. Sie freut sich sichtlich, mich zu sehen. Die Mama ebenfalls. Die ist selbstverständlich auch da und wacht wie ein Hofhund über die Tante.

„Na gnä' Frau, dann wollen wir Sie wieder in Ihr geliebtes Bayern entlassen, wenn Sie sich bei uns gar so unwohl fühlen", meint er mit einem Augenzwinkern.

Die Tante schlägt die Decke zurück. Sie sitzt bereits fix und fertig angezogen im Bett. „Auf geht's!", ruft sie voll Elan und will sofort heraussteigen.

„Einen Augenblick noch, junge Frau", hält sie der Arzt zurück. „Ein kleines Autogramm müssen S' mir schon noch geben. Nur pro forma, dass Sie uns auf eigenen Wunsch verlassen. Nicht, dass Sie uns in Regress nehmen, wenn das Fußerl nicht mehr zusammenwächst." Er legt ihr den Zettel zur Unterschrift vor und die Tante haut mit Schwung ihren Servus darunter.

„Dann wünsche ich den Damen einen recht angenehmen Nachhauseweg."

Die Tante hat es jetzt wirklich eilig, hier herauszukommen. Als sie aber versucht, mit dem geschienten Bein aufzutreten, zuckt sie vor Schmerz zusammen.

„Ja hatschen können Sie mit dem Fuß noch nicht, gnä' Frau", meint der Weißkittel. Er lässt einen Rollstuhl bringen, damit wir zum Auto kommen.

Sehr aufmerksam von ihm.

Die Tante quittiert es mit einem dankbaren Lächeln. „Haben Sie noch was gegen die Schmerzen für mich?", fragt die Tante, der es bei der ganzen Aktion nun doch nicht mehr ganz wohl zu sein scheint.

Der Arzt klopft ihr wohlwollend auf die Schulter. „Na, na, Sie sind doch eine robuste Natur. Ein bisserl zwicken darf es schon." Er zwinkert mir zu und drückt mir hinter ihrem Rücken einen Blister mit zwei Tabletten in die Hand. „Falls es mit den Schmerzen gar nicht geht", raunt er mir zu, „aber lassen Sie sie ruhig ein bisserl leiden, das schadet gar nicht." Dann verabschiedet er sich freundlich von uns und verschwindet.

Wir verschwinden auch. Vorher ist es aber ein ziemlicher Akt, bis wir die Tante im Auto verstaut haben, mit ihrem lädierten Fußerl.

Regensburg, wir kommen!

Kapitel 19

Irgendwann im Laufe der letzten Woche wurde der Kainzbauer von der Intensiven auf die Normalstation verlegt. Irgendwann hat deshalb der behandelnde Oberarzt aus dem Krankenhaus angerufen. Da ich zu diesem Zeitpunkt leider außer Haus war, bat man den Knogl, mir diese für mich nicht ganz unwesentliche Information unverzüglich zukommen zu lassen. Und jetzt, gerade im Moment, findet der Knogl den Zettel mit der Notiz zufällig unter einem Haufen Schreibzeug. Dieser Schlamper!

„Am Montag soll der Kainzbauer zur Reha in ein anderes Krankenhaus verlegt werden." Das hat er sich gerade noch merken können.

Heute ist Freitag und darum für mich höchste Eisenbahn, noch mal ins Klinikum zu fahren, um seine Aussage zum Unfallhergang zu protokollieren.

Es scheißt mich gewaltig an, dass ich heute schon wieder in ein Krankenhaus muss, nachdem ich diese Woche eh schon in zweien gewesen bin. Dem Spital in Salzburg und bei den Barmherzigen Brüdern in Regensburg.

Die liebe Tante Rosa hatte auf der zweihundert Kilometer langen Autofahrt reichlich Gelegenheit, über ihren Zustand zu jammern und mich über ihren Unfall und die Erstversorgung im Krankenhaus ausführlichst in Kenntnis zu setzen. Was natürlich zur Folge hatte, dass mir am Abend nicht nur der Schädel gebrummt hat. Nein, ich hatte auch noch leichte motorische Ausfälle beim Gehen, weil mir permanent der Fuß eingeschlafen ist, und zwar der rechte.

Habe ich schon erwähnt, dass sich die Tante Rosa den rechten Fuß gebrochen hat? Sie können daher bestimmt nachvollziehen, dass sich meine Freude über einen erneuten Aufenthalt in einem Krankenhaus, und sei es auch nur zu Dienstzwecken, in Grenzen hält. Vermutlich geht jetzt der ganze Zirkus mit meiner Hypochondrie wieder von vorne los, und ich habe am Abend Kopfschmerzen oder, noch schlimmer, einen Gedächtnisverlust. Ich harre also der Dinge, die da auf mich zukommen.

Es bleibt mir gar nichts anderes übrig, als die Sache selbst zu erledigen. Erstens ist es mein Fall, zweitens gibt es niemanden, dem ich diese Arbeit übertragen könnte, denn sind wir mal ehrlich, der Hafner ist total voreingenommen und dem chaotischen Knogl kann ich diese Aufgabe beim besten Willen nicht überlassen. Also, Augen zu und durch.

Der Kainzbauer residiert, anders kann man das gar nicht nennen, im selben Zimmer wie bei seinem ersten Krankenhausaufenthalt.

„Vielleicht ist dieser Raum extra für VIPs reserviert", überlege ich.

Es scheint ihm gar nicht so schlecht zu gehen. Überraschenderweise sitzt er im Bett und trägt einen feinen Schlafanzug mit Nadelstreifen, edler Zwirn, würde ich sagen. Das ist schon was anderes als das Krankenhaushemd. Laptop und Handy liegen griffbereit auf dem Nachttisch daneben. Wenn man davon absieht, dass ein dicker weißer Verband den Großteil seines Hauptes bedeckt und der unbedeckte Teil des Gesichtes grün und blau vor Blutergüssen ist, wirkt er in Anbetracht der Schwere des Unfalles ansonsten relativ munter.

„Der muss eine Rossnatur haben", schießt es mir durch den Kopf. Ein anderer wäre mit diesen Verletzungen lange nicht so fit. Vielleicht wird man als Privatpatient auch besser versorgt als ein ordinärer Kassenpatient?

Er ist genervt über die Störung, weil durch seinen Ausfall jede Menge Arbeit liegen geblieben ist, wie er mir erklärt. Aber das hilft jetzt nichts, diese Zeit wird er sich für mich nehmen müssen.

Ich kläre ihn über den aktuellen Stand der Ermittlungen auf. Dass es sich um einen Mordversuch und nicht, wie zuerst angenommen, um einen Verkehrsunfall handelt, macht ihn dann doch etwas betroffen.

Er könne sich kaum erinnern, meint er. Er sei halt am frühen Morgen in sein Auto gestiegen, um in die Firma zu fahren, wie jeden Tag. Der Wagen habe sich fahren lassen wie immer, doch beim Gefälle am Berghang hätten dann völlig unerwartet die Bremsen versagt. Er habe gedacht, das sei wegen der Straßenglätte, und dann war plötzlich alles um ihn herum schwarz geworden. Erinnern könne er sich erst wieder an die Zeit, als er im Krankenhaus zu sich gekommen sei.

Dazwischen waren, nach meinen Notizen zu urteilen, mehrere Tage vergangen, weil er ja sofort ins künstliche Koma verlegt worden war.

„Die Bremsen an Ihrem Wagen sind nachweislich manipuliert worden", erkläre ich ihm. „Mich interessiert, wer das gewesen ist."

Das würde ihn auch ganz brennend interessieren, meint er, und dass der andere dann nichts mehr zu lachen hätte. Nachdem ich auf diese Aussage keine Reaktion zeige, schaut er mich verärgert an: „Ja glauben Sie vielleicht, ich weiß, wer das getan hat? Denken Sie, der Täter legt mir einen Zettel hin mit dem Vermerk: Habe eben die Bremsen Ihres Wagens durchgeschnitten, mit freundlichem

Gruß XYZ. Es ist Ihre Aufgabe, das herauszufinden, nicht meine."

Es wäre auch meine Aufgabe gewesen herauszufinden, wer ihn Ende Oktober zusammengeschlagen hat, aber das wollte er ja absolut nicht. Jetzt schwillt mir echt der Kamm. Was glaubt denn der, was ich in den letzten Wochen getan habe und weswegen ich hier bin? Zum Kaffeeplausch?

Und genau das sage ich ihm ganz unmissverständlich. Dass ich auf seine Information und Mithilfe angewiesen sei, damit ich endlich herausfinde, wer ihn so dermaßen auf dem Kieker hat, dass er ihn lieber tot als lebendig sieht.

Er weiß es nicht. Angeblich habe er keine Feinde und der Wagen wäre erst vor Kurzem bei der Inspektion gewesen.

Zumindest diese Aussage ist für mich von Interesse. Ich frage nach, wann und wo das genau gewesen ist, und notiere mir die Adresse der Werkstatt.

„Kann es nicht doch ein Marder gewesen sein?", fragt der Kainzbauer und schüttelt ungläubig sein geschundenes Haupt.

Ich muss verneinen.

Jetzt wirkt er nicht mehr so selbstsicher, der Herr Bauunternehmer.

„Die Untersuchungsergebnisse der KTU sind eindeutig. Irgendjemand hat sich in der Zeit nach der Inspektion an Ihrem BMW zu schaffen gemacht. Die Frage ist nur, wer und wo. Besteht die Möglichkeit, dass der Täter bei Ihnen zu Hause das Auto manipuliert hat?"

„Auf keinen Fall." Da ist er sich zu hundert Prozent sicher. „Ich parke meinen Wagen ausschließlich in der Garage, niemals vor dem Haus. Die ist praktisch immer verschlossen, schließlich habe ich von da aus einen direkten Zugang ins Wohnhaus. Es besteht absolut keine Möglichkeit, dass jemand dort an den Wagen kommt."

„Wie steht es mit dem Firmengelände?", forsche ich weiter, während ich mir eifrig Notizen mache.

„Niemals!" Auch das schließt er rigoros aus. „Ich parke genau vor dem Haupteingang im Sichtbereich des Empfangs. Denken Sie, das würde niemand bemerken, wenn sich da jemand an meinem Auto zu schaffen macht? Noch dazu, wo dieser Bereich tagsüber ständig stark frequentiert wird."

Da hat er recht. Tagsüber würde jeder Firmenfremde sofort auffallen, wenn er sich auf dem Gelände oder beim Auto des Chefs aufhielte. Aber ich weiß ja aus sicherer Quelle, dass sich der Herr gerne auch mal nachts in der Firma aufhält, und zwar dann, wenn er wieder eine unaufschiebbare Besprechung mit seiner Privatsekretärin hat.

Als ich ihn darauf anspreche, betone ich bewusst die Wörter „unaufschiebbar" und „Besprechung." Er soll ruhig wissen, dass ich im Bilde bin.

Es scheint ihm überhaupt nicht unangenehm zu sein. „Für mein Firmengelände habe ich einen Wachhund, der jeden unerwünschten Eindringling zuverlässig stellt."

„Ein Hund lässt sich manipulieren", werfe ich dazwischen, „wenn Sie dem ein Stück Fleisch hinwerfen", gespickt mit einem Schlafmittel, füge ich in Gedanken an. „Da schaut es mit der Zuverlässigkeit nicht mehr ganz so rosig aus."

Mittlerweile habe ich meinen Tonfall dem seinen angepasst. Was bildet der sich überhaupt ein? Nur weil sein Bankkonto besser gespickt ist als meines, gibt ihm das noch lange nicht das Recht, auf gute Manieren zu verzichten. Arroganz vertrage ich sowieso ganz schlecht.

Er fängt plötzlich an zu lachen, als hätte ich einen Witz gemacht. „Das ist ein Polizeihund. Allein die Ausbildung hat mich Tausende Euros gekostet und er ist jeden Cent davon wert. Da gebe ich Ihnen Brief und Siegel drauf. Diesem Hund können Sie die besten Leckereien vor die Nase halten, er wird sie nicht annehmen. Das Tier reagiert ausschließlich auf Befehlserteilung seines Herren, in meinem Fall auf zwei, den Wachmann und mich. Nur wenn ihm einer von uns beiden die Erlaubnis gibt, Futter aufzunehmen, frisst er, sonst nicht. Sollte sich jemand Fremdes auf dem Gelände aufhalten, hält ihn der Hund so lange in Schach, bis der Pförtner kommt oder ich. Wenn es sein muss, stundenlang. Bei der kleinsten Bewegung schnappt er zu und dann gute Nacht."

Ob er sich da mal nicht täuscht. Den Braten vom Brunner hat er ja angeblich gefressen. Entweder hat ihn der Hund nicht als Fremden erkannt, weil der Brunner in der Firma arbeitet, oder der Brunner hat gelogen. Ich wechsle das Thema. Mal schauen, wie er reagiert, wenn ich auf den Geier zu sprechen komme.

„Sie stehen im Verdacht, den Stadtrat Geier erpresst zu haben. Könnte es sein, dass sich der Geier dafür bei Ihnen rächen wollte?"

„Erpresst, so ein Unsinn. Schaue ich aus, als bräuchte ich Geld? Mensch, Mädel, wo leben Sie denn! Sie können gerne einen Blick auf mein Bankkonto werfen. Von solchen Summen kann ein kleines Würstchen wie der Geier nur träumen. Das verdient der als Bankangestellter in seinem ganzen Leben nicht, was ich in einem Monat umsetze." Jetzt lässt er den Großkotz so richtig raushängen.

Schade, dass der Hafner das nicht miterlebt.

„Soviel ich weiß, haben Sie durch Informationen, die Ihnen der Geier zukommen lassen hat, sehr viel Geld verdient. So unwichtig kann er also für Sie nicht gewesen sein. Und mit einem Mal versiegt die geldsprudelnde Quelle, weil der Geier das Flattern bekommt und sich weigert, Ihnen weiterhin Aufträge zuzuschanzen."

„Sagen wir es mal so. Eine Hand wäscht die andere. Wir haben beide voneinander profitiert. Auf die eine oder andere Weise."

„Und weil er das jetzt nicht mehr will, setzen Sie ihn unter Druck."

Er beugt sich vor und schaut mich aus zusammengekniffenen Augen durchdringend an. „Was wollen Sie eigentlich von mir? Bin ich das Opfer oder der Täter? Sie haben mir vor wenigen Minuten erklärt, dass mich jemand töten will, und jetzt soll ich selbst daran schuld sein? Kümmern Sie sich verdammt noch mal darum, dass so etwas nicht mehr passiert, und belästigen Sie mich nicht mit diesem Unsinn!"

„Das eine schließt das andere ja nicht aus. Was ist, wenn der Geier der Täter ist, weil er dem Druck, dem er sich durch Sie ausgesetzt fühlte, nicht mehr standhält? Schließlich hat der Geier einen Selbstmordversuch unternommen. Aus Schuldgefühl oder Angst, entdeckt zu werden."

„Hat es geklappt?" Sowohl die Art, wie er diese Frage stellt, als auch sein Gesichtsausdruck verraten, dass er die Antwort bereits kennt.

„Nein, er lebt."

Er findet es witzig und lacht. Ich hingegen finde sein Verhalten einfach nur geschmacklos.

„Der schafft es nicht einmal, sich selbst umzubringen, und da denken Sie, er hat es auf mein Leben abgesehen? Dieser Mensch ist absolut unfähig und für mich zu unwichtig, als dass ich mir über so jemanden Gedanken mache. Glauben Sie mir, auf der Welt gibt es viele Geier, die nur darauf warten, von mir beachtet zu werden."

„Ja", denk ich mir, „Geldgeier!"

„Machen Sie Ihre Arbeit, Meisinger, und finden Sie heraus, wer daran schuld ist, dass ich hier liege. Sonst finde ich es selbst heraus und dann gnade demjenigen Gott!"

Wir kommen nicht dazu, dieses Gespräch weiter zu vertiefen, weil die Tür aufgeht und seine Sekretärin den Raum betritt. „Oh, Entschuldigung! Ich will nicht stören." Sie wirkt überrascht und lässt die Rose, die sie eben aus ihrer Handtasche holt, dezent wieder verschwinden.

„Schon gut", entgegnet der Kainzbauer und mit einem Nicken in meine Richtung: „Sie weiß Bescheid."

Sie nickt. „Ich weiß. Ich habe es nur für einen Moment vergessen." Sie geht zum Bett und küsst ihren Chef wie selbstverständlich auf den Mund. Dann nimmt sie die Blume und legt sie auf dem Nachttisch ab. „Das Essen ist unterwegs", sagt sie und greift zum Laptop.

„Ich erwarte von Ihnen absolute Diskretion in jeglicher Angelegenheit", fordert der Kainzbauer mit Nachdruck. „Ich will auf keinen Fall, dass über mich und Frau Brunner in der Firma geredet wird. Ist das klar?" Und dann an sie gewandt: „Du ziehst jetzt fürs Erste in eine kleine Wohnung und sobald die Scheidung durch ist, machen wir unsere Beziehung offiziell. Dann ist es eine saubere Sache."

Scheidung? Das ging ja fix.

Sie deutet meinen fragenden Blick richtig und erklärt: „Die Ehe bestand ja sowieso nur noch auf dem Papier. Wir sind beide zu der Einsicht gelangt, dass es besser ist, einen Schlussstrich zu ziehen."

Die Antwort darauf bleibt mir erspart. Die Tür geht auf und eine Schwester bringt ein Tablett mit Essen herein. Dieses stellt sie auf einem Tisch an der Wand ab. Dann nimmt sie einen kleinen Becher vom Tablett und zeigt ihn dem Patienten mit den Worten: „Das nehmen Sie bitte nach dem Essen zu sich."

„Was ist das?", erkundige ich mich.

„Darüber darf ich Ihnen keine Auskunft geben." Sie verschwindet.

„Ja dann weiterhin gute Besserung", sage ich und will mich verabschieden, da fällt mir noch was ein. Ich greife in die Innentasche meiner Jacke. Dort habe ich ein Kuvert mit dem Armband, das ich jetzt Frau Brunner überreiche. „Das wurde im Unfallwagen gefunden. Gehört das zufällig Ihnen?"

Sie öffnet den Umschlag und schaut hinein. Dann verschließt sie ihn rasch wieder und will ihn in ihrer Handtasche verschwinden lassen. „Ja, vielen Dank. Ich hatte es schon vermisst", sagt sie.

Bilde ich mir das ein oder wird sie ein wenig nervös?

„Was ist das?" Der Kainzbauer streckt die Hand nach dem Umschlag aus.

Zögernd gibt sie ihm das Kuvert. „Nur ein Armkettchen."

„Das kenne ich gar nicht", meint er und lässt das Kettchen achtlos wieder zurück in den Beutel gleiten.

„Ich trage es nur selten", antwortet sie und steckt den Umschlag in die Handtasche.

„Nett, aber billig. Sobald ich wieder draußen bin, kaufen wir dir etwas Schöneres."

Sie schenkt ihm ein strahlendes Lächeln und küsst ihn.

„Ja, dann", sag ich und mache mich auf den Weg. Mir reicht es. Dieses Kettchen hat die Brunnerin jedenfalls nicht vom Kainzbauer bekommen. Vielleicht von ihrem Mann? Aber trägt man Schmuck von jemandem, von dem man sich gerade scheiden lassen will?

Im Flur fällt mir ein, dass ich nicht weiß, wohin der Kainzbauer in der kommenden Woche verlegt werden soll. Zurück mag ich aber nicht mehr, darum suche ich nach dem Stationszimmer und frage dort nach.

„Bad Griesbach", erklärt mir die Oberschwester bereitwillig mit einem kurzen Blick in die Krankenakte.

227

Nach dem Besuch beim Kainzbauer habe ich absolut keine Lust, zurück zur PI zu fahren. Vor allem habe ich null Bock auf die Lobeshymnen vom Hafner zum Thema Wohltäter der Stadt. Dem müsste man einmal das Weltbild dieses edlen Menschen zurechtrücken. Am sinnvollsten ist es, jetzt gleich nach Mainkofen weiterzufahren, um nach dem Geier zu sehen. Vielleicht ist der vernehmungsfähig, dann kann ich zwei Fliegen mit einer Klappe schlagen.

Vorher mache ich aber einen Zwischenstopp am Standl. Die Reiberdatschi schmecken wie immer herrlich. Heute esse ich sie süß.

„Hast du es schon gehört?" Die Hilde kommt zu mir nach vorne ans Fenster.

„Der Schachtner wird versteigert. Wie es ausschaut, hat er den restlichen Hof auch noch versoffen, dann noch die Kosten für seine Beerdigung. Schade für den Buben, der arbeitet sich zu Tode, und der Alte hinterlässt ihm nichts als einen Berg Schulden. Und dann ist ja auch noch die Oma da. Wo soll die Frau denn hin, auf ihre alten Tage. Es ist ein Jammer!"

Da gebe ich der Hilde uneingeschränkt recht. Und wenn man dann gerade von dem Menschen kommt, der an diesem Unglück einen ganz beträchtlichen Anteil hat und sieht, was für ein selbstgefälliger und arroganter Zeitgenosse das ist, fragt man sich in der Tat, wo die Gerechtigkeit bleibt. Ganz ehrlich, mit diesem Vorwissen hätte es mir nicht eine Sekunde leidgetan, wenn der Kainzbauer bei dem Unfall draufgegangen wäre. Als Kommissarin steht es mir aber nicht zu, über andere zu urteilen. Meine Aufgabe ist es, für den Schutz eines jeden Menschen zu sorgen. Sympathie oder Antipathie haben da nichts verloren.

Zum ersten Mal, seit ich hier esse, vergeht mir der Appetit und das liegt sicher nicht an Hildes genialen Kochkünsten.

An der Pforte in Mainkofen frage ich nach, wo denn die Suizidler untergebracht sind.

„Nicht die Suchtler?", fragt die Pförtnerin süffisant grinsend zurück. Dabei beäugt sie mit hochgezogenen Augenbrauen meinen Kopf.

Die Enden der Dreadlocks stehen mir wie dicke Stacheln wild aus dem Dutt. Wie mich diese Kleinstadtspießigkeit ankotzt. Als ob man ein anderer Mensch wäre, nur weil man nicht so aussieht wie die ganzen Normalos.

„Nein, Suizid!", entgegne ich mit Nachdruck und zücke meinen Dienstausweis.

Daraufhin nennt sie mir das Haus und gibt mir freundlicherweise noch eine kleine Wegbeschreibung, damit ich mich bei den vielen einzelnen Häusern zurechtfinde.

Die Stationsschwester ist wenig begeistert über mein Erscheinen. „Der Patient ist sehr labil", erklärt sie mir barsch. „Jegliche Aufregung kann ein Rückschlag in der Therapie sein." Sie muss mich trotzdem durchlassen, ob sie will oder nicht.

Immerhin verspreche ich ihr, dass ich den Geier nicht aufregen werde. Hoffentlich kann ich das halten.

Mit seiner Frau ergeht es mir ähnlich. Auch sie bricht nicht unbedingt in Jubel aus, nachdem ich die Tür geöffnet habe. Vielmehr springt sie erschrocken von ihrem Stuhl auf und drängt mich zurück in den Flur, noch bevor ich den Raum überhaupt betreten kann. „Sie haben mir gerade noch gefehlt", empfängt sie mich frostig. „Unterstehen Sie sich, meinen Mann aufzuregen. Er fängt langsam wieder an, ins Leben zurückzufinden."

„Kennen Sie den Grund für seinen Selbstmordversuch?", frage ich vorsichtig nach.

„Was heißt denn hier Selbstmordversuch!", herrscht sie mich an. „Mein Mann wollte sich zurückziehen, um wieder klare Gedanken fassen zu können. Er steht zurzeit enorm unter Stress!"

„Das hat sich bei uns auf der Dienststelle aber anders angehört", erinnere ich sie an den Tag, an dem sie die Vermisstenanzeige aufgeben wollte.

„Mag sein", wiegelt sie ab. „Es hätte ihm ja etwas zugestoßen sein können."

„Bei sich zu Hause, wo er angeblich viel Ruhe hat, konnte er sich nicht zurückziehen? Da muss es ausgerechnet ein Baukran mit dreißig Metern Höhe sein?" Für wie blöd hält die mich denn?

Sie zögert einen Moment, dann senkt sie die Stimme. „Hören Sie, Frau Meisinger. Mein Mann ist nicht depressiv, auch wenn es für Sie und alle anderen danach aussehen mag. Er steckt momentan", sie sucht nach dem passenden Ausdruck, „in einer seelischen Krise. Das geht vorüber. Ich glaube fest daran, dass wir das gemeinsam schaffen werden. Dieser angebliche Suizidversuch war eine Verkettung unglücklicher Umstände. Wenn ich meinen Mann noch länger hier in der Psychiatrie lassen muss, wird er nur mit Medikamenten vollgepumpt. Das möchte ich auf gar keinen Fall. Ich will, dass er schnellstmöglich hier herauskommt. Er soll wieder zurück in ein normales Leben finden. Dafür braucht er Zeit, um das zu verarbeiten, was geschehen ist. Zeit, Ruhe und besonders Abstand zur Arbeit und allem anderen. Jede weitere Aufregung ist im Moment nur hinderlich und macht alle Fortschritte, die er bisher gemacht hat, zunichte." Sie schaut mich flehend an. „Bitte, lassen Sie ihm noch ein wenig Zeit."

Ich erwarte nicht, dass der Hafner dafür Verständnis haben wird, trotzdem willige ich zögernd ein. Das Versprechen, sich bei mir zu melden, sobald er zu einer Aussage fähig ist, nehme ich ihr aber ab, denn darauf kann ich nicht verzichten. Früher oder später wird er eine Erklärung für seinen Aussetzer abgeben müssen. Wobei mir früher wesentlich lieber wäre.

Kurz vor meinem Wagen läuft mir der Schachtner Andy über den Weg. Er ist sichtlich überrascht, als er begreift, dass das Polizeiauto zu mir gehört.

„Hätte ich dir nicht zugetraut", bemerkt er anerkennend.

Ich zucke grinsend die Schultern. „Machst du auch einen Krankenbesuch?", grüße ich ihn.

Er nickt. „So ungefähr. Die Oma war ein paar Tage da. Hat nach dem Tod vom Vater ein wenig schlapp gemacht." Er zieht etwas aus der Jackentasche. „Ihre Versichertenkarte hat sie hier vergessen. Es wird ihr halt langsam alles zu viel."

Ich will nachfragen, wie es mit ihm weitergeht, jetzt da der Hof versteigert wird, da läutet sein Handy.

„Ja? Ich bin gleich da." Er legt auf. „Sorry", entschuldigend zuckt er die Schultern, „der Chef."

„Aha, Autowerkstatt." Ich kenne mich aus.

„Nein, Kieswerk."

„Ich denke, du arbeitest in der Autowerkstatt?"

„Das auch. Der Job in der Grube ist nur ein kleiner Nebenverdienst."

„Das Leben ist teuer", sag ich.

„Stimmt, außerdem dürfen wir da unsere Autorennen abhalten. Dort kann die Polizei nichts dagegen unternehmen. Privatgrund!", grinst er vielsagend. Gleich darauf ist er weg.

Kapitel 20

Am nächsten Morgen herrscht in der PI helle Aufregung. Soeben kam ein Anruf aus dem Klinikum, dass gestern jemand dem Kainzbauer eine unbekannte Menge Schlaftabletten verabreicht hat. Von den eingeteilten Schwestern bestreitet aber jede, dem Patienten überhaupt ein Hypnotikum ausgehändigt zu haben, weder auf ärztliche Anweisung noch auf Patientenwunsch.

Ich mache mich unverzüglich auf den Weg ins Klinikum, wo mir kurze Zeit später ein ratloser Oberarzt und die Krankenhausleitung gegenübersitzen.

„So etwas ist in diesem Krankenhaus noch nie vorgekommen", beteuert der Arzt betroffen.

Der Patient habe recht abwesend aus dem Fenster gesehen, als eine Schwester das Geschirr vom Abend abholte, doch das ist ja nicht weiter auffällig gewesen.

„Die Schwester dachte, das hängt mit Ihrem Besuch vom Nachmittag zusammen, der ihn angestrengt haben könnte."

Vorsorglich habe sie aber eine Notiz in der Krankenkarte gemacht und eine halbe Stunde später noch mal nach ihm gesehen. Da sei er dann schon nicht mehr ansprechbar gewesen und ließ sich auch nicht wecken.

„Wir mussten sofort handeln. Der Schwester ist es zu verdanken, dass er noch lebt. Heute Morgen ...", er zuckt die Schultern.

„Woran erkannten Sie, dass es sich um eine Medikamentenvergiftung handelt? Es hätte ja alles Mögliche sein können. Ein Schlaganfall zum Beispiel."

„Das lag nahe. Zudem spielt bei solchen Fällen immer etwas Glück mit", erwidert der Arzt. „Außerdem waren die Symptome eindeutig."

Die Symptome braucht er für mich gar nicht so genau zu erklären. Sie wissen warum.

Der Arzt fügt an, dass man ja vorgewarnt war. Das dürfe man natürlich nicht außer Acht lassen.

Logisch, die Klinikleitung war ja darüber informiert, dass der Kainzbauer nicht verunglückt ist, sondern dass da jemand tatkräftig nachgeholfen hat. Solange er auf der Intensivstation lag, war das für den Hafner und mich super, denn hier wurde er permanent überwacht und außer dem Krankenhauspersonal oder seinem Bruder hatte niemand Zutritt. Hätten wir demnach besser aufpassen müssen, nachdem er verlegt worden war? Die Information, dass er nicht mehr intensiv liegt, habe ich ja selbst erst gestern bekommen, dank dem Knogl.

„Wer hat Zugriff auf die Medikamente?"

„Jede Pflegefachkraft. Allerdings ist der Schrank in einem Raum, der nur für das Personal zugänglich ist, und jede Abgabe muss streng dokumentiert werden", erklärt mir Frau Beer, die Klinikleiterin.

Davon muss ich mir ein genaues Bild machen, darum begeben wir uns ins Stationszimmer. Die Oberschwester erkennt mich wieder. Bereitwillig zeigt sie mir, wo die Medikamente verwahrt werden, und zeigt mir die Eintragungen im Krankenblatt. Auch sie findet für den Vorfall keinerlei Erklärung.

„Wer die Medikamente einsortiert, muss sehr gewissenhaft arbeiten", erklärt sie. „Schließlich steht er dafür gerade, wenn etwas schiefläuft. Über die Unterschrift hier", sie deutet mit dem Finger auf das entsprechende Feld, „können wir jederzeit nachvollziehen, wer es war."

„Was ist, wenn zum Beispiel durch einen Notfall die Arbeit unterbrochen werden muss. Das kann doch vorkommen, oder?"

„Dann wird alles noch einmal von vorne überprüft. Jede Arzneibox, jedes Medikament. Sie sehen, wir handeln bei der Verteilung äußerst gewissenhaft. Darum möchte ich behaupten, dass wir eine Verwechslung oder eine Überdosierung zu hundert Prozent ausschließen können."

„Und da gibt es nicht die geringste Ausnahme?"

„Manche Patienten haben ihre eigenen Medikamente dabei. Wir vermerken das, kümmern uns aber nicht darum, wie sie eingenommen werden, solange es mit der von uns verabreichten Medikation keine Kontraindikation gibt", sagt der Oberarzt.

„Welche Medikamente sind das zum Beispiel?"

„Abführmittel, pflanzliche Beruhigungsmittel zur Schlafförderung."

„Ha! Da haben wir es doch. Ein Schlafmittel!", rufe ich.

„Bei einem pflanzlichen Schlafmittel könnten Sie eine Schubkarre voll fressen!", platzt es aus der Oberschwester genervt heraus, „daran können Sie nicht draufgehen. Und glauben Sie mir, bei dieser Menge wäre der Patient von selbst stutzig geworden."

Der Verdacht erhärtet sich immer mehr, dass es ein Fremder war, der dem Kainzbauer das Schlafmittel auf irgendeine Weise untergejubelt hat.

Der Arzt bringt es auf den Punkt. Er spricht aus, was sich bisher niemand getraut hat: „Für mich schaut das ganz klar nach einem Mordversuch aus."

„Eine Verwechslung scheidet absolut aus? Es kann nicht sein, dass die Medikamente beim Verteilen an die Patienten vertauscht wurden?" Ich muss auf Nummer sicher gehen und alle Eventualitäten ausschließen. „Wer war gestern außer mir und seiner Sekretärin noch zu Besuch beim Kainzbauer?"

„Denken Sie, wir überprüfen hier jeden, der rein- und rausgeht?", zischt mich die Oberschwester an. Den Kugelschreiber in ihrer rechten Hand hält sie fest umklammert. Nervös klickt sie ihn mit dem Daumen an und aus. Ihre Nerven liegen unübersehbar blank. „Hier kann während der Besuchszeiten jeder raus und rein, wie er will. Wir sind doch nicht im Knast, wo man seine Personalien hinterlegen muss. Wir sind ein Krankenhaus! Vielleicht kennt der Herr Kainzbauer den Übeltäter besser, als wir alle denken. Dann denkt er nicht mal im Traum daran, dass der ihm was Böses will."

Der letzte Satz ist gar nicht dumm. Ich denke, es wird höchste Zeit, Polizeischutz zu beantragen. Das wird den Hafner freuen. Wäre es nach ihm gegangen, müssten der Knogl und ich schon seit der Einlieferung ins Krankenhaus wechselweise vor dem Krankenzimmer patrouillieren.

„Ist gestern irgendetwas anders gewesen als sonst?", bohre ich abschließend nach.

„Nicht, dass ich wüsste. Wir haben bereits alle Pflegekräfte befragt." Die Oberschwester schaut ein letztes Mal in die Akte und will sie eben schließen, da stutzt sie plötzlich. „Moment mal, hier steht, dass das Schmerzmittel am Abend noch einmal nachdosiert werden musste, weil es der Patient versehentlich verschüttet hat und die Tabletten nur teilweise gefunden werden konnten."

„Kann es dabei eine Verwechslung gegeben haben?"

Die Oberschwester lässt die Schwester kommen, die laut ihren Aufzeichnungen für die Arzneimittelausgabe am Vorabend zuständig war.

Sie bestätigt, dass sie ins Zimmer vom Kainzbauer gerufen wurde, weil ein Besuch des Patienten das Medikament versehentlich umgestoßen habe. Dabei seien die Tabletten auf den Boden gefallen.

„Die Dame hat zwar nach eigenen Angaben nach den Tabletten gesucht, fand aber nicht mehr alle. Außerdem wusste sie ja gar nicht, wie viele es gewesen waren", erklärt sie mir besonnen. Sie selbst hätte daraufhin den alten Becher samt restlichem Inhalt mitgenommen und einen neuen mit den verordneten Arzneien gebracht.

„Welches Medikament hat gefehlt? Wissen Sie das?", fragt der Arzt dazwischen. Sie überlegt kurz und antwortet dann zweifelsfrei: „Novaminsulfon."

Die Oberschwester nickt zustimmend: „Das steht auch hier."

„Ein Schmerzmittel", erklärt mir der Arzt. Nach einem Kontrollblick in die Krankenakte versichert er mir: „Die Gabe war niedrig dosiert. Selbst wenn er dieses Medikament versehentlich doppelt eingenommen hätte, wäre es nicht überdosiert gewesen. Daran kann es nicht gelegen haben."

„War der Besuch noch anwesend, als Sie erneut Medikamente zum Patienten brachten?"

„Nein, die Dame hatte sich bereits verabschiedet. Sie ist gegangen, als ich das erste Mal ins Zimmer vom Herrn Kainzbauer gerufen wurde. Es wäre ihr äußerst unangenehm, dass sie uns solche Umstände mache, sagte sie."

„Die Medikamentenliste ist absolut korrekt", mischt sich die Oberschwester rigoros ein und trommelt mit dem Zeigefinger auf die Aufzeichnung im Krankenblatt. „Es kann sich nur um den Zeitraum zwischen Abendessen und Nachtruhe gehandelt haben."

„Handelte es sich um dieselbe Dame, die auch am Vormittag zu Besuch kam?"

Genau erinnert sich die Schwester nicht. Der Kainzbauer bekommt kaum Besuch, sagt sie, aber wenn, dann eigentlich nur von dieser Frau.

„Lässt sich jetzt noch ermitteln, welcher Wirkstoff in den Tabletten war, mit denen der Kainzbauer vergiftet wurde?", frage ich den Arzt. Mir kommt da so eine Idee.

„Anhand einer Blutprobe oder des Mageninhaltes sollte das kein Problem sein. Vorsorglich haben wir einen Teil des Erbrochenen separiert."

Ich entschuldige mich für einen Moment und sprinte zum Wagen. Hoffentlich hat niemand die Schachtel mit den Schlaftabletten vom Brunner entsorgt. Kurz darauf kehre ich zurück und drücke dem Arzt die Packung in die Hand.

„Das Ergebnis bitte ausschließlich an mich und so schnell wie möglich!", ordne ich an. Nicht, dass mir wieder der Knogl dazwischenfunkt.

Bevor ich den Rückweg antrete, schaue ich beim Kainzbauer vorbei. Beim Eintritt ins Zimmer packt mich die nackte Wut. Der Herr Kriminalhauptkommissar Hafner steht höchstselbst an seinem Bett, und er versichert dem deutlich geschwächten Bauunternehmer, dass er sich ab sofort persönlich um die Aufklärung des Falles kümmern werde. Dass er, der Kainzbauer, selbstverständlich ab sofort unter Personenschutz stehe. Selbst wenn das hieße, dass er sich höchstpersönlich vor das Krankenzimmer stellen müsste, um den Herrn Bauunternehmer zu bewachen. Mir kommt gleich das Kotzen.

Grußlos knalle ich die Tür zu und fahre zurück ins Revier. Wenig später erscheint dann auch der DSL auf dem Revier. Die Sache mit dem Personenschutz gestaltet sich jedoch schwieriger als gedacht. Der Hafner rotiert und telefoniert fast pausenlos. Vorerst muss unsere Wache den Personenschutz allein stemmen. Schlimmstenfalls so lange, bis der Kainzbauer verlegt werden kann. Dann sind die Kollegen aus Passau an der Reihe. Laut Auskunft des Arztes sollte das in drei bis vier Tagen realisierbar sein.

Der Knogl ist begeistert und stellt sich freiwillig zur Verfügung, weil er denkt, dass das ein leichter Job ist. Den ganzen Tag auf einem Stuhl vor dem Krankenzimmer sitzen und aufpassen, so was gefällt ihm. Mir soll es recht sein. Da kann selbst der Knogl nichts falsch machen. Oder etwa doch?

Im Revier fliegen derweil ganz schön die Fetzen. Der Hafner erklärt mir, dass er sich ab jetzt selbst um die Aufklärung des Falles kümmert, weil mir der Täter zum zweiten Mal ein Schnippchen geschlagen hat. Außerdem, meint er, käme ich mit meinen Ermittlungen nicht schnell genug voran. Das weiß ich selbst und das macht mich rasend. Ich reiße mir den Arsch auf und anstatt mich zu unterstützen, nimmt er mir den Fall weg. So geht das nicht! Außerdem löst sich so ein Fall nicht im Vorbeigehen.

Der Hafner lässt bei seiner Standpauke durchleuchten, dass ihm der Kainzbauer, sagen wir mal eine großzügige Unterstützung bei der Renovierung und technischen Ausstattung der Polizeiinspektion zugesagt habe, wenn der Fall unverzüglich gelöst wird und er wieder angstfrei leben kann. Was bildet der sich überhaupt ein! Das stinkt nach Korruption und auf so was lässt sich der Hafner ein? Denkt der Kainzbauer allen Ernstes, wir, die Polizei, wären bestechlich? Ein rascher Fahndungserfolg wäre provisionsabhängig?

Wir zoffen uns, was das Zeug hält, aber der Hafner besteht darauf, dass ich ihm alle Akten übergebe und den Fall an ihn abgebe. Also packe ich den ganzen Kram zusammen und knalle ihm alles zornig auf den Schreibtisch. Aber wenn er denkt, dass ich mich ansonsten aus der Sache heraushalte, hat er sich geschnitten.

Verärgert suche ich in meinem Notizbuch nach der Adresse der BMW-Vertragswerkstatt. Dann rufe ich dort an. Nachdem ich erkläre, worum es sich handelt, gibt mir eine Mitarbeiterin der Firma Siedersberger bereitwillig Auskunft. Ja, es sei korrekt, dass der Wagen im Sommer zur Inspektion da gewesen sei. Bei dieser Gelegenheit wurde der Kundendienst gemacht. Die Winterreifen seien Ende Oktober aufgezogen worden.

„Da war es eh höchste Zeit für einen Reifenwechsel", stelle ich fest.

„Absolut", die Frau am anderen Ende gibt mir recht. „Wir haben extra beim Kunden angerufen, um ihn daran zu erinnern, da der Herr Kainzbauer auch seine Reifen bei uns eingelagert hat."

„Hat er den Wagen selbst vorbeigebracht?"

„Nein, das macht entweder seine Sekretärin oder wir lassen das Auto von einem unserer Angestellten holen und bringen."

„Das ist aber ein erstklassiger Kundenservice!"

„Besondere Kunden, besonderer Service", lacht sie.

Nachdem ich erwähne, dass es aufgrund manipulierter Bremsen einen schweren Verkehrsunfall gegeben hat, vergeht ihr das Lachen. Dafür verbindet sie mich umgehend mit dem Werkstattleiter. Der beteuert mir bei allem, was ihm heilig ist, dass der Wagen von ihm gemeinsam mit einem zuverlässigen Kollegen geprüft worden sei, was ich ja im Serviceheft ersehen könne.

„Tja", sage ich, „das ist leider seit dem Unfall verschwunden. Völlig unauffindbar!"

Betretene Stille am anderen Ende der Leitung! Er beteuert mir, dass er absolut sicher sei, korrekt gearbeitet zu haben und die Werkstatt am Unfall nicht die kleinste Schuld trifft: „Die Bremsen waren bei der Überprüfung im August völlig intakt", erinnert er sich. „Auch als der Wagen im

Oktober zum Radwechsel kam, gab es keinerlei Probleme mit den Bremsen. Das hätte unser Mitarbeiter doch sofort bemerkt, als er den Wagen zum Kunden zurückgebracht hat", betont er. „Die Reifen werden zwar meist von einem Azubi aufgezogen, aber wir überprüfen hinterher stets, ob korrekt gearbeitet wurde, alle Radmuttern festgezogen wurden, der Reifendruck stimmt", stammelt er.

Weitere Untersuchungen am Fahrzeug wurden natürlich nicht vorgenommen.

„Es gab ja weder einen Grund noch einen Auftrag dazu und da erst kurz vorher der Kundendienst gemacht wurde ..."

Ich bitte ihn, mir das alles noch mal schriftlich zukommen zu lassen, und falls ihm doch noch was einfällt, wisse er ja, wo ich zu finden sei.

Während ich stinksauer über die Entwicklung der Dinge im Krankenhaus meinen Schreibtisch ordne, kommt der Hafner in unser Büro. Frau Geier ist auf der Dienststelle erschienen und verlangt ausdrücklich nach mir. Und das, obwohl ihr der Hafner erklärt hat, dass er jetzt für den Fall zuständig ist. Das ist Balsam für meine geschundene Seele. Erhobenen Hauptes rausche ich an ihm vorbei.

Wartend steht sie am Tresen. Ich bitte sie hereinzukommen, doch sie schüttelt ablehnend den Kopf. Sie möchte mir nur mitteilen, dass ihr Mann nun doch zu einer Aussage bereit sei, erklärt sie ihren Besuch. Sie persönlich finde es dafür noch viel zu früh, aber er bestehe darauf.

„Vielleicht braucht er das, um mit sich selbst ins Reine zu kommen und dieses Kapitel ein für alle Mal abzuschließen", seufzt sie müde.

Wir vereinbaren noch für denselben Nachmittag ein Treffen in Mainkofen.

Kapitel 21

Dieses Mal brauche ich nicht erst nach dem Weg zu fragen. Pünktlich um fünfzehn Uhr erscheine ich, wie besprochen, im Zimmer vom Geier. Wir plänkeln zuerst ein wenig über das Wetter. Nachdem ich mich nach seinem Gesundheitszustand erkundigt habe, lege ich mein Aufnahmegerät vor ihm auf dem Tisch ab, um seine Aussage aufzuzeichnen. Er schaut zuerst ein wenig erschrocken. Nachdem ich ihm erkläre, dass das zu Protokollzwecken nötig ist und wir sonst das Gespräch auf der PI noch einmal wiederholen müssten, willigt er ein.

Ich bespreche das Band mit Ort, Datum und Grund der Aufzeichnung und beginne dann mit der Vernehmung. „Schildern Sie mir bitte alles ganz genau von Anfang an", ermuntere ich ihn. „Wie kam es dazu, dass der Bauunternehmer Kainzbauer über Sie an vertrauliche Informationen kam?"

Der Geier nimmt zuerst einen Schluck Wasser aus dem Glas vor sich. Dann sieht er seine Frau an. Erst als diese ihm aufmunternd zunickt, beginnt er leise und etwas zögerlich zu sprechen: „Angefangen hat alles vor etwa zehn oder elf Jahren", sagt er. „Damals war ich noch nicht Filialleiter, sondern Sachbearbeiter für Kreditwesen. Im Stadtrat wurde mir gerade der Posten im Bauausschuss zugetragen. Eine interessante und durchaus ehrenvolle Aufgabe. Zur selben Zeit suchten meine Frau und ich nach einem Eigenheim. Die Kreditzinsen waren in den Keller gerutscht. Wir spielten mit dem Gedanken, ein kleines Haus im Grünen zu bauen. Bei verschiedenen Baufirmen holten wir damals Angebote ein, unter anderem bei der Firma Kainzbauer." Er steht auf und geht zum Fenster. Eine Weile lang sagt er nichts.

Geduldig warte ich ab, lasse ihm die Zeit, die er braucht, um weiterzusprechen.

Als er sich umdreht, schaut er mir direkt in die Augen.

Es überrascht mich, was für einen gefestigten Eindruck er auf einmal macht. Scheinbar ist es ihm wirklich ernst damit, reinen Tisch zu machen.

„Der versteht sich darauf, wie man jemandem Honig ums Maul schmiert. Ich bin restlos auf ihn hereingefallen. Er war sehr interessiert daran, was ich beruflich mache. Hat mich beglückwünscht für den Posten im Bauausschuss. Dass ich sicher viel Einfluss hätte auf die Planung zukünftiger Baugebiete. Die enorme Verantwortung, die auf mir laste und all so ein Mist. Ich gebe zu, ich war geschmeichelt von so viel Lob und Anerkennung. Damals habe ich nicht erkannt, worauf das hinausläuft." Er erzählt besonnen mit einem Hauch Abscheu in der Stimme.

Schwer zu sagen, ob sie dem Kainzbauer gilt oder sich selber.

„Er meinte, es wäre schon praktisch, wenn man hin und wieder ein wenig in die Zukunft schauen könnte. Ein kleiner Tipp wäre oft Gold wert. Er hat sehr eindeutig durchleuchten lassen, dass eine Hand bekanntlich auch die andere wäscht. Anfangs wollte ich mich auf gar nichts einlassen, das müssen Sie mir glauben. Bis zu dem Tag, an dem dann der Kainzbauer bei uns zu Hause angerufen hat. Ein wunderbares Objekt hätte er an der Hand. Hervorragende Planung, großzügige Raumaufteilung, unserer Bauplanung alles in allem sehr ähnlich. Zudem sei ein schöner Garten dabei und das Beste daran, in kurzer Zeit bezugsfertig. Der Rohbau stehe bereits. Wir befanden uns zu diesem Zeitpunkt lediglich in der Planung, hatten aber noch kein Grundstück gekauft, geschweige denn eines in Aussicht. Nach unseren Berechnungen wären wir in frühestens ein bis zwei Jahren Eigenheimbesitzer gewesen. Auf diese Weise ginge es bedeutend schneller voran. Zudem könnten wir eine Menge Geld sparen, weil sich dann auch unsere Mietzahlungen verkürzten." Er dreht sich wieder zum Fenster und schweigt.

Dafür übernimmt jetzt seine Frau das Weiterreden. „Wir haben uns das Objekt unverbindlich angeschaut und waren sofort begeistert." Sie erzählt ebenso ruhig wie ihr Mann zuvor. „Der Kainzbauer meinte, es gäbe noch andere Bewerber und er müsse erst mit der Eigentümerin Rücksprache halten. Sie war vor Kurzem Witwe geworden und schwanger, weshalb sie das Haus nicht selbst fertigstellen wollte und konnte. Der Kainzbauer würde das jedoch zum Fixkostenpreis übernehmen. Er würde für uns ein gutes Wort einlegen, doch dafür müsse mein Mann ihm ebenfalls einen kleinen Gefallen erweisen, wenn wir den Zuschlag bekämen. Natürlich würde sich die Zusammenarbeit auch preislich positiv für uns auswirken."

„Und Sie haben ihm diesen Gefallen erwiesen", schlussfolgere ich.

Die Frau Geier steht auf und begibt sich zu ihrem Mann. Sanft legt sie ihm die Hand auf den Arm. „Er hat es für mich gemacht", sagt sie und schaut ihn dabei liebevoll an. „Ich wollte dieses Haus unbedingt haben. Es war Liebe auf den ersten Blick. Die Lage, das Grundstück. Ich sah mich gedanklich schon bei der Gestaltung des Gartens."

Ohne nachzufragen, weiß ich, dass wir über Annas Haus sprechen. Das Haus, bei dessen Bau ihr Mann ums Leben gekommen war.

Mir krampft sich der Magen zusammen, doch ich lasse mir nichts anmerken.

Er bestätigt damit, was der Kies-Kainz über seinen Bruder und den Geier behauptet hat.

„Nur einen kleinen Tipp wollte er haben", übernimmt nun wieder der Geier das Wort und reißt mich damit aus meinen Gedanken. „Über feuchte Wiesen am Stadtrand. Ob sich diese in Bauerwartungsland ausweisen lassen." Er setzt sich zu mir an den Tisch.

Seine Frau bleibt währenddessen zu uns gewandt am Fenster stehen.

„Der Besitzer sei ein rechter Halsabschneider und möchte die Wiesen zu einem Wucherpreis loswerden, wegen des zu erwartenden Baulandes", fährt er fort. „Er, der Kainzbauer, brauche den Grund aber nur für den Kiesabbau. Darum wolle er halt wissen, ob die geforderte Summe tatsächlich gerechtfertigt sei."

An dieser Stelle unterbreche ich ihn. „Wieso braucht der Bauunternehmer den Kies? Das Kieswerk betreibt doch sein Bruder?"

„Das war, bevor sich die beiden überworfen haben", klärt mich der Geier auf. „Die Trennung der Geschäfte folgte erst im Jahr darauf." Er steht auf und befüllt sein Glas erneut und trinkt. „Belogen hat er mich, der Mistkerl! Die Wiesen hat er billig gekauft und dem Schachtner jede Möglichkeit genommen, einmal ein besseres Leben zu führen. Der hatte doch nur noch den bis dahin wertlosen Grund."

Damit bestätigt er auch die zweite Behauptung vom Kainz, der das ebenfalls bei unserem Gespräch im Kieswerk erwähnt hatte. Ebenso, dass beides Gründe waren, warum er sich von seinem Bruder privat und geschäftlich distanziert hatte.

„Der Schachtner?", frage ich daher zur Bestätigung noch einmal nach. „Warum verkauft der Schachtner den einzigen Grund, den er noch hat, an jemanden wie den Kainzbauer?"

„Der Schachtner hatte noch nie viel Geld. Gebuckelt und geschuftet haben seine Frau und er für den kleinen Hof und gereicht hat es doch nie. Zum Leben zu wenig, zum Sterben zu viel, wie man so schön sagt. Mit Milchviehhaltung ist heutzutage kein Geld mehr zu machen. Dann ist zu allem Übel auch noch die Melkanlage kaputt gegangen. Einen Kredit wollte er aufnehmen, aber ohne Sicherheiten? Der Hof ist ja nichts wert und dann noch die Lage nahe des Industriegebiets. Der Schachtner hatte gerne das Konto überzogen, wie hätte er da die Raten zahlen sollen?"

„Trotzdem hätten sie den Grund als Sicherheiten nehmen können, oder etwa nicht?"

Er windet sich ein wenig. „Ich habe genauso meine Vorgaben und aus Mitleid macht man keine Geschäfte. Da zählen nur Zahlen, Zahlen und Fakten."

„Aber Sie waren doch für das Kreditwesen zuständig."

Er schüttelt den Kopf und dann lässt er die Katze aus dem Sack: „Ja gut, ich gebe es zu. Der Kainzbauer wusste durch mich, dass der Grund zu Bauland umgewandelt werden kann. Ich hatte Ihnen ja erzählt, dass er an den Wiesen eines Bauers interessiert war. Angeblich zum Kiesabbau. Ich dachte, er macht dem Schachtner ein faires Angebot. Hat er aber nicht. Er ist zum Hof der Schachtners gefahren und hat ihm das Geld bar auf den Tisch gelegt. Allerdings den Preis für wertlose Wiesen und nicht annähernd das, was sie wert waren. Der Schachtner hat vermutlich noch nie so viel Bargeld auf einmal gesehen. Er hat das Geld genommen, ohne groß darüber nachzudenken, und den Vorvertrag unterschrieben. Kurze Zeit später war alles unter Dach und Fach. Der Schachtner hat alles sofort in einen neuen Melkstand investiert. Jeder andere hätte sich mehr Zeit gelassen und vielleicht nachgefragt, warum ein Geschäftsmann, noch dazu einer wie der Kainzbauer, plötzlich Interesse an einem scheinbar wertlosen Grund hat. Der Schachtner leider nicht. Ein Jahr später wurden die Wiesen Gewerbegrund."

„Hatten Sie darauf Einfluss?"

Er nickt. Nachdem ich auf das Aufnahmegerät gezeigt habe, das ein Kopfnicken leider nicht aufnimmt, bejaht er meine Frage. Er räuspert sich. Vom vielen Reden war seine Stimme heiser geworden.

Fürsorglich reicht ihm seine Frau etwas zu trinken.

Nachdem der Geier das Glas mit einem dankbaren Blick an seine Frau abgestellt hat, erzählt er weiter: „Für den Grund hätte der Schachtner jetzt ein Vielfaches dessen bekommen, was ihm der Kainzbauer bezahlt hat. Der Kainzbauer hatte niemals vor, dort Kies zu fördern. Der wusste bereits im Vorfeld, dass sich eine bekannte Baumarktkette in Autobahnnähe ansiedeln wollte. Raten Sie mal, wo die schlussendlich gebaut haben?"

„Auf den sauren Wiesen vom Schachtner?"

„Genau. Und raten Sie mal, wer sich mit dem Grundstück und der Bauausführung eine goldene Nase verdient hat?"

„Der Kainzbauer!"

Er nickt und fährt sich müde mit den Händen übers Gesicht. „Ich habe es bereut. Immer und immer wieder und ich bereue es heute noch, jedes Mal, wenn ich den Schachtner sehe." Er korrigiert sich und schluckt: „Gesehen habe. Der hat damals getobt. Hat den Kainzbauer auf offener Straße beschimpft und sogar bedroht. Aber es hat ihm nichts genutzt, verkauft ist verkauft."

„Haben Sie je daran gedacht, die Sache durch eine Selbstanzeige richtigzustellen? Sie hätten ja zugeben können, dass der Kainzbauer durch Ihre Hilfe gewusst hat, dass es sich um Bauerwartungsland gehandelt hat. Dann wäre der Vertrag ungültig geworden."

„Im ersten Moment habe ich darüber nachgedacht, aber ich war zu feige dazu. Es wäre Aussage gegen Aussage gestanden und der Kainzbauer hätte sicher die besten Anwälte engagiert. Der hätte mich kurzerhand der Verleumdung bezichtigt, und dann? Ich wäre geliefert gewesen, weil ich Interna weitergegeben habe. Rausschmiss aus dem Stadtrat und aus der Bank. Futsch mit der schönen Pension. Meine Frau und ich hätten uns nirgendwo mehr sehen lassen können. Da habe ich lieber geschwiegen, und ab da hatte er mich in der Hand. Mehr als einmal wollte ich aus unserem stillen Handel aussteigen, doch jedes Mal hat er mich mit wenigen Worten in die Knie gezwungen. Was ist nur aus mir geworden?" Er braucht einige Minuten, um wieder einigermaßen die Fassung zu gewinnen.

Seine Frau und auch ich schweigen betroffen, bis er weitersprechen kann.

„Als sich dann die Frau vom Schachtner vor den Zug geworfen hat, war es ohnehin zu spät. Auch mit einer Selbstanzeige wäre sie nicht mehr lebendig geworden." Er schaut mich verzweifelt an. „Haben Sie eine Ahnung, was es heißt, damit leben zu müssen, dass Sie vielleicht am Tod eines anderen Menschen mitschuldig sind?"

„Aber Sie haben die Frau doch nicht vor den Zug gestoßen oder auf die Gleise gestellt. Denken Sie, der Selbstmord hängt mit dem Grundstücksverkauf zusammen?"

„Was glaube Sie denn?", entgegnet er aufgebracht. „Sie wollte die Landwirtschaft ja seit Jahren aufgeben, aber er nicht. Mit dem Verkauf der Wiesen zum richtigen Preis wären die saniert gewesen. Sie hätten alles verkaufen und sich anderswo ein besseres Leben aufbauen können. Doch dann kommt dieser großkotzige Geschäftsmann, wedelt mit ein paar Scheinen und macht selbst den großen Reibach. Und das Härteste, sie haben auch noch direkte Sicht auf den Konsumtempel. Eines Tages ist sie in ihrem Arbeitskittel aus dem Stall und mitten auf die Bahngleise gelaufen. Einfach eine Kurzschlusshandlung. Der Lokführer hatte keine Chance. Daraufhin hat der Schachtner alle seine Viecher verkauft und sich zu Tode gesoffen. Ich kann es ihm beim besten Willen nicht verdenken und ich bin an allem schuld."

„Nicht an allem", wäge ich ab.

„Schuld am Tod zweier Menschen. Das sind zwei zu viel. Ich habe Angst, dass es noch nicht vorbei ist. Was ist mit dem jungen Schachtner? Was ist, wenn der jetzt durchdreht? Eltern tot, der Hof total verschuldet? Ist er dann der Nächste? Oder die Alte?"

Ich muss gestehen, ich bin ehrlich geschockt. Mit vielem hatte ich gerechnet, damit nicht. Wie man es drehen und wenden mag, aber somit hat natürlich auch der Andy Schachtner ein starkes Motiv, und dem könnte ich es noch nicht einmal verübeln. Aber sagen Sie das bitte nicht weiter.

„War das der Grund für Ihren", eigentlich will ich „Selbstmordversuch" sagen, aber ein Blick auf seine Frau hindert mich daran. „Ausflug", nenne ich es stattdessen.

„Sagen Sie nur Suizidversuch", lächelt er wehmütig. „Das ist es doch, was alle denken."

„War es das nicht?"

Er zuckt die Schultern. „Ganz ehrlich? Ich weiß es selbst nicht so genau. Ich konnte an diesem Tag keinen klaren Gedanken mehr fassen. Der Druck vom Kainzbauer, der Verdacht, dass ich mit dem Mordanschlag auf ihn etwas zu tun habe, mein schlechtes Gewissen. Ich bin an jenem

Tag wie ferngesteuert durch die Stadt gefahren, und auf einmal stand ich vor dieser Baustelle. Keine Ahnung, wie ich da hingekommen bin. Den Wagen hatte ich vorher irgendwo abgestellt und bin dann zu Fuß umhergelaufen. Um mich herum war so viel Krach und Lärm. Ich wollte einfach nur noch meine Ruhe haben. Dann habe ich diesen Kran gesehen. Ich habe mir vorgestellt, wie still es da oben wohl sein mag, was für einen herrlichen Ausblick man von dort haben müsste. Ich weiß nicht, wie ich da hinaufgekommen bin. Das Erste, woran ich mich bewusst erinnern kann, ist der Moment, in dem ich die Stimme meiner Frau gehört habe." Er schaut sie liebevoll an. „Dann habe ich den Boden unter den Füßen verloren."

Im wahrsten Sinn des Wortes.

„Ich bin einfach ihrer Stimme gefolgt, ohne zu registrieren, wo ich mich befand." Er schweigt.

„Ich glaube, für heute ist es genug." Seine Frau kommt auf mich zu. „Er muss sich jetzt wieder ausruhen."

Er reicht mir zum Abschied die Hand. „Frau Meisinger, ich habe nichts mit dem Anschlag zu tun, auch wenn ich Ihnen dafür heute mehr als einen Grund geliefert habe, dass ich es gewesen sein könnte. Denn eines können Sie mir glauben: Sein Tod wäre nicht nur für mich eine Befreiung gewesen und aufrichtige Trauer empfänden nur wenige." Bereitwillig lässt er sich von seiner Frau zum Bett bringen.

Ich schalte das Aufnahmegerät wieder ab. Informationen habe ich mehr als genug bekommen. Ich bedanke mich für seine Offenheit und sage, dass seine Aussage lediglich für die Aufklärung des Falles wichtig ist. Auf den Posten bei der Bank oder im Bauausschuss hat es von meiner Seite her keine Auswirkungen. Das muss er mit seinem Gewissen vereinbaren.

Nachdem der letzte Anschlag auf den Kainzbauer stattgefunden hat, während der Geier in Mainkofen weilte, hat er für mich ein glaubwürdiges Alibi und scheidet als Verdächtiger aus. Er wirkt befreit, als ich gehe.

„Geld verdirbt halt den Charakter!", sage ich halblaut auf dem Weg zu meinem Wagen.

Kurz entschlossen fahre ich zum Schachtner-Hof weiter. Was mich da erwartet, spiegelt das Elend wider, das sich hier in den letzten Jahren abgespielt haben mag.

Das Anwesen wirkt äußerlich total verkommen. Man könnte fast denken, der Hof sei unbewohnt, wären da nicht die Blumen im Fenster. Autoteile und Wracks liegen in einem alten Schuppen, in dem sich eine kleine Werkstatt befindet. Das Scheunentor ist halb aus den Angeln gerissen, aber scheinbar stört das hier niemanden.

Das ist sicherlich das Refugium vom Andy, kommt es mir in den Sinn. Ein paar Hühner laufen über den Hof. Der Baumarkt liegt in unmittelbarer Nachbarschaft. So nahe, dass man bei gutem Hinhören sogar die Lautsprecherdurchsagen verstehen kann. Ich begebe mich ums Haus herum und luge durch eines der dunklen Fenster.

„Da ist keiner daheim!", ertönt es unvermittelt. Ich mache erschrocken einen Satz rückwärts. Hinter mir steht die kleine, alte Frau vom Friedhof. Sie erkennt mich.

Da ich nicht gleich mit der Tür ins Haus fallen will, dass ich wegen Mordversuches am Kainzbauer ermittle, brauche ich schleunigst eine Ausrede. Beim Anblick der Autoteile fällt mir ein, dass der Andy vor nicht allzu langer Zeit Sozialstunden wegen seiner illegalen Autorennen aufgebrummt bekommen hat. Darum frage ich scheinheilig, wann ich ihn zu Hause antreffe.

„Der Andy ist bei der Arbeit. Hat er schon wieder etwas angestellt?" Sie schaut mich besorgt an.

„Nein, nein", beschwichtige ich. „Es ist nur wegen seiner Autorennen. Da wollte ich etwas nachfragen." Ich versuche belanglos zu klingen, um sie nicht noch mehr zu beunruhigen.

Sie marschiert ins Haus, und ich folge ihr.

„Mögen S' einen Kaffee?", fragt sie freundlich.

„Gern." Sie führt mich in die Stube. Sie ist zwar ärmlich eingerichtet, aber sauber. Überhaupt wirkt das Haus von innen aufgeräumter als der Hof. „Der Andy ist mein Enkel, müssen Sie wissen", erklärt sie, während sie einen alten, irdenen Kaffeefilter auf eine Porzellankanne mit Blumenmuster setzt. Dann nimmt sie Filterpapier aus einem Schrank und gibt ihn in das Behältnis. „Er ist ein braver Bub und fleißig. Wenn nur nicht diese Autorennen wären." Sie holt Kaffee aus einer Dose und füllt das braune Pulver vorsichtig mit einem Teelöffel in den Papierfilter. „Sie glauben ja gar nicht, welche Ängste ich jedes Mal ausstehe. Aber er lässt sich nicht davon abbringen. Er sagt, er brauche das." Vom Holzofen nimmt sie nun einen Topf mit heißem Wasser und gießt es über das Kaffeepulver.

Sofort zieht feiner Kaffeeduft durchs Zimmer.

Als sie den alten Küchenschrank öffnet, um die Tassen herauszunehmen, stehe ich auf, um ihr zu helfen. Dabei fällt mir das Bild auf, das in einem zierlichen Silberrahmen auf der Anrichte steht. Die Frau auf der Fotografie schaut glücklich aus und hat große Ähnlichkeit mit dem Enkel der alten Damen neben mir.

„Ihre Schwiegertochter?"

Sie nickt und streicht mit dem Finger wehmütig über das Porträt. „Damals war sie noch glücklich. Hat den Buben unter dem Herzen getragen und geglaubt, sie würden es irgendwann einmal besser haben. Meinen Sohn haben Sie ja auch gekannt." Sie stellt das Bild zurück auf den Schrank.

„Gekannt ist vielleicht zu viel gesagt", erwidere ich vorsichtig. „Ich bin diejenige, die ihn gefunden hat."

Tränen schießen in ihre müden Augen. Stumm drückt sie meine Hand und dreht sich um. Dann nimmt sie die Kanne und gießt die Tassen voll mit dem duftenden Gebräu. Wir setzen uns.

„Der Andy hat erwähnt, dass er jetzt einen anderen Platz für seine Rennen gefunden hat", sage ich, um die bedrückende Stille zu beenden. „Wissen Sie, wo das ist?"

„Im Kieswerk!", lautet die überraschende Auskunft.

Stimmt, ich erinnere mich, das hatte er ja selbst erwähnt, als ich ihn in Mainkofen getroffen habe. Er meinte damals mit einem Seitenhieb, dass da die Polizei nichts dagegen machen kann.

„Beim Kainz?"

Sie nickt. „Besser als auf der Straße ist es allemal. Wenn ihm das eigene Leben schon so wenig wert ist, dann soll wenigstens kein Unschuldiger zu Schaden kommen."

Da hat sie recht. Weniger gefährlich ist es aber in der Kiesgrube auch nicht, wenn ich an die tiefen Gruben und Löcher denke.

Als ob sie meine Gedanken lesen könnte, fährt sie fort: „Sie fahren nicht direkt im Kieswerk, sondern auf der Strecke zwischen den beiden Gruben. Da führt ein langer Feldweg entlang. Breit genug, dass bequem zwei Laster nebeneinander Platz haben. Der Andy hilft immer wieder mal beim Kainz aus und verdient sich ein paar Euro dazu, darum hat ihm der Chef auch die Rennen dort erlaubt. Abends, wenn im Werk kein Betrieb mehr ist. Er hat mir einmal gezeigt, wo das ist, damit ich mich nicht sorge."

So ist das.

„Und sein Vater hatte damit kein Problem, ich meine, dass der Sohn Rennen fährt?"

„Sein Vater? Der hatte mit sich selbst genug zu tun. Da war für die Probleme anderer kein Platz mehr."

„Auch nicht, wenn es um den eigenen Sohn ging?"

„Der Andy hat immer selber schauen müssen, wo er bleibt", sagt die alte Dame. „Früher gab es so viel Arbeit am Hof mit den Kühen und den Wiesen. Da hatte keiner Zeit für ein kleines Kind. Und dann, als meine Schwiegertochter ...", sie stockt.

Ich lege meine Hand auf ihre: „Ich weiß."

Sie schaut mich dankbar an. „Da hat sich der Josef dann von allen isoliert, er wollte niemanden mehr sehen. Sein bester Freund, um zu vergessen, war der Alkohol. An dem ist er letztendlich dann zugrunde gegangen. Ich hab immer versucht, so gut es geht, für die beiden da zu sein, aber eine Ehefrau und eine Mutter kann ich nicht ersetzen."

Ich bedanke mich für den Kaffee und mache mich auf den Weg zur Polizeiinspektion. Mittlerweile konzentriert sich mein Verdacht vermehrt auf den Andy. Was aber nicht passt, ist, dass er zur fraglichen Zeit, als der dritte Anschlag stattgefunden hat, erst in Mainkofen war und dann im Kieswerk.

Gibt es da noch jemanden? Jemanden, den ich bis dato überhaupt nicht auf dem Schirm hatte? Was ist überhaupt mit dem Brunner? Den habe ich aus dem Kreis der Verdächtigen wieder ganz ausgeschlossen, aber warum eigentlich?

Es ist zum Aus-der-Haut-Fahren. Ständig habe ich das Gefühl, mich bei diesem Fall im Kreis zu drehen. Und die Uhr tickt. Wann wird der Täter wieder zuschlagen?

Kapitel 22

Am nächsten Tag spiele ich dem Hafner die Bandaufnahme mit der Aussage vom Geier vor. Er ist bestürzt darüber, was er da zu hören bekommt.

„Wer ist denn eigentlich als Erbe vom Kainzbauer eingesetzt?", erkundigt er sich bei mir, nachdem er das Band zum zweiten Mal abgehört hat.

„Keine Ahnung. Ohne eine richterliche Verfügung werde ich keine Auskunft bekommen. Erst recht nicht, da ich hier den meisten fremd bin."

Er nickt zustimmend. „Lassen Sie das meine Sorge sein", meint er.

Weil ich die letzte Nachtschicht im Krankenhaus übernommen habe, gibt mir der Hafner bereitwillig für den nächsten Mittwochnachmittag frei.

Die Tante Rosa kann jetzt endlich alle Krankenhausaufenthalte beenden und darf wieder heim in ihr geliebtes Michlbach. Darum muss die brave Maxi wieder einmal Taxi spielen.

Am Mittwoch mache ich mich viel zu früh auf den Weg nach Regensburg und lege daher einen kleinen Zwischenstopp im Donau-Einkaufszentrum ein, um mir ein paar neue Jeans zu besorgen. Das ist rasch passiert, denn ich weiß, was ich will und was mir passt. Da ich nun aber schon einmal hier bin, will ich mir auch einen Bademantel zulegen. Bei dem Gedanken an die Szene mit dem Hafner läuft mir immer noch eiskalter Schauer über den Rücken. Also hinein ins nächste Geschäft. Die Unterwäscheabteilung ist sehr groß. Es überrascht mich, wie viel Auswahl es da gibt.

„Die Bademäntel hängen gleich neben den Umkleidekabinen", hilft mir eine eifrige, junge Verkäuferin weiter. Ob sie mir denn bei der Auswahl helfen könnte.

„Nein, danke, das schaffe ich selbst", lehne ich ihr Angebot ab und mache mich auf die Suche. Ich werde auch rasch fündig. Was ich überhaupt nicht mag, sind übereifrige Verkäuferinnen, die einem nicht mehr von der Seite weichen. An solch ein Exemplar bin ich leider geraten.

„Wir haben auch wunderschöne Dessous", säuselt es urplötzlich hinter mir. „Wenn ich Ihnen da was zeigen darf? Spitze oder Satin? Tragen Sie bevorzugt Pantys oder einen String?"

„Nein, vielen Dank, ich bin wunschlos glücklich", versuche ich, sie abzuwimmeln, vergeblich.

Gerade denke ich, sie ist weg, zack, schon steht sie wieder neben mir und hält mir mit einem fröhlichen Wimpernaufschlag rote Reizwäsche entgegen. „Das wäre doch eine reizende Überraschung für den Gatten zu Hause? Denken Sie nicht?"

Betont lässig schaue ich ihr tief in die Augen und sage: „Ich glaube nicht, dass er das tragen wird." Die Mühe, ihr zu erklären, dass ich solo bin, erspare ich mir.

Sie amüsiert sich köstlich über den Witz und geht mir damit noch mehr auf die Nerven.

„Haben Sie nicht was in Angora?" Ich ändere meine Taktik.

Die Frage bringt sie tatsächlich ein wenig aus dem Konzept. „Angora?"

„Ja, schön warm und kuschelig. Am liebsten mit Füßchen?"

Sie ist irritiert. „Welche Größe?"

Ich zeige mit den Händen auf mich.

„Ja, da müsste ich eventuell einmal in der Abteilung für Sanität und Krankenpflege nachfragen", stammelt sie.

„Das wäre super!" Ich hebe den Daumen. „Sie wissen ja, wo Sie mich finden", sage ich. „Oder auch nicht", setze ich in Gedanken hinzu. „Ich probiere inzwischen diesen BH." Wahllos greife ich den nächstbesten von einem Ständer neben ihr.

„Dafür brauchen Sie eine Nummer", antwortet sie und begleitet mich zu den Umkleiden. Dann endlich lässt sie mich zufrieden.

Zur Tarnung verschwinde ich in der Kabine, ziehe rasch den Vorhang zu und schnaufe tief durch. Am besten warte ich ein paar Sekunden ab, bis die Luft rein ist, und mache mich dann aus dem Staub. Bademantel hin oder her. Ich hatte bisher keinen, dann brauch ich ihn auch jetzt nicht. Sollte mich der Hafner noch einmal unaufgefordert in meinem Bad überraschen, wenn ich nackt bin, muss ich ihn ohnedies erschießen. Notwehr.

Aus der Kabine nebenan ist schweres Atmen zu vernehmen. Ich spitze meine Ohren. Hat da jemand Herzprobleme und braucht Hilfe?

Gerade als ich vorsichtig an die Kabinenwand klopfen und fragen will, höre ich leises Kichern. Mit einem Mal fällt bei mir der Groschen. Da drüben geht es ganz schön zur Sache. Aber hallo! Entweder betrügt hier jemand seinen Partner, oder das Pärchen neben mir frischt soeben sein Liebesleben durch Sex an ungewöhnlichen Orten auf. Die Geräusche, die aus der Nachbarkabine kommen, klingen ziemlich eindeutig. Holla die Waldfee!

Ich versuche gerade, vorsichtig den Vorhang zurückzuziehen, um zu schauen, ob die Luft rein ist, nicht, dass schon wieder diese aufdringliche Verkäuferin davorsteht, da wird das Liebesspiel meiner Nachbarn abrupt durch Handyklingeln unterbrochen.

„Hallo?", hört man eine Frauenstimme. Sie kommt mir bekannt vor, daher rät mir mein siebter Sinn, den Posten hier keinesfalls zu verlassen. Einzig und allein das ist der Grund, warum ich Zeuge des Gespräches werde, so wie eben beim Liebesakt. Das war von meiner Seite aus ja auch ganz unfreiwillig. Der Zufall will es so.

Die Stimme spricht weiter. „Natürlich vermisse ich dich, Süßer", haucht sie ins Telefon.

Alles klar! Sie betrügt eindeutig ihren Ehemann mit einem Lover in einer Umkleidekabine in Regensburg, während der Gehörnte ahnungslos ist und sie vermisst. Miststück!

„Morgen", fährt sie fort und lacht gurrend. „Wenn du alles brav erledigt hast, bekommst du deine Belohnung."

Seltsam, jetzt hört es sich auf einmal an, als würde sie mit einem Kind sprechen? Ich lausche gespannt weiter.

Sie haucht noch ein paar Schweinereien ins Telefon.

Ich kenne mich nicht mehr aus. Teilweise ist das Gespräch so leise, dass ich mich voll konzentrieren muss, um im Trubel der Einkaufswelt etwas zu verstehen.

„Sei ein braver Junge und tu, was ich dir gesagt habe."

Verdammt noch mal, was spielt sich denn hier ab? Wenn mir nur die Stimme nicht so bekannt vorkommen würde, könnte man meinen, es handelt sich um eine Nutte, die mit ihrem nächsten Freier telefoniert. Scheinbar ist sich der Anrufer nicht sicher, ob er sich seine Belohnung verdienen will, denn schlagartig ändert sich der Tonfall. Aus dem Säuseln wird ein herber Befehlston.

„Hör endlich auf mit diesem schlechten Gewissen. Er macht uns alle kaputt. Er hat dein Leben zerstört und mich nutzt er aus. Du weißt genau, was er dir und mir angetan hat und er wird nie damit aufhören. Nur du kannst ihn stoppen. Tu es für uns! Tu es für mich." Die letzten beiden Sätze fleht sie ihn förmlich an. Anscheinend konnte sie den Anrufer beschwichtigen, denn mit einem versöhnlichen: „Sollen wir uns heute Abend noch mal sehen? Ich warte auf dich an unserem Treffpunkt!", beendet sie das Gespräch.

Verdammt, was geht da bloß vor sich?

„Was ist passiert?" Die zweite Stimme gehört eindeutig zu einem Mann. Auch sie ist mir nicht unbekannt.

„Der Schlappschwanz bekommt auf einmal kalte Füße, aber mach dir keine Sorgen, ich regle das. Du weißt, in meinen Händen ist er Wachs." Sie lacht. „Der glaubt ernsthaft, ich bin an einem Versager wie ihm interessiert. Am Abend treffen wir uns. Was denkst du, soll ich ihm einen kleinen Vorschuss auf seine Belohnung geben, als Motivationsschub?" Vorerst widmet sie sich aber wieder ausgiebig ihrem Gegenüber, wie man an den Geräuschen nebenan erahnt. „Morgen ist alles vorbei. Dann beginnt für uns ein völlig anderes Leben."

Das Keuchen der beiden ist kaum mehr auszuhalten. So leise wie möglich packe ich meine Sachen zusammen. Ich brauche unbedingt einen Beobachtungsposten in der Nähe, von wo aus ich die Kabine gut im Blickfeld habe. Schließlich will ich endlich Klarheit, wer es da so dermaßen schamlos neben mir in aller Öffentlichkeit treibt. Ich bin mir zu hundert Prozent sicher, die beiden zu kennen.

Eben will ich die Kabine verlassen, da klingelt mein Handy. Verdammt noch mal, das ist jetzt der denkbar ungünstigste Zeitpunkt dafür. Rasch ziehe ich den Vorhang wieder zu und hoffe dabei inständig, nicht entdeckt zu werden. Nebenan wird es schlagartig still.

Der Hafner! Ich drücke ihn weg. Den kann ich momentan am allerwenigsten gebrauchen.

Der Sichtschutz der Nachbarkabine wird zurückgezogen, und das Paar verlässt, kichernd wie Teenager, sein Nest.

Ich zähle langsam bis drei, dann öffne ich vorsichtig den Vorhang einen Spaltbreit und schiele hinaus. Während die beiden geradewegs auf den Ausgang zusteuern, klingelt mein Handy erneut.

„Meisinger!", schreit der Hafner am anderen Ende aufgeregt in den Hörer. „Sie werden es nicht glauben, wer im Testament vom Kainzbauer als Alleinerbe eingesetzt ist!"

„Ich glaube, ich weiß es", sage ich und lege auf.

Schlagartig fällt es mir wie Schuppen von den Augen. Bademantel und BH drücke ich kommentarlos einer völlig verdutzten Verkäuferin in die Hand, dann laufe ich eiligst dem Pärchen hinterher. Aber in der Unzahl der Einkaufswütigen habe ich sie leider aus den Augen verloren.

Im Eiltempo wird die Tante von Regensburg nach Straubing verfrachtet und obwohl die Mama lautstark protestiert, begebe ich mich ohne Kaffee und Kuchen schnurstracks auf dem kürzesten Weg zurück nach Schnaipfing.

„Morgen ist alles vorbei!", hat sie gesagt. Das wollen wir erst einmal sehen. Diesmal bin ich schneller, das verspreche ich.

Der Hafner und der Knogl hängen gebannt an meinen Lippen, als ich die komplette Story auf dem Revier wiedergebe.

„Wahnsinn, wie im Film!", unterbricht der Knogl immer wieder meine Ausführungen, und dem Hafner verschlägt es vor einer derartigen Dreistigkeit regelrecht die Sprache.

Das kommt auch nicht alle Tage vor. Während ich meine Erkenntnisse vor den beiden ausbreite, kommt ein Fax vom Autohaus Siedersberger für mich an. Darin steht aber nur das, was mir sowieso bekannt ist.

Der Hafner schaut mich erwartungsvoll an und klatscht voller Tatendrang in die Hände. „Und, Meisinger, was würden Sie sagen? Wie gehen wir jetzt weiter vor?"

„Wir?", sage ich, lehne mich entspannt in meinem Stuhl zurück und verschränke die Arme vor der Brust. „Wir lassen jetzt einfach den Dingen ihren Lauf."

Kapitel 23

Der nächste Morgen verläuft völlig ruhig. Um sieben Uhr ist Ablöse beim Personenschutz. Ich bin an der Reihe, die letzte Schicht zu übernehmen, bis der Kainzbauer abtransportiert wird.

Der Kollege von der Nachtschicht kann über keinerlei Auffälligkeiten berichten. Ich kontrolliere das Zimmer. Der Patient liegt ohne besondere Auffälligkeiten im Bett. Nur die Bandage am Kopf wurde erneuert, und diesmal hat es das Pflegepersonal besonders gut gemeint, denn vom Gesicht ist nicht mehr viel zu sehen.

Der Kollege legt mir die Liste zum Abzeichnen vor, dann übernehme ich den Wachposten vor der Tür.

Im Krankenhaus herrscht das übliche Treiben für diese Uhrzeit. Irgendwo in der Nähe klappert ein Geschirrwagen über den Gang. Ein Blick auf meine Armbanduhr bestätigt die Vermutung, dass das Frühstück ausgeteilt wird. Ein besonderer Service der Schwestern ist es, dass dabei auch für mich immer eine Portion Kaffee sowie frische Semmeln mit Butter und Marmelade abfallen. Das finde ich äußerst aufmerksam und ich freue mich darüber. Doch der Geruch in den Gängen macht mir immer noch sehr zu schaffen, auch wenn ich das Gefühl habe, dass es sich etwas gebessert hat. Viel Appetit habe ich daher nicht. Der einzige Lichtblick an diesem Job ist, dass ich mich nicht mit Diagnosen und Krankengeschichten auseinandersetzen muss. Sonst läge ich vermutlich, dank meiner Hypochondrie, im Bett neben dem Kainzbauer.

Etwa eine Stunde später wird das schmutzige Geschirr wieder eingesammelt und gegen neun Uhr kommt dann der Arzt zur Visite vorbei. Alles so wie jeden Tag. Dazwischen bleibt es ruhig.

„Der letzte Tag heute, Frau Meisinger", begrüßt er mich. Mittlerweile kennt man sich.

„Ja, es schaut ganz so aus. Wenn wir unsere Arbeit anständig machen, sind Sie den Patienten und uns hoffentlich bald los."

„Von meiner Seite her sind keine Probleme zu erwarten, und der Patient ist heute auch sehr stabil. Es sollte alles klappen." Er grinst und will mit seinem Gefolge ins Zimmer vom Kainzbauer gehen, als mit lauten Stöckelschritten die Silke Brunner den Gang entlangeilt.

Mit der hat heute faktisch niemand mehr gerechnet.

„Es ist gerade Visite", fange ich sie freundlich, aber bestimmt vor dem Zimmer ab.

„Ich will mich nur kurz verabschieden und nachfragen, ob er noch irgendwelche Anweisungen für die Firma hat", entgegnet sie und will sich an mir vorbeischieben. An der Tür wird sie jedoch abrupt vom Arzt zurückgehalten.

„Das hat Zeit, zuerst sind wir an der Reihe. Sie gestatten?" Dann tritt er ein und schließt rasch die Tür.

Nach zehn Minuten öffnet sie sich wieder und die Schar betritt erneut den Krankenhausflur.

Der Arzt wendet sich auch gleich an die Frau Brunner, die es kaum erwarten kann, ins Zimmer zu kommen. „Tut mir leid, aber der Patient fühlt sich nicht wohl. Einen Besuch kann ich Ihnen nicht gestatten."

„Hat sich sein Zustand wieder verschlechtert?", erkundigt sie sich alarmiert.

„Die Strapazen der letzten Tage machen ihm wohl mehr zu schaffen, als wir angenommen hatten. Zudem ist sein Gesundheitszustand, bedingt durch den Unfall, noch nicht der Beste. Er braucht jetzt unbedingt absolute Ruhe und darf nicht gestört werden." Er wendet sich an mich und bekräftigt noch einmal mit Nachdruck, dass ich keinen Besuch ins Zimmer lassen darf.

„Kann er dann überhaupt verlegt werden?" Die Brunnerin ist über den Zustand vom Kainzbauer offensichtlich beunruhigt.

„Ich denke, das klappt. In Anbetracht seiner körperlichen Verfassung schlage ich jedoch vor, dass der Patient liegend und nicht wie ursprünglich geplant im Sitzen befördert wird. Das ist für ihn wesentlich angenehmer. Ich werde alles in die Wege leiten. Sobald das geschehen ist und die Entlassungspapiere fertig sind, sehe ich noch mal nach ihm. Sollte sich sein Zustand nicht weiter verschlechtern, kann er in ein bis zwei Stunden zur Reha transportiert werden."

„Und falls nicht? Könnten Sie mich dann informieren?", bittet sie ihn.

Er verspricht es und verabschiedet sich von uns.

Die Brunnerin wartet, bis der Arzt verschwunden ist, dann flüstert sie mit einem charmanten Lächeln: „Nur ganz kurz." Dabei deutet sie mit dem Kopf zur Tür. „Ich möchte mich nur von ihm verabschieden, Sie wissen ja warum."

Ich zucke bedauernd die Schultern. „Tut mir leid, aber Sie haben die Anweisung vom Arzt ja selbst gehört."

Schlagartig weicht alle Freundlichkeit aus ihrem Gesicht. Zornig funkelt sie mich an, dann macht sie auf dem Absatz kehrt und stöckelt von dannen.

Nachdem der Kainzbauer das Krankenhaus planmäßig eine Stunde später verlassen hat, ist mein Dienst hier beendet. Gott sei Dank. Jetzt sind die Kollegen aus dem Rottal für seine Sicherheit verantwortlich. Es läuft alles reibungslos ab.

Kurz vor dem Mittagessen wird der Patient auf einer Trage liegend von einem Pfleger aus dem Zimmer geschoben. Er trägt einen Jogginganzug, darüber einen dicken Lodenmantel und eine dünne Decke. Eine Krankenschwester bringt eine Reisetasche mit dem restlichen Gepäck, der Oberarzt folgt ihr.

Ich stehe auf und gebe dem Patienten bis zum Krankenwagen Geleitschutz. Dort reiche ich ihm zum Abschied die Hand. „Alles Gute!", sage ich und nicke ihm aufmunternd zu.

Er nickt ebenfalls und tippt sich grüßend an die dick bandagierte Stirn. „Danke", krächzt er heiser. Etwas mulmig scheint ihm doch zu sein.

Nachdem der Wagen mit dem Kainzbauer das Krankenhausgelände verlassen hat, fahre ich zurück zur PI.

Der Hafner steht bereits wartend am Tresen. „Mission erfüllt, Patient unterwegs?", fragt er, gleich wie ich zur Tür hereinkomme.

„Ja, es ist alles in bester Ordnung."

Es ist bereits Nachmittag, als uns der Anruf vom Krankenhaus erreicht, dass der Kainzbauer immer noch nicht in der Kurklinik eingetroffen ist.

Der Hafner schaut mich an. „Einsatz!", befiehlt er, und mit Blaulicht und Sirene rasen wir durch die Stadt hinauf ins Klinikum.

Der Patient war in Bad Griesbach angemeldet und auch die erforderliche Aufsicht durch die Polizei stand ab dem heutigen Tag parat. Man habe sich gewundert, nachdem die Abreise mit elf Uhr dreißig angegeben wurde, warum der Patient um dreizehn Uhr noch immer nicht am Zielort eingetroffen war. Um vierzehn Uhr hatte man dann in Schnaipfing angefragt, was los sei. Dort versuchte man umgehend, mit dem Fahrer des Krankenwagens Kontakt aufzunehmen, was aber nicht gelang. Darum wurde unverzüglich Alarm ausgelöst. Die Krankenhauschefin beteuert uns, dass es sich beim Fahrer um einen langjährigen und zuverlässigen Mitarbeiter des Klinikums handele.

Wir beschließen, dass der Hafner hier vor Ort Stellung bezieht, sollte sich die Kurklinik melden und Entwarnung geben. Es könnte ja sein, dass die beiden unerwartet eine Pause einlegen mussten, aus welchen Gründen auch immer. Mit der Klinik in Bad Griesbach wird vereinbart, dass wir sofort benachrichtigt werden, sollte sich an der derzeitigen Lage etwas ändern oder sich der Fahrer von unterwegs melden.

Ich schnappe mir derweil den Dienstwagen und eile schnurstracks zur Werkstatt, bei der der Schachtner Andy beschäftigt ist. Allerdings treffe ich ihn dort nicht an, weil er sich für heute krankgemeldet hat.

„Wie lange arbeitet der Andy schon für Sie?"

„Seit September."

„Und vorher?"

„Da war er beim Siedersberger in Eiglsbach angestellt."

Also bei der BMW-Vertragswerkstatt, welche die Inspektion am Wagen vom Kainzbauer im Sommer durchgeführt hat. Damals war der Andy dort beschäftigt. Das erhärtet meinen Verdacht, dass er etwas mit dem Unfall vom Kainzbauer zu schaffen hat.

„Sie haben einmal gesagt, Sie würden für den Andy die Hand ins Feuer legen. Ist das nicht ein bisschen voreilig, wenn Sie ihn erst wenige Monate kennen?"

„Ich kenne den Andy schon ewig. Schon als kleiner Bub war er oft mit seinem Vater hier, wenn der etwas zu reparieren hatte. Später hat er dann hier ein Praktikum gemacht und hin und wieder in den Ferien bei uns gejobbt. Der Andy ist ein anständiger Bursch, über den lasse ich nichts kommen. Hat es eh schwer genug, der arme Kerl."

„Warum hat er dann seine Ausbildung woanders gemacht?", hake ich nach.

„Weil es uns auch nicht immer so rosig ging. Die letzten Jahre mussten wir ziemlich viel in den Betrieb investieren. Ich musste sparen, wo es ging. Da konnte ich es mir nicht leisten, Geld in die Ausbildung von Lehrlingen zu stecken. Im August ist dann ein langjähriger Mitarbeiter in den Ruhestand gegangen. Da hab ich dem Andy sofort die Stelle angeboten und er hat zugesagt."

Ich verabschiede mich und fahre weiter zum Schachtner Hof. Wie erwartet, ist der Andy auch dort nicht anzutreffen. Die Oma sagt, er sei wie jeden Tag zeitig am Morgen zur Arbeit aufgebrochen und hätte ihr gesagt, dass es am Abend spät werden würde. Sie brauche mit dem Abendessen nicht auf ihn zu warten.

Ein Anruf beim Hafner bringt keine neuen Erkenntnisse und auch vonseiten der Kurklinik ist alles unverändert. Sowohl Wagen als auch Insassen gelten weiter als vermisst. Doch eine Streife fährt bereits den Weg ab und sucht nach ihnen. Ich setze den Hafner über meinen Wissensstand in Kenntnis und mache mich auf zum nächsten Anlaufpunkt, dem Rapunzelturm.

Der Pförtner öffnet die Schranke und lässt mich mit dem Dienstwagen passieren. Beim Aussteigen fällt mein Blick auf die Wursttüte vom Metzger, bei dem ich unterwegs kurz haltgemacht habe.

„Heut bin ich einfach nicht zum Essen gekommen", sage ich zum Pförtner, während ich ein paar Wiener Würstl aus der Tüte ziehe und sie seinem Hund hinhalte. Der zeigt jedoch keine Regung, darum lege ich sie direkt vor ihm auf dem Boden ab.

„Keine Chance", grinst der Wachmann stolz und streichelt seinem Hund lobend über den Kopf. „Guter Hund!"

„Mag der keine Würstl?"

„Schon, aber er frisst nur, wenn er darf."

„Er darf ja." Ich schaue den Hund an. „Los, friss!"

Nichts passiert. Die Würstl bleiben unberührt am Boden liegen.

„Nur, wenn ich sage, er darf", klärt mich der Wachmann auf. „Friss!", gibt er dem Hund die Erlaubnis. Mit einem Schnapper verschwinden die Wiener im Maul des Tieres.

„Beeindruckend", sage ich und meine das völlig ernst. Zufrieden überquere ich den Hof und betrete die Halle des Bürogebäudes.

„Melden Sie mich bitte bei Frau Brunner", fordere ich die Empfangsdame auf.

Sie erkennt mich sofort wieder und ihr linkes Auge fängt nervös an zu zucken. Wäre ich ein Mann, würde ich mich geschmeichelt fühlen, so einen kolossalen Eindruck bei ihr hinterlassen zu haben.

Sie telefoniert kurz und öffnet mir wie beim letzten Mal den Aufzug. Dann steckt sie den Schlüssel ins Etagentableau und drückt den Knopf zur obersten Etage. „Sie finden den Weg ohne mich!", sagt sie schnippisch. Auf eine gemeinsame Fahrt mit dem Lift legt sie scheinbar keinen gesteigerten Wert.

Oben im Penthouse nimmt mich Silke Brunner sofort in Empfang. „Frau Meisinger?", begrüßt sie mich überrascht. „Ist etwas nicht in Ordnung?"

„Wie kommen Sie darauf?"

„Aus welchem Grund wären Sie sonst hier?"

Ich nicke. „Frau Brunner, ich habe leider keine guten Nachrichten für Sie", beginne ich mit bedeutungsvollem Gesicht. „Wollen Sie sich nicht besser setzen?" Ich zeige auf die Besuchercouch im Office.

„Sie machen mir Angst", sagt sie und begibt sich langsam zur Couch, nicht ohne mich dabei immer wieder unheilschwanger anzuschauen.

Während sie sich setzt und abwartend die Hände auf den Schoß legt, sehe ich das silberne Armkettchen mit Herz und Kreuz an ihrem Handgelenk baumeln.

Sie schaut mich erwartungsvoll an.

„Tja", beginne ich ausschweifend, „ich weiß nicht, wie ich es sagen soll, Frau Brunner, aber Ihr Chef oder, besser gesagt, Ihr Liebhaber wird vermisst."

„Was heißt das, er wird vermisst?" Sie wird bleich. „Er wurde doch heute nach Bad Griesbach verlegt. Ich war ja selbst am Morgen im Krankenhaus und wollte mich von ihm verabschieden, das haben Sie ja selbst miterlebt. Der Transport wurde doch vom Krankenhaus organisiert und ausgeführt und es hieß, dass er auch in Bad Griesbach Personenschutz bekommt. Wie kann er denn da verschwinden?" Sie reagiert erwartungsgemäß aufgebracht, was mich aber nicht sonderlich beeindruckt.

„Wir befürchten, dass es sich um eine geplante Entführung handelt, und wir glauben auch zu wissen, wer der Täter ist".

Zornig springt sie auf und funkelt mich böse an. „Was heißt da Entführung! Und wenn Sie den Täter kennen, warum haben Sie es dann nicht verhindert? Wie kann denn so was passieren? Das ist doch absolut dilettantisch!" Fast schon hysterisch läuft sie im Zimmer auf und ab. „Sie wussten genau, wie es um das Leben meines", sie zögert, fängt sich aber gleich wieder, „von Herrn Kainzbauer steht. Wozu dann der ganze Aufstand mit der permanenten Überwachung, wenn er auf der Fahrt von A nach B einfach ungeschützt entführt werden kann? Warum setzt man dann bei der Fahrt keinen Personenschutz ein? Es war doch nicht der erste tätliche Angriff auf ihn."

„Erstens gab es kaum Personen, die von einer Verlegung wussten."

Sie unterbricht mich: „Dann muss es der Fahrer des Krankenwagens gewesen sein!"

„Und zweitens", fahre ich unbeirrt fort, „wurde für die Fahrt ein zuverlässiger und langjähriger Mitarbeiter des Krankenhauses ausgewählt. Der wird leider ebenfalls vermisst, ebenso wie der Wagen, mit dem die beiden unterwegs waren. Den Fahrer können wir als Tatverdächtigen ausschließen."

„Wer soll es denn sonst gewesen sein?", blafft sie mich an.

„Zum Täter kann ich aus ermittlungstaktischen Gründen keine Angaben machen. Es tut mir leid, Frau Brunner. Ich benötige von Ihnen die private Handynummer Ihres Chefs. Sie erwähnten doch ein Telefon, mit dem er nur mit Ihnen kommuniziert hat. Eventuell lässt sich damit der derzeitige Aufenthaltsort ermitteln."

Sie schreibt mir die Nummer auf, dreht sich um und stellt sich mit dem Rücken zu mir an eine der gigantischen Panoramascheiben, die ganze Zeit kann ich ihr Gesicht nicht sehen, doch ihre Schultern zucken, als würde sie weinen.

„Übrigens, Ihnen fehlt die Hoffnung", sage ich.

Überrascht dreht sie sich um. Ihr Gesicht ist trocken. Ich deute auf das baumelnde Kettchen am Handgelenk, dann wende ich mich grußlos ab und marschiere zum Fahrstuhl. Ich brauche dringend frische Luft.

Kaum am Wagen angekommen, erreicht mich der Anruf vom Hafner. Der Fahrer hat sich gemeldet. „Ist er verletzt?", erkundige ich mich nach seinem Zustand.

„Nein, nur unterkühlt. Wie es aussieht, wurde er sediert und in einem Straßengraben liegen gelassen. Alles weitere, wenn Sie hier sind", beendet er das Gespräch.

Ich begebe mich daher nicht wie geplant zur Dienststelle, sondern wieder zurück ins Klinikum. Die Handyortung übernimmt stattdessen ein Kollege aus der Einsatzzentrale, dem ich die Nummer über Funk durchgebe. Durch das tagelange Bewachen vom Kainzbauer gewöhne ich mich mittlerweile an den Geruch im Krankenhaus. Es ist fast wie eine Hyposensibilisierung. Man muss sich seinem Allergen nur immer wieder in kleinen Dosen aussetzen.

„Der Fahrer hat sich aus dem Krankenhaus in Vilshofen gemeldet", empfängt mich der Hafner, als ich zur Tür hereinkomme. „Ein Autofahrer hat ihn entdeckt und die Rettung verständigt. Vom Kainzbauer fehlt jedoch nach wie vor jede Spur."

Das Klinikum in Schnaipfing bekommt den Auftrag, sofort Meldung zu machen, sollte sich der Kainzbauer melden oder gefunden werden, während sich der Hafner und ich stehenden Fußes auf den Weg nach Vilshofen machen. Frau Beer, die Chefin aus Schnaipfing, besteht darauf, ebenfalls mit nach Vilshofen zu kommen. Schließlich geht es um einen ihrer Mitarbeiter. Darum will sie auch aus erster Hand erfahren, was da passiert ist. Des Menschen Wille ist sein Himmelreich, also nehmen wir sie mit. Anders würde sie uns sowieso nicht fahren lassen, macht sie unmissverständlich klar.

Am Zielort angekommen, sieht sie allerdings aus, als brauche sie selber gleich ärztliche Behandlung. Ihr war scheinbar nicht bewusst, was es bedeutet, wenn Gefahr in Verzug ist. Bei einem Einsatz mit dem Dienstwagen hält man sich nicht unbedingt an die gültigen Regeln der Straßenverkehrsordnung. Geschwindigkeitsübertretung und das Überfahren von roten Ampeln gehören da zur Routine.

Nein, das habe sie nicht gewusst, gibt sie mir auf meine Frage hin zur Antwort und übergibt sich in den Mülleimer neben der Eingangstür. Herzlich willkommen in Vilshofen!

Der Fahrer des RTW liegt separiert in einem Einzelzimmer und ist in mehrere warme Decken gehüllt. Auf die Frage, was denn passiert sei, schaut er zuerst zu seiner Vorgesetzten, dann zu uns. Langsam beginnt er zu berichten, dabei klappern ihm permanent die Zähne. Dem armen Kerl muss noch immer entsetzlich kalt sein.

„Wir sind, wie angeordnet, die kürzeste Route von Schnaipfing nach Bad Griesbach gefahren. Alles schien soweit in Ordnung, bis wir kurz vor Bad Griesbach, dort, wo die Strecke durch ein längeres Waldstück führt, von einem schwarzen Kleinwagen überholt wurden." Er habe sich zuerst total geärgert, weil der Wagen ziemlich knapp vor ihm eingeschert sei und er deshalb gezwungen war, abzubremsen, schildert er den Vorfall. Plötzlich habe sich der Fahrer des anderen Autos recht auffällig verhalten. „Ich dachte erst, der ist betrunken", erklärt er die Szene. Dann lag die Vermutung nahe, der Fahrer könne gesundheitliche Probleme haben. „Eine Unterzuckerung oder eine Herzgeschichte, alles war möglich. Ich bin eine Weile hinter ihm hergefahren, denn zu überholen habe ich mich bei seinem Fahrstil nicht getraut. Auf einmal wurde er immer langsamer und ist schließlich seitlich in eine Hecke gekracht. Ich habe selbstverständlich angehalten und bin ausgestiegen, um nachzuschauen, was passiert ist."

„Sie haben die Fahrt unterbrochen!?", kommt es entrüstet von der Beer.

Er zuckt hilflos die Schultern: „Ich konnte doch nicht einfach weiterfahren. Das wäre ja unterlassene Hilfeleistung gewesen", sagt er. Als er dann die Tür des anderen Wagens geöffnet habe, sei der Fahrer mit dem Kopf auf dem Lenkrad gelegen. „Ich habe versucht, den leblosen Körper zurück in die Rückenlehne zu heben, damit ich sehen konnte, was los war. Da hab ich plötzlich einen heftigen Schmerz im Oberschenkel gespürte und das Bewusstsein verloren."

„Moment mal. Das heißt, sie wurden angegriffen, der Mann war also gar nicht bewusstlos? Ich bin gleich wieder zurück." Der Hafner verlässt das Zimmer.

Der Fahrer fährt indes fort zu erzählen.

Als er dann wieder zu sich kam, war er im Straßengraben gelegen und habe fürchterlich gefroren, denn die Jacke seiner Uniform hatte der Täter an sich genommen, als er den Kainzbauer mit dem Rettungswagen entführte.

„Sie hatten die ausdrückliche Anweisung, den Patienten ohne Pause oder Halt von Schnaipfing nach Bad Griesbach zu befördern. Das wird für Sie ein Nachspiel haben!", herrscht ihn die Beer erzürnt an und baut sich bedrohlich vor dem armen Kerl auf.

„Wissen Sie was?", schreit der ihr aufgebracht entgegen. „Das ist mir egal. Ich bin froh, dass ich überhaupt noch am Leben bin. Dieser Irre hätte mich auch abstechen können, und dann?"

„Wären Sie nicht aus dem Wagen gestiegen und hätten sich an die Anweisungen gehalten ...!"

„Wären, hätten! Was wäre denn gewesen, wenn der im Wagen vor mir tatsächlich massive gesundheitliche Probleme gehabt hätte? Dann wäre ich dran gewesen, wegen unterlassener Hilfeleistung, und Sie hätten mich dafür verantwortlich gemacht, dass ein Mitarbeiter Ihres Klinikums den guten Ruf Ihres Hauses in den Schmutz zieht. Wissen Sie was? Rutschen Sie mir den Buckel runter. Für Sie zählen doch nur Belegzahlen und Gewinn. Raus hier! Ich habe für diese Fahrt Kopf und Kragen riskiert. Raus! Verschwinden Sie! Und zwar alle!"

Die Beer bekommt einen knallroten Kopf und verstummt.

Dafür kommt der Hafner zurück und flüstert mir ins Ohr: „Ich habe gerade mit dem zuständigen Arzt gesprochen. Er wurde vermutlich mit Midazolam sediert. Der hatte überhaupt keine Chance."

„Eine Frage noch", sage ich. „Warum haben Sie sich nicht sofort, als Sie aufgewacht sind, im Krankenhaus gemeldet und mitgeteilt, was geschehen ist?"

„Weil ich im ersten Moment gar nicht gewusst habe, was passiert ist", gibt er genervt zurück. „Außerdem ist mein Handy in der Seitentasche des Anoraks und den hat mir ja bekanntlich der Entführer abgenommen."

Der Hafner schaut mich an, ich schau den Hafner an. „Ortung!", rufen wir beide wie aus einem Mund.

Ich notiere mir eiligst die Nummer, und dann rennen wir auch schon, wie von der Tarantel gestochen, zum Wagen. Just in dem Moment, als wir losfahren wollen, springt uns die Beer vor die Motorhaube. Die haben wir völlig vergessen. Sie lässt sich keuchend auf die Rückbank fallen.

„Vorsicht, junge Frau!", ruft der Hafner nach hinten, „die Fahrt geht los!"

Er entwickelt Humor, der Herr Dienststellenleiter.

Im selben Tempo wie bei der Hinfahrt flitzen wir zurück nach Schnaipfing zur PI. Wieder mit Blaulicht und Tatütata und Missachtung sämtlicher Verkehrsvorschriften. Das macht Spaß. Beim Aussteigen übergibt sich die Beer dann zum zweiten Mal.

„Sie sollten echt was gegen Reiseübelkeit einnehmen", sage ich zu ihr. „Das ist ja furchtbar."

Sie wirft mir einen verächtlichen Blick zu und stützt sich matt auf den Mülleimer am Radweg neben der Dienststelle. „Machen Sie sich keine Mühe. Sie müssen mich nicht extra zurück zur Klinik bringen. Ich nehme mir gerne ein Taxi!", meint sie und wankt von dannen.

Reisende soll man bekanntlich nicht aufhalten. Es hatte sowieso niemand vor, die Gute zurückzufahren. Dafür ist auch gar keine Zeit.

Das Handy vom Kainzbauer war zuletzt nahe Vilshofen eingeloggt, doch leider gibt es seit einigen Stunden keinen Empfang mehr. Mist! Der Kollege aus der Einsatzzentrale gibt daher die neuen Daten ein und diesmal klappt es auch mit der Ortung. Bereits nach wenigen Augenblicken erscheinen die Koordinaten auf dem Bildschirm. Es ist das Kieswerk, eindeutig und ohne jeden Zweifel. Der Entführer befindet sich mit dem Kainzbauer am Gelände vom Kies-Kainz.

Mittlerweile ist es dunkel geworden. Der Hafner bleibt im Revier zurück, um den Einsatz von hier aus zu koordinieren, und ich düse allein los, aber Unterstützung ist auf dem Weg.

Ab der Zufahrt zum Kieswerk stelle ich das Blaulicht ab und schalte das Abblendlicht aus. So lange wie möglich muss ich unsichtbar bleiben, um mich möglichst nahe an den Entführer und sein Opfer heranpirschen zu können.

Für gewöhnlich wird um diese Uhrzeit im Kieswerk nicht mehr gearbeitet. Weiter hinten im Gelände glaube ich jedoch, ein Licht aufblitzen zu sehen. Nur kurz, so wie das Leuchten einer Lampe oder eines Scheinwerfers, kommt es mir in den Sinn.

Langsam taste ich mich ein Stück mit dem Wagen voran. Dann parke ich ihn hinter einem hohen Sandhügel nahe der Stelle, an der das Licht zu erkennen war. Ich steige aus. In einiger Entfernung ist Motorengeräusch zu hören. Geduckt laufe ich in diese Richtung weiter, immer darauf vorbereitet, rasch in Deckung gehen zu müssen.

Nach dem nächsten Sandhaufen kann ich es deutlich sehen. Ein großer Schaufellader fährt auf einen der Sandberge zu und befüllt die Schaufel.

Vorsichtig versuche ich, mich bis an den Rand der nächsten Bauschuttgrube vorzuarbeiten. Ich ziehe meine Taschenlampe aus dem Gürtel und leuchte in die Tiefe. Gezielt suche ich den Boden ab. Da, etwa fünf Meter unter mir, liegt eindeutig ein regungsloser Körper.

„Alles okay?", schreie ich hinab. Keine Antwort. Trotzdem glaube ich, im Schein der Lampe eine Bewegung wahrzunehmen. „Rettung ist unterwegs!", rufe ich.

Plötzlich nähert sich das Motorengeräusch bedrohlich schnell. Ich muss schleunigst Deckung suchen.

Ich erkenne, wie der Lader beängstigend nahe an den Grubenrand fährt und dort die Schaufel kippt. Vorsichtig und nur ganz wenig, allerdings weit genug, dass der Kies langsam und stetig in die Grube rieselt. Der Fahrer des Ungetüms steigt aus und begibt sich selbst bis vor an den Rand. Im Licht der Scheinwerfer wirkt das alles unheimlich, gruselig, beinahe surreal.

„Und, wie fühlt es sich an, wenn man am Boden liegt?", brüllt er hinab. „Weißt du jetzt, wie es ist, wenn man ganz unten ist? Wenn man nicht mehr weiß, wie es weitergeht? Mein ganzes Leben lang war ich am Boden, weil du mir alles genommen hast, was ich zum Leben gebraucht hätte. Meine Mutter, meinen Vater, unsere Zukunft. Und jetzt, jetzt soll das letzte Stück von meinem Zuhause auch noch versteigert werden. Alles wegen dir. Aber heute bin ich derjenige, der über dich bestimmt. Einmal hab ich die Macht über dich, über dein Leben! Und das nehme ich dir jetzt, ganz langsam, so wie du mir meins genommen hast, Stück für Stück!" Dabei spuckt er verächtlich auf den Boden. „Verrecken sollst du im Kies!" Er brüllt die Worte förmlich hinab ins schwarze Loch.

Ich verstehe jedes Wort ganz deutlich.

Von unten sind unterdrückte Laute zu hören. Er lebt also noch, Gott sei Dank. Es wird Zeit für meinen Einsatz.

„Wer sich auf Kosten anderer das Leben versüßt, kann auch Saures einstecken!", rufe ich laut. „So ist es doch, Schachtner, oder?"

Der Andy fährt erschrocken herum.

Mit einer Hand blende ich ihn mit der Taschenlampe, mit der anderen taste ich nach der Dienstwaffe.

„Er hat es verdient, die Sau!", schreit er zurück. „Er hat es einfach verdient!" Er dreht sich um und will in den Lader steigen.

Das muss ich um jeden Preis verhindern.

„Ist es das wert? Willst du wegen dem in den Knast wandern?", brülle ich ihn an.

„Was weißt denn du schon? Du hast ja keine Ahnung", tönt es zurück.

„Oh doch. Ich weiß zum Beispiel, warum du das machst. Das ist doch nicht auf deinem Mist gewachsen. Du willst den Kainzbauer doch gar nicht umbringen. Das hat sie dir eingeredet!"

„Unsinn, totaler Blödsinn!" Er fährt sich mit der Hand durch das Haar, wird zunehmend nervöser.

„Die Silke hat dir gesagt, dass du das machen musst. Aber sie benutzt dich nur, Andy."

„Du lügst!"

„Es geht ihr gar nicht um dich und auch nicht um Liebe. Es geht ums Geld, Andy! Nur ums Geld, nichts anderes! Sie liebt dich nicht, Andy! Hörst du? Sie hat dich nie geliebt. Sie hat dich immer nur benutzt. Gib auf, Andy! Schmeiß nicht dein Leben weg!" Ich flehe ihn regelrecht an, will ihn unbedingt zur Aufgabe bewegen.

„Was hab ich denn noch zu verlieren? Es ist doch eh alles weg. Jetzt wird das Haus auch noch versteigert. Wo soll ich denn hin?" Er dreht sich um und will ins Fahrzeug klettern.

Der Kies rieselt nach wie vor von der Laderschaufel.

Ich habe absolut keine Ahnung, wie es jetzt da unten im Loch aussieht. Weiß nicht, ob die Person bereits verschüttet ist oder nicht. Es ist höchste Eisenbahn, dass etwas Entscheidendes passiert.

„Wenn du jetzt in den Lader steigst, muss ich dich erschießen!", brülle ich panisch.

Doch das beeindruckt ihn nicht im Geringsten. Auch nicht, als ich tatsächlich einen Warnschuss in seine Richtung abgebe, der nur knapp an ihm vorbei die Scheibe der Kabine durchschlägt.

„Und was ist mit der Oma?"

Ich muss verhindern, dass er die Schaufel mit Kies vollständig über seinem Opfer auslädt, aber ich will auf gar keinen Fall einen Schuss auf ihn absetzen müssen.

„Erst hat sie ihre Schwiegertochter verloren, dann den eigenen Sohn. Willst du der Nächste sein? Das hält sie doch nie und nimmer aus. Sie zerbricht daran. Ist es das, was du damit erreichen willst?"

Er zögert, dann steigt er nach unten und dreht sich langsam um. Kraftlos schlägt er die Hände vor sein Gesicht und bricht weinend zusammen. Er zittert am ganzen Körper und tut mir entsetzlich leid.

Mit einem Schlag ist im Kieswerk die Hölle los, das können Sie sich gar nicht vorstellen. Hinter sämtlichen Sandhügeln schießen Einsatzwagen hervor, Polizei, Krankenwagen. Die Nacht erstrahlt förmlich in blauem Licht. Die Kollegen aus Straubing führen den Schachtner ab. Die Schnaipfinger Feuerwehr ist auch wieder mit von der Partie und beginnt sofort mit der Bergung der Person in der Grube.

„Alle Achtung, Meisinger! Das hätte aber auch gewaltig in die Hose gehen können." Der Hafner steigt aus einem der Einsatzwagen und schüttelt mir anerkennend die Hand.

Ich habe selbst ganz weiche Knie, aber das darf der DSL auf keinen Fall merken. „Ist es aber nicht", sage ich betont selbstbewusst. Dass ich mir irgendwann selbst nicht mehr so sicher war, dass unser Plan aufgeht, sag ich ihm besser nicht. Stattdessen marschiere ich auf die andere Seite des Einsatzwagens, mit dem der Hafner vorgefahren ist, und öffne die Beifahrertür.

Drinnen sitzt der Kainzbauer.

„Und? Habt's ihn dingfest gemacht?", empfängt er mich völlig empathielos.

„Ja, die Kollegen bringen den Schachtner Andreas gerade weg", klärt ihn der Hafner auf.

Der Kainzbauer nickt. „So, so, der junge Schachtner. Wobei, das überrascht mich gar nicht. Die gleiche verkommene Existenz wie sein Vater. Nur dass der kein Verbrecher war, sondern bloß ein Narr!"

Ich kann nicht fassen, wie kaltschnäuzig dieser Mensch selbst in so einem Moment ist. „Interessiert es Sie eigentlich gar nicht, woher dieser Hass auf Sie kommt?", wundere ich mich.

„Verkorkste Jugend, Neid. Das ist mir ziemlich egal. Mir ist wichtig, dass ich wieder ruhig schlafen kann. Sie haben Ihre Arbeit gemacht, gut so, aber dafür werden Sie ja auch von den Steuergeldern unbescholtener Bürger bezahlt. Und das nicht einmal schlecht, möchte ich sagen."

Der Hafner sieht mir an, dass ich kurz davor bin, dem Kainzbauer an die Gurgel zu springen. „Äh, der Schachtner Andreas war aber nicht Ihr einziges Problem", versucht er die Situation zu entschärfen.

Verwundert blickt der Kainzbauer von einem zum anderen. „Nicht, soll das heißen, da gibt's noch jemand und der läuft vielleicht auch noch frei herum?"

„Keine Angst, wir haben unsere Arbeit gemacht, wie Sie so schön gesagt haben", kontere ich. „Der Andy war nur für die Drecksarbeit zuständig. Von selbst wäre der vermutlich nie auf die Idee gekommen, sich an Ihnen wegen seinem verpfuschten Leben zu rächen. Wer der eigentliche Drahtzieher ist, dürfte sogar Sie überraschen."

Jetzt wird er doch ein bisschen nervös, der Herr Bauunternehmer. „Wer ist es? Mein Bruder?"

Ich schüttle den Kopf und gebe per Funk den Befehl: „Bringt sie her!"

Ein weiterer Einsatzwagen fährt vor und hält direkt neben dem Kainzbauer. Auf der Rückbank sitzen der Brunner und seine Frau.

„Nein!", entfährt es dem Kainzbauer. Mit weit aufgerissenen Augen starrt er die beiden an.

„Ja", sag ich, „Geld allein macht halt nicht glücklich. Man sollte sich schon gut überlegen, wem man einmal sein großzügiges Erbe hinterlässt." Dann wende ich mich an die Kollegen im anderen Wagen. „Bringt sie weg."

Der Kainzbauer gibt keinen Mucks mehr von sich. Mit leerem Blick starrt er vor sich hin.

Auf einmal steht der Sanka-Fritze neben mir. Den habe ich gar nicht kommen hören. Er wirft einen Blick ins Wageninnere. „Wie schaut's aus?" Die Frage geht an mich.

„Den könnt ihr gleich wieder mitnehmen. Ich glaube, der braucht noch ein paar Tage Erholung, da bei uns im schönen Schnaipfing." Ich grinse ihn an.

Der Fritze klopft mir anerkennend auf die Schulter: „Saubere Arbeit, Maxi. Überhaupt, so für ein Weibsbild, das hätte dir keiner zugetraut. Aber was mich ehrlich interessieren tät, wenn der Kainzbauer da im Auto sitzt, wer liegt dann da unten im Loch?"

Wir gehen gemeinsam bis zum Rand der Grube. Die Feuerwehr ist eben fertig mit der Sicherung und zieht langsam einen Körper nach oben. Zwei weitere Kameraden nehmen ihn in Empfang und entfernen den Haken der Rettungsleine.

Der Gerettete ist über und über voll mit Sand, den er sich schwerfällig vom Leib schüttelt. Dann nimmt er den Verband vom Kopf. „Jetzt brauche ich einen Schnaps!", sagt der Knogl und kippt um.

War halt doch alles ein bisschen viel für ihn.

Kapitel 24

Am darauffolgenden Tag ist unsere PI Stadtgespräch. Der Schnaipfinger Anzeiger hat bereits mehrmals angerufen und um ein Interview gebeten. So einen Fall wie diesen gibt es schließlich nicht alle Tage bei uns. Außerdem handelt es sich beim Kainzbauer um die Lokalprominenz.

„So was interessiert die Leser immer", lautet die Begründung der Redaktion.

Dem Hafner ist alles recht, Hauptsache, er wird für den Einsatz entsprechend gewürdigt und kann die Lorbeeren einfahren.

Der eigentliche Held ist aber der Knogl. Das ist unumstritten.

Der Hafner lässt es sich nicht nehmen, ihn gemeinsam mit mir im Dienstwagen vom Krankenhaus abzuholen. Dort hat er nämlich die letzte Nacht verbracht, aber nur zur Beobachtung. Außerdem hat er sich beim Sturz in die Grube ein paar Rippen geprellt und die Schulter ausgekugelt. Soeben kam der Anruf, dass er entlassen wird. Da ist es doch selbstverständlich, dass ich ihn abhole, und der Hafner fährt wie gesagt mit.

Ein bisschen wackelig ist er schon noch auf den Beinen, der Knogl. Schulter und Arm sind bandagiert, zudem hat er sich einen kräftigen Schnupfen eingefangen.

Trotz allem strahlt er wie ein Honigkuchenpferd, als ihm der Hafner anerkennend, aber äußerst vorsichtig auf die gesunde Schulter klopft und sagt: „Knogl, Sie sind ein wahrer Held. Die PI Schnaipfing ist stolz auf Sie. Ihr selbstloser Einsatz für das Leben eines Mitbürgers verdient eine Belobigung."

Bevor wir ihn daheim absetzen, machen wir noch einen Abstecher zum Standl. Da hat sich der Einsatz der vergangenen Nacht auch längst herumgesprochen und die Standlbesucher applaudieren spontan bei unserer Ankunft.

Die Hilde schiebt uns drei Teller zu. „Süß oder sauer?"

„Süß!", rufen wir drei wie aus einem Mund.

„Das geht heute auf's Haus", sagt die Hilde und klatscht jedem von uns einen Löffel Apfelmus auf den Teller.

Es gibt Reiberdatschi, denn heute ist ein Freitag!

Wie wir drei so am Standl stehen, der Hafner, der Knogl und meine Wenigkeit, da kommt, wie aus dem Nichts, eine kleine, dunkelhaarige Frau auf uns zugestürmt.

Wüst in einer südländischen Sprache vor sich hin schimpfend, kämpft sie sich ihren Weg durch die Leute vorm Standl.

Als sie direkt vor mir steht, schnappt sie sich ein Glas vom Stehtisch neben uns und schüttet mir den Inhalt mit Schwung ins Gesicht.

Schlagartig ist es rundherum mucksmäuschenstill. Alle, wirklich alle beobachten das Spektakel, das sich da bei uns abspielt. Keiner meiner Begleiter schreitet ein, fällt mir auf. Na recht schönen Dank auch.

Ich schnappe im wahrsten Sinn des Wortes begossen nach Luft. Die klebrige Flüssigkeit tropft aus meinen Dreadlocks.

Es war Spezi, was sie erwischt hatte, und leider war das Glas gut gefüllt. Ehe ich zur Gegenwehr ansetzen kann, hebt sie drohend den Zeigefinger und schreit: „Machen Sie so etwas nie wieder mit meinem Mann!" Ihr leichter

Akzent muss spanisch oder portugiesisch sein, keine Ahnung, was genau. Sie ist einen ganzen Kopf kleiner als ich, aber ihre drohende Haltung wirkt so imposant, dass ich erst einmal abwarte. Dann packt sie den Knogl bei der Hand: „Vamos!"

Der lässt alles stehen und liegen und folgt wie hypnotisiert der rassigen Schönheit. Die Hilde reicht mir ein Küchentuch zum Abtrocknen.

„Was war jetzt das?", frage ich perplex.

„Das war die Lucita!", sagt der Hafner, „seine Frau. Spanierin."

„Olé", sage ich.

Der Name passt ja wie die Faust aufs Auge. Ich fühle mich tatsächlich ein wenig so, als wäre mir soeben der Leibhaftige begegnet.

Kapitel 25

Am Montag schreibe ich mein Protokoll und kann die Akte Kainzbauer damit endgültig schließen. Die Brunners sitzen hinter Schloss und Riegel. Nachdem der Schachtner Andy ein umfassendes Geständnis abgelegt hat, ist ihnen gar nichts anderes übrig geblieben, als die Hosen herunterzulassen. Bildlich gesprochen natürlich.

Der Knogl betritt das Büro. Er hat noch immer sein Heldengrinsen im Gesicht. Eigentlich ist er ja im Krankenstand, aber ohne uns geht es halt doch nicht und er schaut zu Besuch vorbei.

Ich kann gar nicht beschreiben, wie erleichtert ich bin, dass mein Plan aufgegangen ist. Vor allem aber, dass dem Knogl nicht mehr passiert ist als ein paar Blessuren. Es war schon ein verdammt großes Risiko bei dieser verrückten Aktion dabei, das muss ich ehrlich zugeben. Aber noch mal zurück. Was war einige Tage zuvor passiert.

Als ich in Regensburg vorsichtig durch den Vorhang der Umkleidekabine geschaut habe, konnte ich das Pärchen sehen, das eben noch hemmungslosen Sex nebenan hatte. Nun war es eiligst auf dem Weg zum Ausgang. Anhand der Stimmen hatte ich schon einen starken Verdacht, doch jetzt hatte ich endgültig Gewissheit.

Es waren die Brunners. Ja genau, die Brunners, die mir das zerstrittene Ehepaar vorgegaukelt hatten, das angeblich kurz vor der Scheidung steht.

Der Hafner hatte in der Zwischenzeit herausgefunden, dass der Kainzbauer im Falle des Todes sein gesamtes Vermögen Silke Brunner, seiner Geliebten, vermacht.

Die Brunners hatten die Sache mit dem Testament über Jahre hinweg äußerst geschickt eingefädelt. Nachdem der Kainzbauer seiner Sekretärin mehrmals eindeutig Avancen gemacht hatte und gelegentlich ein wenig zudringlich wurde, legten sich die beiden einen perfiden Plan zurecht. Mit dem Gewinn vom Verkauf der Firma wollten Sie sich ins Ausland absetzen. Allerdings brauchten sie jemanden, der den Kainzbauer für sie beseitigen sollte. Hier kam der Schachtner Andy ins Spiel.

Da beide Brunners schon seit mehreren Jahren in der Firma beschäftigt waren, bekamen sie die Übernahme der Grundstücke vom Schachtner durch den Kainzbauer mit. Ebenso die andauernden Streitigkeiten der beiden. Als Privatsekretärin hatte die Silke mehr Einblick als jeder andere in die Geschäfte ihres Chefs, und weil sie gelegentlich seinen Wagen zur Inspektion brachte, lernte sie auch den Andy kennen.

In einer Stadt wie Schnaipfing kennt jeder irgendwie jeden und bei genauem Hinhören erfährt man durch den Kleinstadtklatsch sehr schnell alles Nötige. Auch, wie es um die Schachtners bestellt ist, dass der Hof vor der Pleite steht und der Sohn unter dem frühen Tod der Mutter litt.

Die Brunnerin ist durchaus überrascht, als ich sie mit den Fakten konfrontiere, das Verhältnis mit dem Andy streitet sie aber vehement ab. Zumindest so lange, bis ich sie an das Armkettchen erinnere, das im Wagen vom Kainzbauer gefunden wurde.

„Das war ein Geschenk", behauptet sie.

„Das bestreitet niemand", erwidere ich. „Die Frage ist nur, von wem und warum?"

Ich halte ihr die Fotografie unter die Nase, die beim Schachtner zu Hause auf dem Küchenschrank stand.

Die Mutter vom Andy trägt darauf genau denselben Armschmuck. Allerdings hängt da am Kettchen noch ein dritter Anhänger.

Da fehlen dann selbst der sonst so schlagfertigen Frau Brunner die Argumente.

„Sie hatten mit dem Vater vom Andy am Donauufer einen Zweikampf und dabei hat er Ihnen den Anhänger heruntergerissen", unterstelle ich ihr. Ich habe leider keinen Beweis für meine Behauptung, nur eine Vermutung. Da sie zu den Anschuldigungen schweigt, muss ich pokern: „Es gibt DNA-Spuren von Ihnen, die das beweisen."

Es wirkt.

„Dieser verdammte, alte Penner. Kommt dahinter, dass ich wegen dem Kainzbauer was mit dem Andy am Laufen habe", sie verstummt kurz und fährt dann fort: „Ich war sauer, hab ihm gesagt, er solle sich raushalten. Es wäre doch auch in seinem Sinn, wenn der Kainzbauer tot wäre."

„Was hat er darauf gesagt?"

„Er sagte, der Tod seiner Frau sei schlimm genug. Wegen Geld solle man kein Blut vergießen. Er hat das Kettchen gesehen, das mir der Andy geschenkt hat, und wollte es zurückhaben."

„Und da haben Sie ihn kurzerhand über die Böschung gestoßen", vermute ich ganz richtig.

Sie nickt: „Er ist mit dem Kopf auf einem Stein aufgeschlagen."

„War er dabei sofort tot?"

Sie lächelt böse. „Es war ganz einfach!"

Was mich am meisten ärgert, ist, dass ich auf ihren Mann hereingefallen bin. Ein blendender Schauspieler. Die Szene mit dem gehörnten Ehemann hat er mir gekonnt vorgegaukelt. Dabei diente sie rein als Verwirrtaktik. Allerdings hat er sich mit der Story vom Wachhund dann selbst ein Bein gestellt.

Nachdem der Hafner und ich absolut sicher waren, dass die Auftraggeber die Brunners sind und der Täter der Schachtner Andy sein muss, brauchten wir schleunigst eine Strategie. Doch um alle drei dingfest zu machen, fehlten uns noch immer die Beweise für unsere Vermutung. Der Täter musste wohl oder übel noch einmal zuschlagen dürfen. Aber wir konnten unmöglich den Kainzbauer als Köder auswerfen, das Risiko, dass ihm etwas zustoßen könnte, war zu groß. Außerdem hätte es sein Gesundheitszustand gar nicht zugelassen.

Wir grübelten fast die ganze Nacht und entwarfen einen genialen Plan, in den nur wenige Personen eingeweiht waren. Noch nicht einmal die Klinikleitung konnten wir informieren, denn die Beer hätte alles darangesetzt, unser Vorhaben zu unterbinden. Alles sollte so echt wie möglich ausschauen, denn je weniger Mitwisser, umso weniger konnte schiefgehen.

Der Hafner und ich machten uns noch mal auf den Weg in die Klinik. Dort bestätigte uns der Arzt, dass der Wirkstoff, mit dem der Kainzbauer vergiftet worden war, identisch war mit den Tabletten vom Brunner. Somit erhärtete sich der Verdacht, dass sie ihm von dessen Frau untergejubelt worden waren. Ein klärendes Gespräch mit dem Kainzbauer untermauerte die These zusätzlich.

Nachdem die Schwester die Tabletten gebracht hatte, musste der Kainzbauer kurz zur Toilette. In dieser Zeit hatte Silke Brunner reichlich Gelegenheit, das Schlafmittel ins Abendessen zu mischen. Unglücklicherweise gab es am besagten Tag Eintopf. Als der Kainzbauer seine Medikamente einnehmen wollte, reichte ihm seine Sekretärin die Arznei und schüttete wie aus Versehen die Tabletten aus der Arzneidosette. Daraufhin läutete sie nach der

Schwester und bat um neue Medizin. Gleichzeitig verabschiedete sie sich unter einem Vorwand, noch bevor die Schwester die Tabletten vorbeibrachte, und hatte somit ein Alibi für die Tatzeit.

Am schwierigsten war es, ein Double für den Kainzbauer zu finden, denn der musste so schnell wie möglich aus der Gefahrenzone gebracht werden. Staturmäßig passte der Knogl am besten von allen möglichen Kandidaten. Der fand den Vorschlag nicht sonderlich reizvoll, willigte aber dann nach langem Zögern doch ein.

Ausgestattet mit einer kugelsicheren Weste und bis zur Unkenntlichkeit bandagiert, verbrachte er die Nacht im Krankenzimmer vom Kainzbauer, der bereits am Vorabend nach meinem Wachantritt in ein anderes Zimmer verlegt worden war.

Wir waren uns relativ sicher, dass der Schachtner bei der Fahrt nach Bad Griesbach zuschlagen würde. Denn das war die letzte Gelegenheit, an den ungesicherten Kainzbauer heranzukommen. Dann mussten wir nur noch abwarten, wann und wie er zuschlagen würde.

Der Schachtner Andy wirkt bei seiner Vernehmung regelrecht erleichtert, dass ich den Mord in letzter Sekunde verhindert habe. Und ich erst. Es hätte ja auch den Knogl getroffen.

„Ich wollte ihm ja eigentlich nur einen Denkzettel verpassen", beteuert er immer wieder. „Darum auch die Aktion mit dem Pflasterstein und der Tracht Prügel an Halloween."

„Aber warum hast du das Foto an die Zeitung geschickt?"

„Weil ich es satthatte, dass er immer als der Gute und Wohltäter hingestellt wird. Es sollte endlich mal jemand seine üblen Machenschaften aufdecken. Ich habe gehofft, die Zeitung bohrt nach. Haben sie aber nicht. Keiner pinkelt dem ans Bein und die Silke hat einfach nicht locker gelassen. Sie wollte, dass ich so lange weitermache, bis er tot ist. Ich wollte das alles wirklich nicht, das musst du mir glauben."

„Obwohl der Kainzbauer alles zerstört hat? Die Familie, den Hof?"

„Es hätte doch nichts mehr geändert. Auch wenn er irgendwann wegen mir draufgegangen wäre, meine Mutter wäre nicht mehr zurückgekommen und die Schulden wären auch geblieben."

„Warum hast du nicht einfach zur Silke gesagt, du willst dich nicht rächen. Du hättest jederzeit damit aufhören können."

„Sie hat es einfach nicht zugelassen. Hat mir Lügenmärchen aufgetischt, dass ihr der Kainzbauer ständig an die Wäsche geht, sie unter Druck setzt, erpresst - ach was weiß ich."

„Das hast du ihr geglaubt?"

„Warum sollte ich ihr nicht glauben? Sie hat immer wieder angedeutet, dass sie sich etwas antut. Ich hab echt Schiss bekommen, dass sich alles wiederholt und ich wär schuld, weil ich nix gemacht hab." Er grinst: „Außerdem war der Sex mit ihr absolut spitzenmäßig." Dann wird er ernst: „Ich habe mich bei ihr so geborgen gefühlt."

„Aber sie ist doch um einiges älter als du."

„Vielleicht war es ja genau das. Einerseits war sie wie eine Mutter für mich und andererseits die Geliebte. Ich kann es nicht genau erklären."

Ich verstehe trotzdem, was er damit meint. „Das rechtfertigt aber keinen Mord."

„Immer wenn wir eine Nummer geschoben haben, hat sie wieder angefangen zu jammern und zu heulen. Die hat mir regelrecht das Hirn weggevögelt und mich dann mit der Mitleidsnummer gepackt, die Schlampe!"

„Jetzt würde mich nur noch interessieren, wie du das mit den Bremsen hinbekommen hast. Das war doch dein Werk, oder?"

Er ist überrascht. „Woher weißt du das?"

„Meinst du, die von der KTU sind blöd? Oder ich? Beim Siedersberger ist es jedenfalls nicht gewesen, da wär es aufgefallen. Außerdem war der Wagen zur Inspektion, nachdem du den Arbeitgeber gewechselt hast. Also, wie hast du das gedeichselt?"

„Daheim halt", sagt er achselzuckend. „Die Silke hat mir den Wagen überlassen, ich habe ihn aufgebockt und ein bisschen daran herumgesägt. Nicht viel, nur ein wenig, genug, dass sich die Salzsäure, die ich draufgegeben habe, irgendwann durchfrisst, das ist total easy, erledigt sich praktisch von selbst. Es hätte alles nach einem Unfall ausgeschaut." Jetzt wirkt er wie ein kleiner Junge. Fast schon stolz erklärt er mir das, als ob er damit eine Heldentat vollbracht hat.

Absolut verrückt.

„Das hat es ja auch, im ersten Moment", bestätige ich. „Aber gereicht hat es trotzdem nicht."

„Ja", er seufzt. „Eigentlich schade, dann wäre endlich Ruhe gewesen."

Ich versteh die Welt nicht mehr. „Dann wäre es ja wieder Mord gewesen. Du wolltest ihn doch gar nicht umbringen, sagst du selbst!"

„Aber Ruhe wäre gewesen. Und ich hätte nur indirekt Schuld!", schreit er. „Es ist so irre, irgendwie bin ich froh, dass er nicht draufgegangen ist, und andererseits habe ich gewusst, ich muss weitermachen, wegen der Silke."

„Wie gesagt, du hättest jederzeit aufhören können, aber du hast ja selbst im Krankenhaus nicht damit aufgehört."

„Das mit den Tabletten war ich nicht."

„Das wissen wir auch. Das war die Silke, aber die Entführung geht auf dein Konto."

Er nickt stumm. „Das war eine Kurzschlussreaktion. Die Oma war völlig fertig, weil der Hof versteigert wird. Sie hat nur noch geweint und nichts mehr gegessen. Wo sollen wir denn alle hin, hat sie immer wieder gesagt. Da ist bei mir echt eine Sicherung durchgebrannt. Die Silke hat mir dann erzählt, dass der Kainzbauer verlegt wird. Das war meine Chance. Außerdem war mir in dem Moment eh schon alles egal. Auch ob ich in den Knast wandere oder nicht."

„Ja, da wirst du auch nicht drum herum kommen, aber die äußeren Umstände und dein umfangreiches Geständnis dürften sich zumindest strafmildernd für dich auswirken. Was wird jetzt mit der Oma?"

Er zuckt wortlos die Schultern und seine Augen füllen sich mit Tränen.

Nach dem Verhör brauche ich dringend frische Luft, um wieder klar bei Verstand zu werden. Bei meinem Einstand hat der Hafner gesagt: „Mord und Totschlag, das gibt es bei uns nicht!" Willkommen in der Realität, Herr Dienststellenleiter.

Wie gern würde ich mich jetzt auf meine Chopper schwingen und mir den Fahrtwind um die Nase wehen lassen. Leider ist Winter und meine Maschine dick verpackt.

Ich kaufe mir ein Pils beim Sedlmeier, stecke es in die Jackentasche und mache mich auf den Weg zur Donau.

Kapitel 26

Kurz vor Weihnachten kommt wieder ein Päckchen von der Mama an. Sie schickt mir noch mal eine Dose mit ihren leckeren Plätzchen und eine Karte, in der steht: „Weil ich dich gut genug kenne, um zu wissen, dass du die andere bereits leergefressen hast!!!" Mit drei Ausrufezeichen. Ich muss grinsen. Ja, sie kennt mich schon sehr gut, die Mama. Sie schreibt außerdem, dass es der Tante Rosa schon recht gut geht und der Gips nach den Feiertagen entfernt wird.

Im Briefkasten sei eine sehr interessante Werbung gelegen. Silvester in Prag! Äußerst günstig. Gott bewahre!

Und im neuen Jahr steht dann völlig unerwartet der Kainzbauer im Revier und überreicht dem Hafner einen Scheck mit einer stattlichen Summe: „Ich stehe zu meinem Wort."

Leider darf ihn der Dienststellenleiter nicht annehmen und will ihn schweren Herzens zurückgeben, da kommt mir ein Gedanke.

„Ich wüsste da schon einen sinnvollen Zweck, für den man ihn verwenden könnte", und bevor mir der Hafner ins Wort fällt und einen Strich durch die Rechnung macht, füge ich hinzu: „Aber leider können wir über diesen Betrag keine Spendenquittung ausstellen."

Der Kainzbauer schluckt und überlegt. Dann nimmt er den Scheck dem Hafner wieder ab. Kurz zögernd schaut er noch mal auf die Summe und überreicht ihn mir.

„Das geht schon in Ordnung. Machen Sie damit, was Sie für richtig halten."

Genau das wollte ich hören.

Der Hafner ist mit meinem Verhalten ganz und gar nicht einverstanden. Schließlich kann man das als Korruption werten.

„Das geht aber wirklich ...", nicht, will er vermutlich sagen, kommt aber nicht dazu, weil ich den Satz mit „... sehr gut" beende und das wertvolle Stück Papier kurzerhand in meiner Jackentasche verschwinden lasse.

Nachdem der Kainzbauer weg ist, wischt sich der Hafner die schweißnasse Stirn. „Meisinger! Sie bringen mich noch ins Grab. Was haben Sie denn jetzt wieder vor?", schimpft er.

„Wenn Sie brav sind, Hafner, erzähl ich es Ihnen."

Danach ist er zwar immer noch skeptisch, aber er lässt mich gewähren, allerdings betont er mehrmals: „Ich weiß von nichts. Mich lassen Sie aus dieser Sache raus. Haben Sie mich verstanden? Das geht ganz allein auf Ihre Kappe."

Mithilfe vom Geier tausche ich den Scheck in viele bunte Scheine. Weder der Hafner noch mein Name tauchen dabei auf. Alles schön sauber und ehrlich. Das Geld packen wir in einen kleinen Geschenkkarton.

Der Hafner wirft einen letzten wehmütigen Blick drauf: „Die Polizei ist nicht bestechlich und so notwendig ist die Renovierung von unserer Dienststelle auch wieder nicht."

„Außerdem ist dafür der Staat zuständig und nicht der Kainzbauer", füge ich hinzu. Dann nehme ich den Karton und fahre damit zur Schachtner Oma.

Sie sitzt traurig in ihrer Stube. Dass sie Weihnachten alleine verbringen musste, tut mir für sie unendlich leid. Nicht einmal einen Christbaum wollte sie sich ins Zimmer stellen.

„Wozu denn, wenn ihn niemand sieht", meint sie und wischt sich mit einem Stofftaschentuch über die Augen.

Wir trinken Kaffee und essen dazu die Plätzchen von der Mama. Dann gebe ich ihr das Bild zurück, das sie mir freundlicherweise überlassen hatte. Sie streichelt liebevoll über den Rahmen und stellt es zurück an seinen Platz am Küchenbuffet. Kurz bevor ich mich auf den Heimweg mache, übergebe ich ihr die kleine Schachtel.

„Ich wünsche Ihnen trotz allem ein gutes neues Jahr", sage ich. Das Wort „froh" will mir einfach nicht über die Lippen kommen und wäre auch völlig unangebracht.

Verlegen öffnet sie das Geschenk und starrt dann ungläubig auf die Scheine, die vor ihr liegen.

„Ich weiß", sage ich, „Geld kann Ihnen die Familie nicht zurückbringen, aber vielleicht ist diese Summe die Chance für einen Neuanfang. Machen Sie damit, was Sie für richtig halten."

Damit wiederhole ich ungewollt die Aufforderung vom Kainzbauer. Dass wir zwei einmal einer Meinung sein werden, hätte ich nicht für möglich gehalten.

Die Schachtner Oma schaut mich mit feuchten Augen an. „Von wem ist das Geld?" Sie kann kaum sprechen, so überwältig ist sie.

„Von jemandem, der eine Menge gutzumachen hat. Man muss halt fest zusammenhalten", sag ich und zwinkere ihr zu.

Sie versteht, worauf ich damit anspiele.

Zum Abschied drücke ich sie fest an mich, weil mir einfach danach ist, dann mache ich mich auf den Heimweg.

In der zweiten Woche nach den Winterferien ist dann mein großer Auftritt in der Schule. Der Ferdi hält sein Referat. Mit den Informationen vom Knogl und meiner Überarbeitung ist ihm ein wirklich guter Vortrag gelungen. Die Kinder hören gebannt zu. Es überrascht mich immer wieder, wie viel Respekt eine Uniform einflößen kann. Die habe ich ihm zuliebe angezogen. Macht halt mehr her.

Der Ferdi macht seine Sache großartig und wird dafür von der Lehrerin gelobt. Er platzt fast vor Stolz. Dann bin ich an der Reihe. Zuerst frage ich nach, wer damals den Geier auf dem Kran entdeckt hat. Ein kleiner, unscheinbarer Junge aus der letzten Reihe meldet sich zögernd.

Ich winke ihn zu mir nach vorne. „Das hast du ganz hervorragend gemacht", lobe ich ihn.

Er ist überrascht. „Aber es hat mir doch niemand geglaubt", flüstert er peinlich berührt.

Der Ferdi hatte mir erzählt, dass der Junge sogar Ärger bekommen hatte, weil die Lehrerin dachte, er wolle den Unterricht stören. Erst als die ganzen Einsatzkräfte das Gelände besetzten, merkte sie, dass er mit seiner Behauptung recht hatte.

Ich überreiche ihm eine Fahrradglocke mit dem Polizei-Logo drauf. „Wenn dir das nächste Mal keiner zuhören will", sage ich, „versuch es damit." Dabei klopfe ich ihm anerkennend auf die Schultern.

Er grinst von einem Ohr zum anderen und wird ganz rot.

Anschließend dürfen mir die Schüler zu meinem Beruf Fragen stellen. Da geht es dann natürlich zu allererst einmal um den Großeinsatz im Kieswerk. Wie man sich so fühlt, wenn man einen Fall aufgedeckt hat.

„Großartig, man fühlt sich großartig", sage ich, „und trotzdem ist man immer auch ein bisschen traurig dabei, wenn man sieht, welches Schicksal hinter einer Tat steckt und aus welchem Motiv heraus sie entstanden ist."

Die Lehrerin will wissen, warum ich mich ausgerechnet für den Beruf als Polizistin entschieden habe.

Darauf habe ich nur gewartet. Ich stütze eine Hand auf das Pult und die andere an die Hüfte. Damit schiebe ich wie zufällig die Sicht auf meinen Waffengürtel frei. Ein ehrfurchtsvolles Raunen geht durch die Klasse, als die Kinder meine Dienstwaffe sehen. Scheinbar hat niemand damit gerechnet, dass ich hier bewaffnet erscheine.

„Weil es auf der Welt immer wieder Arschlöcher gibt, die denken, sie können tun und lassen, was sie wollen!", beantworte ich die Frage.

Die Lehrerin schluckt bei dem Ausdruck „Arschlöcher" und räuspert sich vernehmlich.

„Vielleicht kennt das der eine oder andere von euch. Kriminalität geht nämlich schon im Schulalter los und nicht erst bei den Erwachsenen. Pöbeleien oder kleinere Erpressungsversuche auf dem Pausenhof gehören da genauso dazu wie Körperverletzung und so weiter. Als ich in eurem Alter war, da gab es an meiner Schule auch so ein A...", der strenge Blick der Lehrerin und die hochgezogene Augenbraue lassen mich verstummen. „Da gab es bei uns so einen Supercoolen, der dachte, er könne sich alles erlauben", fahre ich nach einem kurzen Räuspern fort. „Der hat sich damals über mich lustig gemacht. Mobbing nennt man das heute. Ich wollte nicht mehr zur Schule gehen, weil er mich so eingeschüchtert hatte."

Mein Blick wandert zu einer Bank in den mittleren Reihen. Der Junge, der dort sitzt, hat mittlerweile einen knallroten Schädel und starrt auf sein Pult.

Finger schnellen in die Höhe, das Thema interessiert brennend.

„Und wie haben Sie es dann geschafft, dass der Sie in Ruhe gelassen hat?", fragt ein kleines Mädchen interessiert nach.

„Meine Mutter hat mich zu einem Selbstverteidigungskurs angemeldet. Und nachdem ich wusste, dass ich mich allein wehren kann, ist mein Selbstvertrauen enorm gestiegen. Ich habe mich stark gefühlt und habe nicht mehr das gemacht, was andere von mir wollten. Irgendwann hat er mich dann in Ruhe gelassen. Eigentlich sollte Selbstverteidigung auf jedem Lehrplan stehen", wende ich mich an die Lehrkraft.

Sie nickt zustimmend.

„Es ist echt super. Ihr könnt euch so mit wenig Kraftaufwand gegen Stärkere zur Wehr setzen. Soll ich euch mal zeigen, wie das geht?"

Begeisterte Zurufe ertönen.

Ich winke den „Rotkopf" zu mir nach vorne. „Hast du Mut?", frage ich?

Er nickt und ehe er sich's versieht, liegt er verdutzt am Boden.

Die Klasse johlt.

Dass ich dem kleinen Scheißer in meiner Schulzeit damals ganz ohne Selbstverteidigung die Nase blutig geschlagen habe, sage ich aus pädagogischen Gründen besser nicht.

Dankeschön!

Vielen lieben Dank meiner Schwester Maria, die mich in jedweder Hinsicht bei diesem Buch unterstützt hat und nicht müde wurde, mich zu motivieren, wenn es einen Durchhänger gab. Ich bin sehr froh, dass es dich gibt!

Meinen Testleserinnen Renate und Conny,
meinen Münchner Mädels Angelika, Ilka und Karin,
sowie meinen Geschwistern Agnes, Gine und Georg.

Ein ganz besonderes Dankeschön an
meine Lektorin Bianca Weirauch für ihre tollen
Anmerkungen und Verbesserungsvorschläge,
Seraina Büsser für die Zeichnungen,
Isabell Sagmeister für die graphische Gestaltung,
Bob's Bilder Butze für das wunderschöne Cover,
meinen Eltern, denen ich meine kreative Ader verdanke
– ich vermisse euch,
und last, but not least meinem Mann Richard und meinen Töchtern Celina und Isabell, die mir immer den Rücken freihalten, wenn ich in ein Manuskript vertieft bin.
Ihr seid das Beste, was mir im Leben passiert ist.

Claudia Sagmeister, im August 2021

... die Geschichte geht weiter ...

Mit freundlichen Grüßen - Ihre Mafia

„Ich komme jetzt doch mit", sagte die Tante Rosa und stieg in den Bus, der Maxi und ihre Mama an den Gardasee bringen soll. Jetzt ist die misstrauische Tante, die hinter jedem Italiener die Mafia vermutet, spurlos verschwunden und die zuständige Polizei weigert sich zu ermitteln. Kurzerhand nimmt Maxi den Fall selbst in die Hand und stellt schnell fest, dass sie niemandem trauen kann.

„Mit freundlichen Grüßen – Ihre Mafia"
ist der zweite Band der Regionalkrimi-Reihe aus der Feder von Claudia Sagmeister.

Versetzt mit einer gehörigen Portion Humor entführt sie die Leser diesmal in den sonnigen Süden.

Erscheinungstermin 2022